KB216195

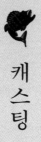

캐스팅

캐스팅

김덕희

장편소설

은행나무

차
례

 1부

2부

1부

1

냄새

초항에는 언제나 비린 것이 꾸덕꾸덕 말라가는 냄새가 떠돌았다. 냄새는 초항의 해풍에 실려 골목 구석까지 스며들었다. 날씨가 맑든 흐리든, 비가 오든 눈이 오든 한결같았다. 코를 싸쥘 만큼 역하지는 않으나 갑자기 존재감을 드러낼 때면 진원지를 찾아 두리번거리게 할 만큼의 힘은 있었다. 사람들은 냄새에 섞인 소금기 때문에 쉽게 갈증을 일으키곤 했다.

초항의 모든 것은 물기가 날아가고 소금기만 남았다. 그것은 풍장(風葬)이나 마찬가지였다. 방부된 풍장이었다. 물기를 잃은 것들 겉에 해무가 덧발라지고 그 위를 바다에서 불어온 바람이 짜고 거친 혀로 핥으면 소금기가 더 짙어졌다. 며칠씩 뱃일을 하고 집으로 돌아온 남자들의 몸에서도 방부된 풍장의 냄새가 났다. 식당이나 장터에서 일과를 마친 아낙들의 머릿수건에서도 마찬가지였다. 그렇게 묻혀온 냄새는 집집마다 벽지에, 이불에, 옷가지에 깃들어 있었다.

초항 사람들은 냄새를 애써 의식하지 않았다. 이따금 코를 확 찌르고 들어와서 사람을 놀라게 할 때가 있는데, 그렇더라도 냄새의 정체나 진원지에 대해 말하는 사람은 없었다. 그들에게 냄새는 삶이었다. 냄새가 초항의 자원이고 특산물이었다. 냄새가 지겹다는 건 자신의 현재가 그렇다는 뜻이고, 냄새가 두렵다는 건 자신의 미래가 그렇다는 뜻이었다. 그러므로 체념하고 순응했다. 초항 아이들의 입에는 사투리보다 냄새가 먼저 뱄고 그 냄새가 비늘처럼 온몸을 감싸고 있는 걸 알아차렸을 때에는 초항을 벗어날 수 없는 어른이 되어 있었다. 지금 초항을 지키고 있는 이들은 자식에게 초항의 냄새를 물려주지 않으려 애쓰기 시작한 최초의 세대다. 부모들이 자기 자식을 초항에서 내쫓다시피 외지의 학교에 보내면서 초항은 더욱 빨리 낡고 늙었다. 낡고 늙은 도시는 매일 꾸덕꾸덕 말라갔다.

그러는 중에 이단아들이 생겼다. 그들은 초항에서 나가지 않으려 하거나 나갔다가 돌아왔다. 몸만 자란 아이들은 밖에서의 외로움과 고단함만 알았지 어깨를 모아 초항을 짊어져야 하는 줄은 몰랐다. 몸과 머리가 다 자란 채 남아 있거나 회귀한 아이들에게 초항은 자못 혹독하게 역할을 깨우쳐주었다.

장환도 그런 아이들 중 하나였다.

아직 깜깜한 새벽, 장환은 부둣가 주차장에서 만난 이 낯선 사람들에게 저항할 생각도 못 해보고 끌려가는 중이었다. 대표라고 하는 늙은 남자가 무리의 호위를 받으며 장환의 앞에 가고 있었고 뒤에서는 또 한 패거리가 바싹 붙어서 침묵으로 걸음을 재촉했다. 장환은 주눅든 채 아까부터 맡아지고 있는 냄새의 진원지를 찾아 두리번거렸다. 어둠 속에서 정비를 기다리며 쌓여 있는 통발이며 부표며 그물 들이 어슴푸레 보였다. 바다의 속살을 묻혀 나온 그것들이 해풍에 말라가는 동안 내뿜는 냄새 같기도 했다. 장환은 저 어구 더미 아래에 썩어가는 사체나 시체 같은 것을 상상하며 주위의 사내들을 다시금 불안하게 둘러봤다. 저마다 챙이 넓은 모자에 바람막이 차림이라 낚시꾼처럼 보이긴 했으나 낚시 가방도 밑밥통도 보이지 않았다.

계류장에 내려서자 바투 묶여 있는 배들이 게으르게 출렁이며 서로 옆구리를 비벼댔다. 선체를 보호하기 위해 매달아둔 폐타이어끼리 시끄럽게 찌걱거리는 소리가 장환의 귀에는 절박한 구조요청처럼 들렸다. 호위를 받고 있던 대표가 먼저 '킹콩호'에 올랐다. 그는 갑판 위에 자리잡은 뒤 장환을 돌아봤다. 서두르라고 하는 것 같았다. 새벽 4시 30분이었다.

장환이 승선하자 건장한 사내들이 줄지어 따라 올랐는데, 그때마다 7톤급의 작고 가벼운 낚싯배는 커다란 짐을 받아 안은 것처럼 한 번씩 출렁거렸다. 꾼처럼 위장한 사내들은 배에 오르는 족족 대표에게 절도 있게 묵례부터 하고 자기 위치를 찾아갔다. 영화에서나 나옴직한 장면을 가까이서 직접 대하고 있으니 이제야 비로소 사채 조직의 보스에게 불려왔다는 사실이 실감났다. 어디로 가자는 건지, 무엇을 하겠다는 건지 전혀 모른 채 낯선 사람들끼리 약속된 행사에 낀 듯한 기분이 장환의 온몸을 짓눌렀다.

일행 중에 장환이 아는 사람이 아예 없는 건 아니었다. 이대명 팀장은 미리 승선해서 뒤이어 오르는 사람들을 지휘했다. 떡 벌어진 가슴과 어깨며 누구라도 올려다봐야 할 키는 최상위 체급의 유도 선수를 떠올리게 했다. 깔끔한 머리 모양이나 말하지 않을 때 품위 있게 입꼬리를 내려 다물고 있는 표정은 사채 조직의 행동대장보다는 고위 관료의 경호실장에 어울릴 만한 분위기를 풍겼다. 마흔다섯쯤 되었을까. 장환은 외양과 느낌만으로 그를 자기보다 열 살쯤 위로 보았다.

자정이 넘어 이대명에게서 전화가 왔을 때만 해도 이 새벽에 낚싯배를 타게 될 줄은 몰랐다. 장환은 '이대명 팀장'으로 된 발신인 표시가 휴대폰 화면에서 깜빡이는 걸 한참 노려봤다. 받지 않으면 또 똘마니들을 데리고 집이나 가게로 쳐들어올 게 빤했다. 받았더니 다짜고짜 '대표님께서 보자신다'고 하면서 튼튼한 신발을 신고 오라는 당부와 함께 시간과 장소를 알려왔다. 이따금 이 팀장이 '대표님'이라고 부르는 사람이 있었다. 이를테면, '내가 대표님께 말 한마디 잘못 전하면 너는 그냥 이거야' 하면서 손날을 목에 가져다 대는 식이었다. 빚을 추심당하면서 으레 있는 위협 정도로만 생각했지 대표라는 사람을 대면할 일은 없을 줄 알았다. 그런데 대표가 보잔다고 새벽 4시까지 항구로 나오라니 의중을 해석하기가 어려웠다. 아무리 생각해도 이제 빚은 됐고 그냥 수장시켜버리겠다는 소리처럼 들렸다. 탁상 달력의 오늘 날짜 아래에는 '제사'라고 큼지막하게 적혀 있었다. 장환은 아들과 아버지의 제삿날이 나란히 붙어 있는 경우를 생각하다가 어쩐지 어머니에게 미안해졌다. 좀처럼 잠이 들지 못한 채 뒤척이기만 하다가 시간이 되어 뻑뻑한 눈을 비비며 옷을 주워 입었다. 현관을 나서기 전에 안방 문을 잠시 바라봤다. 남편의 제삿날이라도 장사를 쉬진 않을 것이고, 장사를 하려면 활어를 떼 와야 하니 어머니도 곧 일어날 시간이었다. 가게 일과 제사 준비를 도와야 했지만 이대명을 무시해버릴 용기가 나지 않았다. 저녁에 대구와 경산에서 고모들이 오면 어머니가 또 얼마나 하소연을 할까 싶었다.

　배가 가득 차도록 승선한 수하들은 이대명 팀장이 지시하는 대로 배 곳곳으로 척척 찾아가 자리를 잡았다. 그러는 동안에 대표는 갑판 위에 간이의자를 깔고 앉아 바다만 바라보고 있었다. 보면 볼수록 짐작했던 모습과는 많이 달랐다. 이대명이 항상 '대표님께서' 하는 식으로 떠받들었기 때문에 만년의 노인을 상상했으나 잘해야 환갑이나 넘겼을 성싶었고 이대명 팀장 같은 사람에게 덤볐다가는 뼈도 못 추릴 만큼 몸집이 부실했다. 그러나 이대명은 충직한 부하였다. 대표가 승선할 때는 이물 한쪽에 켜켜이 쌓아둔 간이의자 하나를 재빨리 뽑아와 대령했다. 대표는 그 의자를 엉덩이 밑에 넣어 앉은 뒤로 지금껏 아무 말이 없다. 부둣가 주차장에서 처음 만났을 때는 말이 많은 사람인 줄 알았는데 이제는 일부러 말을 아끼고 있는 것 같았다.

'아따 마, 내가 구 프로님을 다 보게 되네요. 반갑십니다, 홍갑니다.'

장환은 한참 윗연배의 홍 대표가 존대하며 악수를 청하는 바람에 잠깐 당황했었다. 상대가 알아듣건 말건 사투리를 거침없이 내뱉는 태도 때문에 이미 장환 자신에 대해 속속들이 파악하고 있다는 생각이 들어 위압감마저 느껴졌다. 장환을 '구 프로'라 부른 것도 서늘했다. 주변의 친구들이나 낚시를 하다 친해진 꾼들끼리 장환을 놀려대며 부르는 별명이었다. 협회 같은 곳에 소속된 건 아니었으므로 누가 들을까 민망한 소리였는데 저편에서는 놀라라고 일부러 그렇게 부른 것 같았다. 악수를 청한 작은 손에서는 깜짝 놀랄 만큼 단단한 악력이 전해졌고 대화는 그게 전부였다.

마지막 승선자는 양손에 묵직한 밑밥통을 하나씩 들고 오르느라 걸음이 느렸다. 체격이 저리 큰데도 몸을 조심스럽게 가눠야 할 정도라면 밑밥통 하나당 쌀 두 포 무게는 될 것이라 짐작됐다. 종일 낚시를 할 수 있을 만한 양이었다. 장환은 대표가 만나자고 한 이유를 아직 듣지 못했지만 빌린 돈을 오랫동안 못 갚고 있으니 그 이야기가 오갈 거라고는 짐작했는데, 상황이 돌아가는 모양새로 보아 자기와 낚시를 하려고 하는 게 아닐까 하는 의구심이 들었다. 그러나 빚과 낚시를 연결할 만한 계산식은 얼른 떠오르지 않았다.

홍 대표가 주머니를 뒤져 담배를 꺼냈다. 동시에 이대명이 라이터 불을 켜서는 손으로 조심스럽게 감싸 대표의 턱 밑에 받쳤는데, 대표가 손을 들어 물리면서 짜증스럽게 말했다.

"손님 있을 때는 이카지 말라고 안 했나. 누가 보믄 조폭인 줄 알겠다."

이대명은 그렇게 무안을 당하고도 표정을 유지하며 부드러운 동작으로 라이터를 거뒀다. 그는 대표가 스스로 담뱃불을 붙이길 기다리다가 첫 모금을 뿜어내는 것까지 본 뒤 다른 수하에게 턱짓을 했다. 유난히 험상궂게 눈을 뜨고 장환을 노려보던 남자였다. 신호를 전달받은 수하가 선장실 문을 두드렸다.

"출발합시다."

쉿소리가 섞인 저음의 목소리였다.

"스, 승선부를 작성해주시야…… 구명조끼도 마카 입어야
되고요……."

장환은 배 이름이 킹콩이라 우락부락한 선장을 상상하고 있
었는데 정작 선장실 창밖으로 고개를 내민 사람은 새끼 침팬지
처럼 작은 얼굴에 겁먹은 눈을 크게 뜨고 두리번거렸다.

"어이, 선장."

쉿소리가 높아지자 대표가 고개를 들어 그를 노려봤다.

"창식아. 슨장님 말씀 들어라. 구명조끼도 다 챙겨 입고! 승
선부는 대맹이 니가 대강 알아서 쓰면 되겠네."

홍 대표의 지시를 받은 수하들이 일사불란하게 움직였다.
장환도 배에 구비되어 있는 주황색 구명조끼 더미를 뒤적이려
는데 창식이라 불린 사내가 발포형 구명조끼를 건넸다. 그는
주기 싫은 것을 빼앗기는 것처럼 장환을 또 험상궂게 노려봤
다. 장환은 그의 눈빛이 의미하는 걸 생각해볼 정신이 없었다.
구명조끼는 갓 포장을 뜯은 듯 사용감이 없었다. 홍 대표는 이
미 이대명의 도움을 받아 같은 것을 걸치고 있는 중이었다.

"그래도 프로 가오가 있는데 저런 거를 입을 수는 읎지요."

장환은 '프로'니 '가오'니 하는 단어를 들을 때마다 얼굴이
화끈거렸다. 사채를 지고 있는 사람 앞에서 낚시를 해야 한다
면 친목용은 아닐 게 뻔했다. 게다가 그가 장환을 자꾸 프로라

고 치켜세우는 걸로 봐서 제대로 된 실력을 기대하고 있는 것 같았다. 그래서 내기가 아닐까 싶었는데 이제는 내기 낚시 말곤 다른 걸 생각할 수 없었다. 내기라면 이기고 지는 사람이 있을 터, 장환으로서는 대표가 무엇을 걸지 예상하기 어려웠다. 대표가 무엇을 걸든 자기도 그에 상응하는 것을 내놓아야 할 텐데 실은 그게 진짜 문제였다. 대표에겐 없는 게 없을 터였고 장환에겐 있는 게 없었다. 아비와 아들의 제삿날이 나란히 적혀 있는 달력이 다시 떠올랐다. 대표가 피우던 담배를 바닥에 던지고 발로 비볐다. 창식이 다시 선장실로 다가갔다.

"선장, 안 가? 명단도 다 썼잖아."

"아니, 그기 아니라, 예열이 아직 충분히 안 됐십니더. 지금 그냥 나가모, 배가 퍼져뿌니까 쪼매만 기다리주이소."

대표가 창식 쪽을 노려보며 듣고 있다가 껴들었다.

"창식아, 이 무식한 새끼야. 구 프로님도 계신데 쪽팔리구로 자꼬 그랄래? 구 프로님, 양해하이소. 점마가 내한테는 먼 조카뻘 되는 놈인데, 서른이 넘도록 놀고 있어서 마 그냥 데리고 다닙니다."

홍 대표는 거기까지 말하고 귓속말을 할 때처럼 손으로 입 한쪽을 가리고 상체를 장환 쪽으로 가까이 기울였다.

"사실은 안 무식하고 대가리 회전도 좀 돼. 되긴 되는데, 서두르는 감이 있지요. 아매도, 지 포지션에 불만이 있는 눈치라."

그런 뒤 짐짓 아무 얘기 안 한 것처럼 다시 자세를 되돌리고 말을 이었다. 이번엔 아무나 들으려면 들으라는 식으로 목소리를 높였다.

"내가 즈그 애비한테 신세를 쪼매 졌그든요. 우짜다가 내 땜에 별을, 단기짜리로 하나 딱 달아뺏다 아입니까. 사람이 신세를 졌으면 갚아야지, 맞지요? 나는 신세 지고 모른 체하는 것들은 사람으로 안 봅니다. 잡아다가 고기밥으로나 줘뿌고 말지."

장환은 홍 대표의 시선을 피하고 싶어 얼른 고개를 숙이고 긴장한 표정을 감췄다. 지금 그 말은 장환더러 들으라고 한 소리였다. 홍 대표는 방금 장환에게 일부러 겁을 준 게 분명한데도 아닌 척하며 곁에 서 있는 이대명에게 농담을 걸었다.

"대맹아, 그라지 말고 우리 이참에 배 하나 사자. 인자 사업은 쪼매 쉬엄쉬엄하고 낚시나 댕기믄서 사는 기 어떻노? 요런 거는 하나에 얼마나 하는공? 니 면허 함 안 따볼래? 아, 니는 좀 바쁘제…… 창식이 점마를 시키까? 그래, 운전을 잘하이 그라믄 되겠네. 야, 창식아. 니 슨장님한테 잘 비봐야겠는데 우짜노?"

창식은 별 대꾸 없이 선장실 창문을 딱, 딱, 손톱 끝으로 천천히 두드리며 선장만 노려보고 있었다. 장환이 보기에도 한참 아랫사람인 창식이 홍 대표의 말에 뭐라고 대꾸는 해야 할 타이밍이라 배 위에 흐르는 적막이 영 불편했다. 홍 대표가 다시 손으로 입을 가리고 말을 걸어왔다.

"아직 철도 없어. 저래 까불다가 똥오줌 질질 흘릴 때까지 교육받아봐야 정신 채리지."

엔진룸에서 고정적으로 울리던 소음이 확연히 다른 톤으로 높아졌다. 동시에 배 위에 은근히 고여 있던 디젤 냄새가 묵직하게 피어올랐다. 이어서 배가 꽁무니를 빼며 미끄러지듯 움직이자 아주 잠깐은 계류장이 스스로 멀어지는 듯한 착시가 일었다. 평소였다면 낚싯배가 엔진 출력을 높이고 디젤 냄새가 코를 찌르는 순간부터 심장도 따라 뛰었겠지만 오늘은 어쩐지 자꾸 피가 차갑게 식어가는 기분이 들었다.

2
여명

배가 방파제 끝을 예리하게 돌아 외항으로 나가자 저 멀리 어두운 수평선 위에 집어등이 점선처럼 늘어서 있는 게 보였다. 갈치잡이 어선들이었다. 장환은 어느 포인트로 간다는 얘길 아직 듣지 못했다. 초항에서 갯바위 낚시 포인트로 꾼들이 자주 찾는 섬은 적게는 스무 개, 많게는 서른 개까지도 생각할 수 있었다. 그중에는 장환이 처음 열었고 장환이 낚은 대물 때문에 꾼들에게 유명해진 자리도 있었다. 작년에 비공식적이긴 하지만 감성돔 전국 최대어 기록을 낸 곳이 있었다. 오늘도 그때 그날처럼 아직 깜깜한 하늘에서 상현달이 서쪽으로 기울고 있었다. 아버지 제삿날이니 음력으로 12일. 장환은 생각난 것이 있어 얼른 휴대폰으로 일기예보를 확인했다. 다섯물에 만조는 오전 11시 41분. 물때조차 작년 그날과 비슷했다. 우연인 것 같지 않았다. 그날의 포인트는 항구에서 40, 50분 정도 거리에 있었다.

그날 장환은 오전 7시에 포인트에 도착해서 두어 시간 공략하던 중에 놈을 만났다. 중들물 때였고 감성돔 대물답게 10분 넘도록 겨뤄서 겨우 건져낼 수 있었다. 체장을 계측한 시간은 8시 59분이었고 에누리 없이 66센티미터였다. 장환은 검은 은빛 갑옷으로 무장하고 돛처럼 활짝 등지느러미를 펼친 놈을 가슴께까지 들어올린 채, 함께 출조했던 친구 성호에게 사진을 찍어보라고 했다. 평소에는 대물을 낚아도 동출한 꾼들에게 축하받는 걸로 그만이었지 사진 따위를 찍어 어디에 자랑하지는 않았다. 성호는 휴대폰을 꺼내 초점을 잡으면서 웬일이냐고 물어봤다.

'오늘 아버지 제사상에 올릴 고기다. 사진 안 찍어 가면 어디서 사와서는 사기 치고 있느냐고 놀릴까봐. 생전에 하도 당해놔서 이래 안 하믄 안 되겠다 싶네.'

아버지는 좋은 낚시 스승이었고 친구였으며 때론 그렇게 짓궂은 경쟁자이기도 했다. 사진은 성호가 초항시의 인터넷 지역소식지인 《초항뉴스》에 제보하는 바람에 알려졌고 초항시 홈페이지의 '문화관광안내' 면에 걸리기까지 했다.

"아이고 추버라. 구 프로, 선실로 드가입시다. 이라다가 동태 되겠다."

외항으로 나와서 5분 정도 달렸을까. 이물 쪽 갑판에서 맞받는 새벽바람은 처음에는 시원하더니 어느 순간부터 견디기 힘들 정도로 살갗을 긁었다. 홍 대표와 장환이 고물 쪽으로 돌아 선실로 들어갔다. 장환은 홍 대표를 수행하고 있는 부하들도 사람인지라 걱정되었는데 이대명이 선실 입구에 자리를 잡고 서버리는 통에 아무도 들어오지 못했다. 그렇잖아도 7톤급 낚싯배의 선실이란 게 제법 큰 평상 크기에 지나지 않아 수하 모두를 들일 수는 없었다. 모두들 바람을 피해 고물 쪽에 옹기종기 모여 서서는 저마다 붙들 것을 찾아 팔을 뻗고 있었다. 저희들 대표가 있어 그러는 건지 몰라도 추운 내색을 보이는 이는 없었는데 창식이라는 자만 자꾸 안쪽을 흘끔거렸다. 장환은 아까부터 어쩐지 그가 자기를 마뜩잖게 여기는 것 같아 눈길을 가급적 피했다.

홍 대표는 그새 선실 벽에 등을 기대고 눈을 감은 채 고른 숨을 내쉬고 있었다. 장환은 그 모습을 물끄러미 보다가 액션 영화 따위의 한 장면을 상상했다. 주인공은 적에게 납치되어 목숨이 위태로워졌으나 놀라운 기지를 발휘해 탈출한다. 망상에 불과한 줄 잘 알면서도 선실 내에 흉기로 쓸 만한 것이 있는지 둘러봤다. 베개로 쓰라고 둔 듯한 낡은 쿠션이 세 개, 철 지난 낚시 잡지 한 권, 파리채, 플라스틱 생수병, 걸레인지 수건인지 모를 헝겊, 기름때 묻은 목장갑 따위가 보였다. 장환은 잠시나

마 액션 영화의 주인공 행세를 하려 했던 게 스스로도 같잖게 느껴졌다.

창 너머로 드문드문 눈에 익은 섬들의 윤곽이 보일 만큼 어둠이 옅어져 있었다. 지도를 보지 않아도 어디쯤인지 알 만했다. 장환이 최대어를 낚아낸 곳이 가까워지고 있었다. 지도에는 이름이 없지만 지역민들끼리는 오래전부터 우각 또는 쇠뿔섬이라 부르는 작은 무인도의 남동쪽에 위치한 포인트였다. 대개의 꾼들은 발판 좋고 수심도 잘 나오며 무엇보다 조류 소통이 좋은 남서쪽 홍합여에 내렸다. 홍합여가 만석이 되면 그나마 낚시를 할 만한 쇠뿔섬의 서면에 내렸다. 만일 거기도 자리가 없으면 배는 다른 포인트를 향해 머리를 틀어야 했다. 좋은 발판을 찾기 어렵고 수심도 장투를 쳐야 나오는 데다 조류가 제멋대로인 쇠뿔섬 동면에 내리는 꾼은 없었다. 장환은 그날 선주에게 동면에 내려보겠다고 했을 때 선주가 말리면서 한 말을 아직도 기억하고 있었다.

'거는 고기가 안 나온다니까 그라네? 똥인지 된장인지 찍어 묵어보기 전에는 남 말 안 믿는 사람들이 있디더. 그래놓고 선장이 배를 못 대네 어떻네 이상한 소리나 하지. 나중에 내 원망은 마소.'

대표와 장환이 탄 배가 어느새 도착한 곳은 역시 쇠뿔섬이었다. 섬의 서쪽이었고 여기서 내린다면 장환이 예상한 포인트는 아니었다. 서면은 평범하기 짝이 없는 자리여서 실망스러 웠으나 아무래도 홍 대표 입장에서는 어려운 물길을 살펴야 하는 동쪽 자리는 부담스러웠을 거라 이해했다. 아쉬운 대로 본섬과 떨어져서 사방 바다를 노려볼 수 있는 홍합여에라도 내렸으면 싶었다. 배가 쇠뿔섬 서면의 한 포인트에 코를 가져다 대는 충격으로 덜컹거렸고 그 바람에 눈을 뜬 홍 대표가 장환 뒤쪽으로 나 있는 선실 창을 넌지시 바라보며 말했다.

"벌써 다 왔나? 대맹아. 아 – 들 배치 잘 하그레이."

이대명이 수하들 중 두 명을 가리키자 그들이 선실을 들여다보며 허리를 굽히고 외쳤다.

"손맛 보십시오, 대표님."

'아 – 들'을 잘 배치하라는 말은 홍 대표가 여기서 내리지 않는다는 뜻 같았다. 장환은 무슨 상황인지 파악하려고 머리를 굴리던 중에 손맛 보라는 인사말이 유치하기도 하고 귀엽기도해서 코웃음이 나오려는 걸 간신히 참았다. 두 사람이 갯바위에 내리자 배는 후진으로 빠졌다가 다음 포인트로 뒤뚱뒤뚱 이동해서는 다시 코를 박았다. 이대명은 또 두 명을 지목했고 그들도 선실을 향해 허리를 숙이며 같은 인사를 남긴 뒤 곧바로 내렸다. 그렇게 총 네 곳의 포인트에 수하들을 넓게 깔아놓으니 쇠뿔섬 서면은 그들이 점령하고 있는 형국이 되었다. 그제야 장환은 홍 대표가 불필요하게 많은 수하를 데려온 까닭을 이해할 수 있었다. 다른 꾼들이 주위에 꼬여들지 않도록 포인트를 선점하는 용도였다. 그렇게 해서 홍합여에도 홍 대표의 수하들이 잔뜩 깔렸다.

배가 드디어 섬의 동면 포인트에 접안했다. 홍 대표가 낚시 가방을 짊어지려 하자 이대명이 잽싸게 받아들었다.

"아이다. 그라지 말고 니는 밑밥통이나 날라라. 구 프로, 우리 자기 낚시 가방은 알아서 챙깁시데이."

장환은 대표가 집어든 것과 똑같이 생긴 낚시 가방을 들었다. 부피에 비해 가벼웠고 내용물들이 안에서 옮겨다니느라 덜그럭거렸다. 가방을 가볍게 꾸린 걸로만 봐서는 홍 대표도 초보는 아닌 듯했다. 현장 변화에 대응해서 재빠르게 채비를 바꿔 운용하기 위해 이것저것 잔뜩 넣고 다니던 때가 있었다. 낚싯대, 릴, 원줄, 목줄, 바늘, 찌, 수중찌, 봉돌…… 채비하는 데 조합할 요소와 각 요소를 바꿔가며 완성할 수 있는 경우의 수는 거의 무한대였다. 그러나 준비를 아무리 잘해도 조과는 신통찮기 일쑤였다. 그런 날 철수할 때는 포인트에 들어설 때보다 가방이 곱절은 더 무거워져 있는 것 같았다. 집에 돌아와서는 무엇이 모자랐는지 고민하다 또 새로운 요소를 보태버렸다. 그렇게 출조할 때마다 가방이 자꾸 조금씩 더 무거워지던 때가 떠올랐다.

장환이 배에서 내려 갯바위에 자리를 잡자 배는 천천히 물러났다가 주위에 낚시가 가능한 포인트마다 또 사람들을 깔아두고 떠났다. 갯바위를 들뜨게 만들던 소란이 사라지자 검은 갯바위와 희부윰한 풍경만이 남았다. 깊이를 모를 바닷물이 발밑에서 넘실거렸다.

"구 프로는 거기 서면 되겠네. 나는 이쯤 서고."

장환은 홍 대표가 랜턴을 비추며 가리킨 자리를 봤다. 발판이 그나마 좋고 밑밥통을 놓을 자리도 괜찮았다. 홍 대표는 장환과 약 6미터 거리를 두고 왼쪽에 자리를 잡았다. 기껏 포인트에 도착했는데 이미 다른 꾼들이 진을 치고 있을 때가 있었다. 어떻게든 비집고 들어가고 싶더라도 양쪽으로 각각 6미터 이상이 확보되지 않을 것 같다면 그 포인트에는 서지 않는 게 꾼들 사이의 불문율이었다. 6미터 간격이 무너지면 낚싯대가 닿아서 한자리에 선 거나 다름없었기 때문에 서로 대단한 결례로 보았다. 홍 대표는 그 이상 멀리 떨어진 포인트로 갈 생각이 없는 듯했고 장환을 멀리 보낼 것 같지도 않았다. 더 벌리려 해도 양옆으로 낭떠러지라 설 자리가 없었다.

홍 대표가 말없이 수면만 노려보고 있기에 장환도 허리에 양손을 얹고 조류를 살폈다. 아직 미명이기도 하고 워낙 조류가 제멋대로인 자리라 채비를 던져봐야 알 것 같았다. 기억 속 물때와 같은 상황이라면 정면에서 지류가 형성돼 우전방으로 뻗으며 30미터쯤 멀리서 우행하는 본류에 말려들고 있어야 했다.

"이런 자리로 들어올 생각을 우째 했을꼬?"

홍 대표가 감탄조로 말하며 장환을 쳐다봤다. 장환의 눈에는 홍 대표의 모자에 달린 랜턴 불빛만 보였다.

"내 보기엔 영락없는 꽝자린데? 물이 이래 난리를 치믄 채비를 우째 해야 되노?"

장환은 정말 대답을 바라는 질문인지 그냥 하는 혼잣말인지 헷갈렸다. 생자리를 포인트로 선택한 이유에 대해 설명을 좀 해보라는 건가 싶었는데 입이 떨어지지 않아 그냥 묵묵히 다음 말을 기다리기로 했다. 막무가내로 끌려온 거나 다름없는 처지에 묻는다고 주절대는 것도 모양이 빠지는 것 같았다.

"궁금하지요? 얼굴에 딱 요래 써 있네. 이게 대체 머 하자는 플레이지?"

홍 대표와 장환 사이에 이대명이 갯바위의 일부인 양 미동도 없이 서 있었고 홍 대표가 그런 이대명 앞을 가로질러 장환에게 다가왔다. 길이 좁아 이대명이 팔을 뻗기라도 하면 홍 대표는 물 밑에서 길을 찾아야 할 판이었다. 대표는 장환 옆으로 바짝 다가와 바다를 보고 나란히 섰다. 하늘에서는 별들이 자취를 모두 감추었고 서쪽으로 기울던 상현달도 어디로 갔는지 보이지 않았다. 동쪽 수평선을 경계로 하늘은 바다를 길어올릴 것처럼, 바다는 하늘을 빨아들일 것처럼 제 모습을 다투어 드러내는 중이었다.

"구 프로가 내한테 줄 돈이 이천, 맞지요? 너무 오래 기다려준 것 같은데 우리 구 프로님은 어떻게 생각하시는지?"

이대명이 찾아와서 윽박지르거나 겁박할 때와는 다른 느낌이었다. 대꾸하거나 회피하거나 이도저도 안 되면 읍소하면서라도 버틸 수 있었다. 그러나 홍 대표의 말투에서는 목 아래에 직접 회칼을 갖다 대는 듯한 싸늘함이 느껴졌다. 방금까지만 해도 홍 대표가 물에 빠지는 장면을 상상했는데 이제는 장환 자신이 수장되는 게 떠올랐다. 발 앞의 검은 물이 먹이를 조르는 짐승처럼 그르렁거리며 달려들었다가 물러나길 반복하고 있었다. 장환은 대꾸라도 해야겠기에 입을 열었지만 말이 잘 나오지 않았다.

"어, 어떻게든…… 제가 안 갚……겠다는 게, 아니라……."

"에헤이, 구 프로! 내가 그런 식상한 소리 들을라꼬 이 새벽에! 응? 이 추븐데 시간 내서 나온 줄 아나? 그라지 말고 이래 합시다. 내가 다 방책을 세워줄 참이니까, 잘 들어보소. 내가 옛날에 말이지요, 청운의 뜻을 품고 우리 어른 밑에서 대가리 키우고 있을 땐데 말입니다. 같은 어른을 모시던 놈이 하나 있거든. 내보다 네 살 밑인데, 얼마 전에 글마랑 한판 붙을 뻔했는기라……."

애기인즉, 지역에서 라이벌끼리 신사업 진출 문제로 부딪쳤다. 머릿수를 과시하며 물리적으로 충돌하면 서로 피해만 보지 득이 될 건 없다는 걸 충분히 알고 있기에 내기를 해서 지는 쪽이 발을 빼기로 했다. 둘 다 어린 시절부터 초항 곳곳을 누비고 다녔으니 낚시만 한 놀이가 없었고, 어지간한 채비와 조법(釣法)엔 익숙했다. 그러나 어디까지나 한창때 얘기였다. 직접 나섰다가 아랫사람들 앞에서 체면을 구기기는 싫었으므로 선수를 섭외하기로 합의를 본 상태라는 게 대강의 사연이었다.

"하여간 그 새끼는 옛날부터 뺀질뺀질했어. 내는 고마 다이 다이로 붙자 했는데 질 것 같으니까 저란다 아이가."

홍 대표가 계속해서 말했다.

"좆같지만 우얄끼고…… 그라고 보이, 구 프로캉 내캉 인연은 인연인갑더라고? 우째 내 고객 중에 구 프로가 있었을꼬 말이다. 구 프로만 포인트에 뜨면 다른 꾼들이 얼른 낚싯대 접고 한 수 배울라고 몰려든다매? 그래가 계산기를 따악, 때리봤다 아인교. 대맹아, 갖고 온 거 함 보여디리라. 구 프로도 보믄 마음에 들 기라. 우리는 일단 물건부터 보여주고 얘기하는 스타일이거든."

이대명이 장환과 홍 대표 곁으로 다가와서는 점퍼 안주머니에서 서류를 꺼내 펼쳤다. 갯바위를 훑는 바람에 종이가 펄럭거렸고 아직 해가 뜨기 전이라 뭐라고 적혀 있는지 알아보기 어려웠다. 장환이 잘 볼 수 있도록 이대명이 위아래를 잡고 팽팽하게 당기자 그제야 '영수증'이란 글자가 장환의 눈에 들어왔다. ㈜오션캐피탈 홍상만 대표'가 발행한 채무 상환 영수증이었다. 적힌 금액은 총액의 절반이었고 발행인의 도장도 이미 찍혀 있었다.

"내가 저거 그냥 드릴게. 단, 오늘 구 프로가 내를 이기고 본 게임에서도 이기는 조건으로. 괜찮지요? 이야, 내가 자선사업을 하고 말지. 이천 빚을 그냥 반땅해준다 카네. 근데, 오늘 내가 이기쁘믄 우야지? 대맹아, 돌아가는 배 안이 억수로 뻘쭘하겠다, 그쟈?"

이대명이 영수증을 다시 봉투에 잘 간수해서 안주머니에 넣었다.

"구 프로요, 내는 인자 채비합니데이. 내 제안을 받아들인다 카믄 얼른 낚싯대 잡고, 아이믄 그냥 구경이나 하소. 바람 좀 쐬러 나온 셈 치지 뭐."

홍 대표가 몸을 돌려 처음 섰던 자리로 돌아가자 장환은 발밑을 때리는 파도만 내려다봤다.

내기 낚시 두 게임에 천만 원, 한 판에 오백만 원짜리 낚시였다. 지금껏 더러 내기를 해봤으나 오백만 원은커녕 오십만 원짜리도 없었다. 고작 해야 저녁 회식비 면제나 마리당 만 원 정도 걸린 내기 낚시였다. 심장이 뛰었고 머릿속이 복잡해졌다. 오늘은 운이 좋아 이길지 몰라도 다음 본 게임까지는 장담할 수 없었다.

그러나 아무리 생각해도 빚을 절반이라도 탕감받을 기회를 놓치기 싫었다. 장환은 밑밥 주위를 떠나지 못하는 고기 한 마리를 상상했다. 바늘만 피하면 배를 실컷 채울 수 있었다. 넓고 거친 물속을 지치도록 돌아다니며 뒤져야 섭취할 수 있을 만한 양의 먹이가 눈앞에 깔려 있었다. 바늘만 피하면 된다. 바늘만 피하면!

수평선에 얹혀 있던 옅은 구름들이 불그스름하게 물들기 시작했다. 그러다 정면에 보이는 구름들 틈으로 선명하고 빨간 점 하나가 느닷없이 나타나더니 해가 금방 이마를 내밀었다. 홍 대표가 주머니에서 선글라스를 꺼내 사령관이나 되는 듯 폼을 재며 콧등에 걸쳤다. 장환은 정수리 위쪽 하늘이 아직 검푸른 걸 확인하곤 눈이 부실 정도는 아니지 않나 생각했고, 장환의 짐작대로 홍 대표는 위, 아래, 왼쪽, 오른쪽을 한 번씩 살핀 뒤 선글라스를 벗었다.

"제가…… 제가 지면 어떻게 됩니까?"

장환이 모처럼 입을 열었다가 파도가 갯바위를 쓸어대는 소리에 묻히는 것 같아 목청을 높였다. 홍 대표는 헝겊을 주머니에서 꺼내 탈탈 턴 다음 선글라스에 입김을 불어 천천히 닦았다.

"구 프로, 젊은 사람이 인생 참 재미없게 사네. 그런 거는 천천히 생각합시다. 내 같으면 베팅은 니가 해라, 나는 낚시만 하꾸마, 하겠다. 전쟁 함 치르면 우째 되는 줄 아는교? 아 – 들 치료비만 수백에 깽값은 수천이다. 이기고 지는 거를 떠나서, 요새 세상에 몽둥이나 사시미 들고 지랄발광해봐라, 우째 되는지. 지나 내나 깜빵 가기는 싫으이 이카는 거지."

장환은 비로소 감이 좀 잡혔다.

"룰은, 뭡니까?"

"크기. 우리는 무조건 크기지. 사람이든 고기든 대빵을 잡아야 쌈이 끝나는 법이니까."

대답을 듣고 곧장 가방을 열어 내용물을 확인했다. 낚싯대는 1호와 1.5호 두 대가 있었고 태클박스 안에는 충분한 종류와 수량의 소품이 잘 구비되어 있었다. 찌 가방을 열고 여남은 개의 구멍찌들도 살펴봤다. 호수별로 자중이 무거운 것과 가벼운 것, 뚱뚱한 것과 길쭉한 것이 다투어 모습을 뽐냈다. 푸른 수면 위에 전구알처럼 찌가 동동 떠 있는 장면이 그려졌다. 하루 종일 바라보고 있어도 질리지 않고 이렇게 상상만 해도 심신이 안정되었다. 내기만 아니라면 늘 그랬다.

홍 대표가 낚싯대 가이드 구멍에 원줄을 모두 꿰고 채비를 차례대로 엮은 뒤 낚싯대를 세워 초릿대를 쭉쭉 뽑아냈다. 그는 잘 만든 명품 따위를 감상하듯 채비 하나하나에 눈도장을 찍었다. 그리고 묻지도 않았는데 채비 구성을 읊어주기 시작했다.

"낚싯대는 허리힘이 좋오은 1.5호, 원줄은 씩씩하게 3호, 목
줄은…… 아매도 2.5호는 돼야 대물을 끌어내겠지요? 구 프로
는 무슨 찌를 쓸라는고? 내는 2호로 해가 속공으로 확 가라앉
차삐야겠다. 목줄 길이는, 길이는…… 나는 길게는 못 쓰겠더
라고. 바늘이 나풀나풀 날리는 것 같아서. 목줄 2미터에……
아이고 봉돌을 안 달았네. 좁쌀 봉돌은 하나 달아주야지. 아이
다, 두 개 달까? 근데 바늘은 우야지? 내는 오늘 최소 5짜는 잡
을 낀데, 그카자면 7호는 돼야 안 되겠나? 필드니까 조금만 낮
출까? 에이, 바꿀라니까 귀찮은데…… 해보고 안 되믄 교체하
지 뭐. 7호로 고!"

장환은 홍 대표의 채비 구성을 들으면서 바다를 살폈다. 바
람을 듣고 조류를 읽었다. 해가 뜨기 시작하면서 물결과 너울
이 숨을 고르는 듯했다. 채비를 가볍게 가져가야 한다는 신호
였다. 1호 낚싯대에 2호 원줄과 1.75호 목줄, 1호 구멍찌를 달
고 목줄 길이는 4미터 정도로 시작해보는 게 좋을 듯했다. 홍
대표처럼 채비를 무겁게 가져가면 오히려 경계심 강한 녀석에
게 외면받기 쉬웠다. 장환은 어느새 홍 대표를 따라잡아 면사
매듭의 위치를 잡는 중이었다. 그런 뒤 바늘에 추를 걸고 스풀
을 연 다음 캐스팅하듯 정면 15미터쯤에 던졌다.

"뭐고, 벌써 수심 체크? 야, 진짜 고수하고 하수는 다른갑

네? 언제 그래 채비를 다 했노?"

줄이 수면에 떠 있는 찌를 통과하면서 훨씬 위에 매어놓은 면사매듭이 빠르게 찌 쪽으로 다가갔다. 매듭이 찌의 윗구멍에 닿자 줄은 더 이상 내려가지 못했고 바늘에 걸어놓은 수심 측정추의 침력이 찌에 전달되었다. 찌는 마치 입질을 받은 것처럼 갑자기 가라앉았다. 생각보다 가라앉는 타이밍이 일렀다. 얼른 채비를 걸어 면사매듭을 1미터쯤 올리고 다시 던졌다. 이번에는 매듭이 찌에 다가가다 닿기 직전에 속도를 줄였다. 초심자일 때, 조류를 타고 찌가 흐르느라 물이 줄을 삼키는 모양과 추가 가라앉으면서 줄을 잡아당기는 모양은 좀처럼 구분하기 어려웠다. 장환은 다시 채비를 걸어 이번에는 면사매듭을 50센티미터 정도 내려서 던졌다. 이번에는 다시 찌가 잠겼다. 그러나 시야에서 완전히 벗어날 정도로 깊이까지는 아니었다. 수면에서 한두 뼘쯤 아래에서 찌가 일렁이며 머물렀다. 낚싯대의 총 길이가 5.5미터. 캐스팅 직전에 확인하기로 바늘을 내려 손에 쥐었을 때 면사매듭은 릴이 있는 곳까지 줄을 타고 올라와 있었다. 초릿대의 휨새와 대의 그립부의 길이를 빼면 바늘에서 초릿대까지의 낚싯줄이 우선 5미터, 거기에 더해 초릿대에서 릴까지의 낚싯줄이 5미터이므로 지금 찌가 놓인 곳의 수심은 10미터 남짓이란 계산이 나왔다.

"구 프로, 몇 메다 나옵니까? 배에서 내리기 전에 선장한테 물어본다는 게 고마 깜빡했구마."

　장환은 같은 방식으로 포인트 이곳저곳을 탐색하느라 대답할 겨를이 없었다. 전방 5미터 안쪽에서 갑자기 얕아지기에 확인해보니 수심은 고작 4미터가 될까 말까 했다. 그러니까 물 밖에서는 보이지 않는 절벽이 5미터쯤에 있다는 얘기였다. 포인트로 삼은 15미터 전방의 지점 전후좌우로는 특별히 치솟은 여나 깊은 골은 없지만 고기를 걸었을 때 띄우지 못한 채 끌어오기만 하면 5미터 앞 절벽 모서리에 줄이 쓸릴 가능성이 컸다. 이런저런 요소들을 탐지할 때마다 기억하고 있던 수중 풍경이 조금씩 구체적으로 그려졌다.

　"와…… 안 가르쳐주뿌네. 사람 긴장되구로! 오케이, 인정! 인자 내도 제대로 합니데이."

　수평선에 깔린 옅은 구름 뒤에서 해가 온전히 제 모습을 드러내고 있었다. 어디선가 갈매기들이 나타나 상공을 누비다가 수면에 내려앉아서는 무언가를 쪼아보곤 했다.

　물이 오른쪽으로 천천히 움직이고 있었다. 장환은 밑밥통을 열고 쏠채로 한 주걱 크게 떠서 포인트 지점 좌측 먼 곳에 던져봤다. 홍 대표가 선 자리의 정면에 가까웠다. 속조류가 있다면 왼쪽에 선 홍 대표 밑밥이 장환에게까지 와줄 것이므로 장환에게 조금 유리한 형편이었다. 정오에 들물이 그치고 한 시간쯤 더 지나면 상황이 정반대로 바뀔 것이므로 그 전에 승부를 내

는 게 좋을 듯했다. 한 주걱, 두 주걱, 세 주걱…… 밑밥 덩어리
가 수면에 닿을 때마다 찰싹, 찰싹, 하는 착수음이 경쾌하게 일
었다.

3

채비

해가 뜨기 시작하면서 몇 대의 낚싯배가 차례로 꾼들을 싣고
다가와서는 아무도 내려주지 못하고 다른 자리를 찾아 떠났다.
홍 대표의 수하들이 맨몸으로 배와 맞섰기 때문이었다. 배가
코를 갯바위에 가져다 대기만 하면 수하들은 그 위에 발을 얹
고 막아 세웠다. 배도 가만히 당하고만 있지는 않았다. 수면 위
에서 출렁거리며 위협하듯 출력을 높이자 뱃머리에 덧대놓은
대형 폐타이어가 갯바위를 거칠게 비벼댔다. 그러나 수하들은
전혀 기죽지 않았고 소리까지 질러대며 배를 발로 밀어내는 시
늉을 했다. 들이대고 있는 배가 사람 힘에 밀릴 리 없으나 그대
로 출력을 거두고 물러나기라도 하면 가랑이를 찢으며 바다에
빠질 판이었다. 수레와 사마귀가 대치하는 동안 갑판 위에서
는 낚시 짐을 메고 내릴 준비 중이던 꾼들이 이러지도 저러지

도 못한 채 멀뚱멀뚱 선장과 불한당들만 번갈아 쳐다봤다.

돈 들이고 시간 내서 모처럼 출조한 사람들이었다. 생업의 피로를 수평선과 너울을 보며 달래고 싶어 나온 사람들이었다. 운이 좋아 고기를 낚으면 칠십 노인도 사탕 얻어 쥔 코흘리개처럼 기뻐했다. 그래서 생면부지의 꾼들이라도 모두 형제처럼 여겼다. 모자라면 나눠주고 넘쳐 엉키면 양보하면서 낚시의 재미를 더할 줄도 알았다. 아무리 여유로운 자리에 들어섰더라도 누가 근처에 서 있으면 눈인사라도 해야 덜 미안한 게 이들의 습성이었다. 예상치 못한 상황에 선장이고 꾼들이고 모두 망연자실이었다. 결국 배는 힘을 풀어 갯바위에서 떨어졌다. 홍 대표의 수하들은 그제야 타이어에서 발을 내리고 물러났다.

동이 완전히 튼 뒤로 꾼을 실어나르는 배도 더는 오지 않았다. 바다는 방금까지의 소란을 다 집어삼킨 듯 잔잔했다. 그 검푸른 수면 위에 메추리알보다 조금 큰 구멍찌가 주황색 점으로 동동 떠 있었다. 찌는 물 밖과 물 아래의 세계를 이어주는 유일하고 작은 통로였다. 물 아래 깊은 곳의 사정은 오로지 찌의 움직임에 의지해 파악해야 했다. 물살 때문이든 물속 채비에 고기의 옆구리가 스쳤든, 찌가 일단 까딱까딱 까불기만 해도 꾼들은 릴시트에 손을 갖다 대고 긴장했다. 찌가 계속해서 까불고 있으면 꾼은 무수한 가능성을 머릿속에 그리면서 원줄을 조금 더 당겨놓고 기다린다. 그러다 찌는 삽시간에 물속으로 사라지고 꾼은 침착하게 속으로 호흡한다. 1초, 2초, 3초…… 노련한 꾼일수록 고기가 미끼를 가져간다는 확신이 들 때까지 서두르지 않는다. 초를 셀 동안 고기가 미끼를 뱉으면 찌는 다시 물 밖으로 머리를 내밀지만 그렇지 않다면 때가 온 것이다. 눈이 시리도록 주홍색 점을 쳐다보며 기다린 시간이 보상받느냐 마느냐가 결정되는 찰나였다.

장환의 초릿대가 수직으로 일어서며 공기를 갈랐다. 옆에서 홍 대표가 오! 하고 소리 지르는 게 들렸고 주변에 내려앉아 밑밥 찌꺼기라도 얻어먹겠다고 벼르던 갈매기 몇 마리가 아악, 아악, 외치며 날아올랐다. 장환은 찌가 잠겼던 곳을 주시하며 릴링을 이어갔다. 그러나 얼마 못 가 고개를 저었다. 줄에 전해지는 장력이나 초릿대의 휨새가 영 허전했다. 예상대로 잡어였고 그중에서도 복섬이었다. 한 줌도 안 되는 놈인데 장환의 손아귀에 들어오자마자 성질을 내느라 배를 빵빵하게 부풀리며 빠각빠각 이 가는 소리까지 냈다. 장환은 잡어 주제에 찌를 호쾌하게 끌고 내려가던 패기에 혀를 찼다. 잡어 중의 잡어인 줄 모르고 대물이나 되는 듯 힘껏 채어올린 게 민망했다. 어쩌면 힘든 낚시가 될지 모른다는 예감이 들었다.

눈에 닿는 포인트에는 경쟁자가 없기 때문에 이쪽으로만 집어가 됐을 만한데도 세 시간이 다 되도록 두 사람 다 이렇다 할 입질을 못 받고 있었다. 홍 대표는 주술을 부리듯 끊임없이 종 알거렸다.

"자, 한 방에 쭉! 쭉! 가자가자가자."

그는 캐스팅을 한 뒤에 찌를 흘려보긴 해도 오래 기다리지는 않았다. 찌가 예상 포인트를 벗어나 흐르는 걸 못 견디는 성미였다. 이미 밑걸림으로 목줄을 몇 번이나 터뜨리고도 수심을 줄이지 않으면서 속공만 고집하기도 했다. 고기가 미끼를 물기를 기다리는 게 아니라 놀고 있는 고기를 걸어서 올리겠다는 심보 같았다.

"왔다!"

마침내 홍 대표가 시원하게 외쳤다. 장환은 반사적으로 홍 대표의 초릿대 끝을 흘겨봤다. 이미 파랗게 환해진 하늘을 배경으로 초릿대가 품이 깊은 호를 그리며 수면 아래로 끌려갈 듯 처박혀 있었다.

"대맹아, 뜰채!"

홍 대표가 한 번 더 호들갑을 떨었지만 장환은 초릿대와 수면을 다시 자세히 보곤 그만 웃고 말았다. 초릿대가 꺾일 듯 휘어지고 있어도 홍 대표가 릴링을 하며 설치느라 조금씩 흔들릴 뿐, 수면 아래 정확히 한 지점만을 향해 고개를 숙이고 있었기 때문이었다. 바닥을 걸고도 여전히 대물인 줄 아는 홍 대표를 그대로 둔 채 장환은 자기 찌에 집중했다. 홍 대표도 그 정도 눈치는 있어 금세 풀죽은 소리를 냈다.

"아닌가?"

홍 대표는 끌어내지도 감아들이지도 못하는 파이팅을 멈추고 서너 번 챔질을 다시 해본 다음에야 바닥을 건 줄 깨닫고 낚싯대를 내렸다. 낚싯대를 뒤로 물리며 당기는데 홍 대표의 릴에서 드랙이 끼리릭 소리를 내며 돌아갔다.

"바닥이 드랙을 치고 지랄이네. 남사스럽구로 참말로."

홍 대표는 드랙을 꽉 잠그고 낚싯대를 당겼다. 다행히 이번에도 목줄만 터져서 원줄의 채비들은 손실되지 않았다. 홍 대표가 바닥과 씨름하는 동안 장환은 물살의 변화를 감지했다. 미풍에 떠밀리듯 하던 찌가 이제는 어린아이의 걸음 속도로 자박자박 흐르고 있었다. 방금 홍 대표의 경우가 그렇듯, 밑걸림인데 찌가 입질을 받은 것처럼 스르륵 들어간 이유도 조류가 빨라져서였다. 시계를 확인하니 벌써 오전 9시, 중들물이었다.

'앞으로 한두 시간이다. 그 사이에 승부를 내야 한다.'

장환은 채비를 회수해서 아직 잡어의 입질을 타지 않은 크릴을 맨손으로 만져보았다.

'따뜻하다.'

시작할 때만 해도 냉수대가 포인트를 휘감고 있었는데 거세진 조류에 밀려나간 게 확실했다. 장환의 손이 바빠졌다. 쑬채로 밑밥을 떠서 찌 자리의 직각 방향으로 좌측 7미터에 던졌다.

공교롭게도 홍 대표가 찌를 던져놓고 흘리고 있는 자리였다. 전방 20미터에서 좌측 직각 7미터 지점이니 중장투인 셈인데 몇 주걱을 던져보니 착점이 모이지 못하고 자꾸 흩어졌다. 쏠 채를 이리저리 살피며 제원을 확인해봤다. 25시시짜리 플라스틱 스푼이 달린 75센티미터 길이의 보급형 같았다. 장환이 평소 쓰는 것보다 대는 길고 스푼은 작았다. 작은 스푼으로 필요한 만큼 던져넣으려면 그만큼 품질을 더 해야 했고, 길이는 5센티미터나 긴데 작은 스푼으로 퍼올릴 수 있는 밑밥의 무게감마저 어색해져서 비거리와 방향을 정확히 맞추기 까다로웠다.

"와, 남으 자리 위에 고마 밑밥으로 폭격을 해뿌네. 내사 바빠서 밑밥 칠 새도 없는데 고맙지 뭐. 감사히 쓰겠습니다이!"

홍 대표는 그새 또 바닥을 걸어 줄을 터뜨리고 바늘을 묶는 중이었다. 처음부터 수심을 잘 맞췄더라면 들물 때문에 수면이 한참 올라오고 있는 지금쯤이면 밑걸림은 고사하고 바늘이 중층에서 둥둥 떠다녀야 할 판인데 이런 와중에 바닥을 걸었다는 건 애초에 수심을 잘못 읽었다는 뜻이었다. 그런 사람에게 조류 속도며 밑밥이 잠기는 각도와 거리 따위를 설명할 필요는 없었다.

장환은 자신만의 낚시에 집중했다. 다시 미끼를 꿸 때는 늘 새로 시작하는 마음이 되었다. 물음표처럼 생긴 바늘이 크릴의 꼬리 쪽으로 들어가 뒤통수를 뚫고 나왔다. 등꿰기를 하려면 크릴의 대가리를 뒤로 젖히고 가슴과 배가 노출되게 해야 했다. 수북한 발들이 바깥으로 펼쳐지게 해 물고기의 눈에 띄기 좋게 만들기 위한 방식이었다. 크릴로서는 살아서는 취해 본 적도, 취할 수도 없는 자세였다.

캐스팅을 한 뒤 채비가 정렬되면서 면사매듭이 찌의 머리에 닿을 때까지 기다렸다. 채비는 정렬되면서 밑밥이 가라앉아 쌓여 있을 걸로 짐작되는 지점을 향해 차분히 흘렀다. 어디까지나 수면 아래의 상황은 짐작일 뿐이었다. 짐작과 실제의 간격을 좁히기 위해 무수한 시행착오를 겪어왔지만 아직도 절반은 운에 맡겼다. 입질이 없으면 밑밥을 투척하는 자리를 조정하거나 찌를 더 흘려보면서 바닥의 형편을 읽어야 했다.

찌가 또 잠길 듯 말 듯하며 긴장했다. 수면 바로 아래까지만 살짝살짝 자맥질하는 찌 주위로 동심원이 잠깐씩 나타나기도 했다.

'또 복섬인가?'

장환은 아랫입술을 물고 신중하게 초릿대를 조금 들어올렸다. 미끼가 살아있는 것처럼 액션을 주는 동작이었다. 장환은 면사매듭이 찌 위로 한 뼘쯤 올라오는 걸 확인하고 다시 내렸다. 미끼 주위에 뭐라도 있다면 이 동작 뒤에 와락 달려들 수도 있었다. 지금까지는 경계심 때문에 건드려만 봤겠지만 꾼의 견제 동작으로 미끼가 갑자기 살아 날뛰는 것처럼 보이니 마음이 급해지는 것이다. 장환은 몇 번 반복해도 반응이 없기에 마지막이라 생각하고 한 번 더 초릿대를 들었다 놓았는데 면사매듭이 툭 떨어지듯 찌에 붙어버리고 그대로 찌와 함께 원줄 전체가 끌려들어갔다. 아주 잠깐이었지만 끌려내려가는 찌에서 좌우 진폭이 보였으므로 입질이 확실했고 초를 세며 기다릴 필요가 없었다. 장환은 이번에도 복섬일 수 있으니 채비를 회수하는 힘만 들여 낚싯대를 들어올리고 릴을 감으려 했다. 그런데 엄청난 힘에 끌려 대가 사정없이 엎어져버렸다.

엎어진 대를 세우려고 당기자 초릿대가 아슬아슬하게 휘어졌다. 한 템포만 늦었어도 위험할 뻔했다. 장환은 낚싯대의 각을 확보해가며 초릿대의 휨새를 통해 물 아래의 움직임을 느껴보았다. 간혹 바닥이나 여가 아니라도 밧줄 같은 쓰레기나 미역 타래에 바늘이 걸리는 바람에 묵직한 무게로 끌려나오는 걸 대물인 줄 착각하게 되는 경우가 있었다. 그러나 이번엔 아니었다. 초릿대가 꾸준히 꾸벅꾸벅 인사하며 희소식을 전했다.

홍 대표도 이미 장환이 챔질할 때부터 주시하고 있었다. 일반인의 평균 시야각이 얼마이든 꾼의 시야각은 최소 좌우 180도에 뒤통수에도 눈이 달렸다고 할 정도다. 자기 찌만 보는 척하지만 오감을 총동원해 다른 꾼의 움직임에 주의를 기울이고 있었다. 그런 상황에서 어디선가 초릿대가 바람을 가르는 소리가 들렸다면 저절로 고개가 그쪽을 향할 수밖에 없었다.

"하이구야, 저거 저거 처박는 거 좀 봐라. 대맹아, 뜰채 대드리야겠다."

낚싯대를 바짝 세워 버텼지만 초릿대는 금방이라도 부러질 것처럼 고개를 숙인 채 쉼 없이 끄덕였다. 장환에겐 익숙한 손맛이었다. 그런데도 릴을 한 바퀴 두 바퀴 감는 손이 떨렸다. 내기만 걸렸다 하면 새로 맨 바늘의 매듭이 풀려버리거나 아예 바늘이 부러지거나 멀쩡하던 목줄이 터지거나 했다. 장환의 인상이 울기 직전처럼 엉망으로 구겨졌다. 내기가 없었다면 벌써 건져내고도 남을 시간인데 고기는 아직도 힘이 남아 수면 저 아래에서 저항 중이었다. 이번에도 어쩐지 불운이 덮칠 것만 같아서 릴링을 너무 신중하게 하고 있는 게 탈이었다. 시간을 더 끌면 고기에게 피신처를 찾을 여지를 주고 끝내는 돌 틈에 처박혀버리는 수가 있었다.

한참 만에야 고기의 저항이 조금씩 줄어들었다. 다행히 후킹은 제대로 되었고 목줄이나 매듭도 튼튼했다. 그제야 장환은 약간 자신감을 찾고 릴링을 좀 더 적극적으로 해볼 수 있었다. 부드럽게 끌어낸 뒤 초릿대를 내려주면서 재빨리 줄을 감아 텐션을 유지했다. 그리고 다시 낚싯대를 세워 몸의 힘이 아니라 낚싯대의 탄성을 최대한 이용해 고기를 끌어냈다. 릴링을 반복하는 사이 어느새 찌가 수면 아래 가까운 곳에서 비쳤다. 이제 목줄만 더 뽑아내면 녀석을 떠오르게 할 수 있었다. 그런데 갑자기 대를 들고 있는 왼팔의 어깨부터 광배근 언저리까지가 몽둥이에 맞은 것처럼 아프더니 점점 저려왔다.

내기 낚시 몇 번은 이것 때문에 망쳤다. 찌가 보였다 하면 대를 들고 있는 쪽에서 시작해서 등 전체가 경직되었던 것이다. 중요한 순간을 앞두고 누군가 뒤를 떠밀어버릴 것만 같은 불안감이 엄습했다. 뒤에서 달려드는 공격에 대해 방어하는 본능으로 등 전체가 우선 긴장하고 허리와 대퇴부까지 단단하게 뭉쳤다. 그러다 상황이 끝나면 거짓말처럼 통증이 사라지니 병원에 가볼 생각도 못 해봤다. 장환의 목덜미에 식은땀이 흘렀다. 침착하자, 아무것도 아니다. 놓치더라도 또 잡으면 된다. 장환은 스스로를 달래며 잠시 릴링을 쉬고 심호흡했다.

"이 와중에 손맛 즐기나? 구 프로, 보기보다 대장부네! 알았으이 고마 건져보소. 어떤 놈인고 얼굴 함 보게."

새벽부터 들어온 사투리가 장환의 귀에 부드럽게 흘러들었다. 홍 대표의 말투에는 경쟁자의 날선 공격성이 섞여 있지 않았다. 어떻게 들으면 응원 같기도 했다. 낚시를 하다 보면 응원하고 축하해주는 척하는 한편으로 견제하고 샘내는 일이 많았다. 내기가 아닌데도 그랬다. 그 순간의 조바심과 박탈감 때문인 줄 모르는 건 아니지만 어떤 이들은 칭찬과 축하에 너무나 야박했다. 그런 이들의 환호는 퍽퍽했고 탄성은 느슨했다. 그럴 땐 고기를 건져올리는 순간이 더없이 외로웠다. 그러나 지금 홍 대표는, 장환의 착각인지는 몰라도 순수하게 고기를 어서 만나고 싶어 하고 있었다. 그렇게 생각한 순간 못 견디게 결리던 등짝이 거짓말처럼 편안해졌다. 맹렬히 마지막 저항을 해보던 고기도 힘을 잃고 배를 뒤집으며 수면으로 몸을 드러냈다. 이따금 아래를 향해 몸을 뒤척이긴 했으나 이미 기진맥진해 있었다. 장환은 무리 없이 이대명이 대준 뜰채 안으로 고기를 넣을 수 있었다. 긴장에 의한 통증의 여파로 다리가 좀 후들거리긴 했지만 티가 날 정도는 아니었다.

걸어올린 감성돔은 체장 40센티미터가 조금 넘을 뿐이었다. 장환은 고작 4짜와 겨루며 이렇게 진을 뺐는가 하고 부끄러워졌다. 대신 어느새 다가와 구경하던 홍 대표가 더 흥분했다.

"이야, 이쁘네. 이거를 낚을라꼬 사람들이 그리 애간장을 태운다 아이가. 오늘은 구 프로 실력이나 좀 구경합시다. 내는 꼬라지 보이 글렀다."

고기 구경 왔다가 자기 자리로 돌아가는 홍 대표의 걸음이 가벼워 보였다. 곳곳에 돌날이 예리하게 서 있는 갯바위였으나 마치 오솔길을 걷는 듯했다.

첫수 이후로 감성돔은 세 마리가 더 올라왔다. 대물은 없었고 3짜와 4짜뿐이었다. 오후 1시, 배가 일행을 데리러 오기 전에 정리해야 했으므로 바늘을 끊었다. 장환과 이대명이 두레박으로 바닷물을 퍼올려 밑밥으로 더럽혀진 자리를 씻어내고 있는데 홍 대표가 전화기를 꺼내 들었다.

"내다. ……그래, 더 안 기다려도 되겠다. 나도 인자 채비 다 됐으니까 고마 날짜를 잡자. ……그거는 니가 알아서 해라, 내가 맞추꾸마. ……이 새끼가, 니 걱정이나 해라 마."

홍 대표는 지금까지와는 달리 냉정하고 묵직한 목소리로 통화를 하다 화를 내며 끊었다. 장환은 홍 대표가 썼던 채비를 마저 정돈하고 있는 이대명의 얼굴을 흘낏 살폈다. 이대명은 아무것도 못 들은 사람처럼 하던 일만 계속할 뿐이었다.

'채비 다 됐으니까……'

장환의 머릿속에서 홍 대표의 방금 그 말이 귓가에 오래 맴돌았다.

이제 모든 장비를 정돈하고 마지막으로 살림망을 갯바위 위로 건져놓았는데 고기를 담아갈 도구가 보이지 않았다. 밑밥통이라도 씻어야 할까 고민하다가 홍 대표를 봤다. 홍 대표가 선글라스 뒤에서 장환과 눈을 마주치며 빙긋이 웃었다.

"와요? 몇 마리 줄라꼬? 구 프로 다 가가소. 집에서 좋아하겠구마……."

한숨이 섞여 나오는 말투에서 조금 전 통화에 심경을 다친 티가 났다.

"놔줘도 되겠습니까?"

장환이 살림망 입구를 열며 물었다.

홍 대표는 직벽에서 자리를 찾아 엉덩이를 걸치며 담배를 꺼내 물었다. 바람 때문에 불이 잘 붙지 않아 첫 모금을 빨기까지 오래 걸렸다. 홍 대표는 연기를 길게 내뿜은 뒤에도 가타부타 말이 없었다. 알아서 하라는 뜻 같았는데 장환은 그가 방금 화를 내던 모습이 자꾸 떠올라 명시적인 대답을 듣지 않고 함부로 무얼 하기가 조심스러웠다. 홍 대표가 다시 한번 한숨 쉬듯 길게 담배 연기를 내뿜고 입을 열었다.

"낚시 참 재밌지요? 잡은 고기를 놔주기도 하고…… 근데 사람은 놔주면 안 돼. 왜 놔주면 안 되는지 압니까? 놔주면 칼 들고 돌아오거든. 그라이까, 일단 잡으면 모가지를 따삐야 된다 이거지."

홍 대표는 좋지 않은 기억을 곱씹는 사람처럼 담배 필터를 깨물었다. 홍 대표의 잇새에서 담배가 조용히 타들어가고 있었다. 함께 낚시하던 어느 순간부터는 이웃에서 오래 봐왔던 중늙은이 정도로 느껴지더니 다시금 새벽에 처음 봤던 낯선 인상이 다가왔다.

"숨 깔딱거리는 거 봐라. 놔줄라면 얼른 놔주고."

홍 대표가 담배를 문 채 살림망을 지켜보다가 선글라스 사이로 파고드는 생연기를 피해 고개를 돌리면서 말했다. 장환은 그제야 고기들을 바다에 쏟았다. 감성돔 네 마리가 저마다의 방향을 찾아 흩어지더니 아예 수면 아래로 모습을 감추었다.

장환은 고기가 사라진 물속을 투시라도 하는 듯 들여다보고 있었다. 방생할 때마다 하는 습관이었다. 깊은 곳을 향해 얼른 달아났던 고기가 잠시 돌아와 수면에 얼굴을 내밀고 자기를 쳐다봐주는 상상을 하는 중이었다. 아직까지는 놓아줬던 물고기와 그런 식으로 다시 만나본 적이 없었다. 매번 부질없는 짓인 줄 알면서도 그만둬지지 않았고 오히려 물속을 들여다보는 시간이 조금씩 길어지기만 했다.

불현듯 머쓱해져 고개를 드니 킹콩호가 쇠뿔섬 뒤쪽에서 나타나서는 장환이 서 있는 쪽으로 다가오고 있었다.

4

제사

　장환은 홍 대표에게서 놓여나고도 곧바로 집에 들어가지 않았다. 잠시 머리를 식힌다는 게 몇 시간이 훌쩍 지나 있었다. 그는 초항 방파제 테트라포드 위에 걸터앉아 하염없이 바다만 바라보고 있었다. 테트라포드 위에는 장환 말고도 바다를 향해 아슬아슬하게 서서 캐스팅에 여념이 없는 꾼들이 많았다. 꾼들은 이따금 전갱이나 고등어만 잡아낼 뿐 장환이 보고 있는 동안엔 별 조과를 만들어내지 못했다.

　―니 지금 어디서 뭐 하고 있노?

　어머니가 전화하지 않았더라면 아버지의 제삿날인 걸 한참 더 떠올리지 못했을 수도 있었다. 그만큼 장환의 머릿속이 복잡했다. 홍 대표의 제안을 받긴 했지만 앞으로의 흐름에 대해 짐작할 수 있는 게 없었다. 홍 대표와 그 일당이 살고 있는 영역은 장환이 한 번도 발을 담근 적이 없는 세계였다. 좀 더 신중했어야 했다고 자책하다가 그 순간에 다른 선택지는 없지 않았느냐고 스스로를 위로하길 여러 번 반복했다.

"물도 다 빠지고 해도 얼마 안 남았네. 고마 드가자."

테트라포드에 선 꾼들 중 누군가가 가까이에 서 있는 다른 꾼을 향해 소리쳤다. 장환은 그 소리에 시계를 확인했다. 4시 50분. 약 30분 전에 간조였으니 이제 슬슬 물이 들어오고 있을 시간이었다. 바다에 나가 있는 꾼들이라면 물이 돌기 시작했으니 조금 더 노려볼 텐데 내항에서는 큰 의미가 없었다. 그 순간 장환의 머릿속에서 뭔가가 번뜩였다.

'어쩌면……'

지금까지의 인생에서 일종의 물돌이가 일어나고 있는 건 아닌지, 상상조차 해보지 못한 방향으로의 전환이 시작된 건 아닌지 하는 막연한 기분이 들었다. 홍 대표와 헤어지고부터 방금까지만 해도 괜히 남의 다툼에 끼어들었다고만 생각했고 그래서 후회하고 있었다. 그런데 만약 이것이 인생의 물돌이라면 어떻게 되는 걸까. 비록 그 방향이 불확실하더라도 한 번쯤 가봐도 괜찮지 않을까 싶었다. 요행을 바라고 있는 것일까? 요행이라면 무슨 요행? 홍 대표의 수하로 들어가 후계자라도 되고 싶은 거냐고 다시 물었다. 망상은 이쯤 해두도록 하자. 장환은 다시 현실로 돌아왔다. 어떻든 이대로 내맡겨보는 수밖에 없었다. 엉뚱한 곳까지 떠밀릴지도 몰랐다. 그러나 어차피 지금까지도 무엇인가에 떠밀려오지 않았던가. 근래 몇 년 동안의 행로를 되짚어볼수록 확실히 그랬다. 초항을 떠나 있던 시간들, 만나고 헤어진 사람들, 그리고 부산 호텔에서의 몇 년과 다시 이곳 초항으로 돌아와서의 몇 년을 모두 복기해봤을 때, 장환이 스스로 길을 헤쳐온 과정은 희미했다. 자기의 처지에서 어떤 일을 만나든 이 방향이 일반적이고 이 속도가 평균적인 것이라고 받아들이는 식이었다. 운명이네 숙명이네 하는 말들을 믿는 게 아니라 자잘한 절망들을 겪는 동안 몸과 마음에 밴 습관이었다. 일반적이고 평균적인 삶이 얼마나 어려운 것인가를 알고 그것에 만족하는 태도를 지키려 애썼다. 그래서 그 흔한 복권 한번 사본 적이 없었다. 그런데도 결국 호텔을 관두고 나와 초항으로 돌아왔다. 호텔에 사표를 낼 때도 이런 고민을 했다. 맞게 가고 있는 것인가? 현실에서 뭔가 기대를 하게 될 때 절망의 크기와 깊이도 그만큼 더해졌다. 기대를 내던지고 순응해도 마음속에서 깊고 큰 구덩이가 사라지지 않는다면 거기서 빠져나가는 게 순리라는 생각이 들었다. 초항으로 돌아왔을 때 구덩이가 사라졌다. 맞게 왔구나. 장환은 마음속 구덩이가 사라진 걸 느끼고서부터 자기 결정에 대해 자신감이 생겼다. 이번 낚시를 계기로 뭔가를 크게 얻겠다는 욕심만 부리지 않는다면 특별히 해를 입을 일은 없을 거라고 믿기로 했다. 욕심을 부리지도 않았는데 마음속에 구덩이가 생긴다면 그때 가서 생각해볼 문제였다. 그렇게 생각하니 비로소 괜한 일에 발을 넣었다는 두려움을 조금이나마 지워낼 수 있었다.

어스름이 깔리는 중인데 대문이 활짝 열려 있었고 방마다 불을 켜두어 오밀조밀한 주택가에서 유난히 눈에 띄었다. 제삿날이라 그런 줄 알고 있는데도 남의 집 같았다. 작은 마당을 지나면서는 잡초가 그득한 마당을 오래 방치해둔 게 고모들에게 좀 창피해졌다. 노루발로 괴어 열어둔 현관문을 지나 기척을 하며 들어서자 전 부치는 냄새부터 훅 끼쳐왔다.

"아이고 우리 장손 오네?"

거실에 앉아 전을 뒤집던 대구 큰고모가 먼저 반겼다. 경산 작은고모는 그 소리를 듣고 거실 안쪽으로 연결된 주방에서 고무장갑 차림으로 나왔다. 고모는 장환을 보자마자 탄성을 질렀다.

"니는 나이를 묵을수록 따악 오빠다."

낡은 앨범에서 아버지가 삼십대 때 찍어놓은 증명사진을 보고 장환도 놀란 적이 있었다. 어릴 때는 그저 주름 없이 팽팽하고 낯빛도 허연 사진 속 아버지의 모습이 신기할 뿐이었는데 나이를 먹고 다시 보니 흑백 거울을 보는 것만 같았다. 단단하게 맨 갯바위화의 신발끈이 쉽게 풀리지 않아 애먹고 있는 중에 어머니의 잔소리가 주방 깊은 곳에서 쏟아져나왔다.

"즈그 아부지 제삿날인데 어딜 저래 돌아다니노 말이다. 고모들이 흉보는 줄도 모르고. 콩나물도 다듬고 밤도 치고 지방도 쓰고, 할 기 천지구만은! 아이고 장환이 아부지요. 내 좀 빨리 데리가소."

고모들이 눈을 찡긋하며 신경쓰지 말라는 눈치를 줬다.

"언니야. 고마 놔둬라. 젊은 사나가 집에만 있어도 한심한 기라. 내는 우리 종혁이가 취직 준빈지 뭔지를 한다꼬 지 방에 틀어백히가 천날만날 콤퓨타나 하고 있는 꼬라지 보이 속에서 천불이 다 나더구만은."

장환은 큰고모가 말하고 있는 대구의 고종사촌 동생을 떠올려봤다. 이제 막 전방 복무를 마치고 인사차 왔을 때 보았던 자신감 가득한 눈빛과 군살 없는 몸이 꽤 인상적이었는데 어찌된 일인지 정작 얼굴이 잘 기억나지 않았다. 왕래는 그때가 마지막이어서인 것 같았다. 아버지의 1주기라 겸사겸사 왔던 것이었으니 벌써 4년 전이었다. 그새 대학은 졸업했고 아직 취직이 안 되고 있는 듯했다.

"하모, 밖에 나다니야 여자도 좀 만나고 그카지. 장환이 니, 있나?"

이번엔 경산 작은고모가 장환을 보기만 하면 꺼내는 이야기를 또 나긋나긋한 목소리로 시작했다. 장환은 이제야 신발을 다 벗고 들어서는 중이었는데 도로 나가고 싶은 기분이 들었다. 그때 뒤가 소란해지더니 누가 큰소리로 대답했다.

"아이고, 고모님, 말도 마이소. 장환이 이거 생긴 거캉 딴판으로 완전 숙맥이라요. 소개팅 나가라고 제가 입이 닳도록 얘기했다 아입니까."

돌아보니 성호였다. 장환과는 중학교 때부터 친구라 두 집안의 대소사를 제 일인 양 꿰고 있는 사이였다. 손에 든 검은 봉지에는 묵직한 것이 들어 있었다.

"니, 또 왔나?"

"야 말하는 거 봐라, 아부지 제산데 내가 안 올까봐?"

그는 장환에게 잠시 눈을 부라리고는 주방으로 향하며 또 고함을 질렀다.

"어무이, 밀가리 중력분 오백 그람, 콩기름 대짜 맞지요? 앞으로는 쪼매 멀더라도 사거리에 큰 마트로 가야겠심더. 이 양반이 백 원 이백 원씩 비싸게 받는구마. 뭔 놈에 구멍가게가 편의점도 아이고, 순 날강도네."

친구가 미리 와서 잔심부름을 하고 있었다면 보지 않아도 어머니의 표정이 싸늘할 것을 알 수 있었다. 장환은 얼른 화장실로 가서 씻고 나왔다.

顯考處士府君神位

56

장환은 지방 글씨가 어딘가 마음에 들지 않는데 어디가 잘못됐는지는 찾지 못해서 가만히 들여다보고만 있었다. 지금까지 지방을 쓰면서 파지를 내지 않은 적은 없었다. 첫 제사 때는 인터넷에서 검색해보고 '처사(處士)' 자리에 '학생(學生)'을 넣었다. 어머니는 제사를 준비하는 내내 말이 없다가 다 차려진 제사상 위에서 지방을 발견하고선 나직이 말했다.

'처사라고 적어라.'

장환은 어머니가 한자를 읽어내는 걸 넘어 다른 글자까지 알려줘서 놀랐다.

'니는 할배 제사 지낼 때 아부지가 쓰시는 것도 안 봤나? 우리는 학생이라 안 카고 처사라 칸다.'

어머니는 전에 없이 서운한 얼굴을 하고 있었다. 아버지의 1주기라 그늘이 더 짙게 드리워져 있어 그렇게 보이는 거라고 생각했다. 그때도 와 있던 고모들은 말없이 고개만 천천히 끄덕였다.

처사. 벼슬 없이 초야에 묻혀 살던 선비라고 검색됐다. 보통 사람으로 살다 간 망자의 생전 지위를 표현할 때 '학생'과 더불어 많이 사용하는 단어였다. 장환이 생각하기엔 '학생'이든 '처사'든 아버지를 가리키는 데는 별 차이가 없었다. 다만 '학생'은 벼슬을 하고 싶었는데 못한 사람 같았고 '처사'는 시켜준다고 해도 안 한 사람 같긴 했다.

'과연 그랬을까.'

아버지는 군사 정권 시절을 자주 추억하곤 했고 장환이 고등학생이 되었을 때는 이담에 육사로 진학하길 원했다. 그럴 만한 성적도 안 되었거니와 군인은 취향에 맞지 않아 그저 흘려듣기만 하다가 어느 날인가, 어부라서 바다를 더 잘 아실 텐데 왜 해사는 추천하지 않느냐고 물은 적이 있었다. 아버지는 무슨 전쟁이든 땅을 차지해야 이기는 거라며 육사가 최고라고 했다.

결국 아버지의 뜻대로 되지는 못했다. 장환의 성적은 3년 내내 고만고만한 수준에서 머물렀고 특별히 어떤 미래를 염두에 두고 있었던 것도 아니었다. 대학은 나와야 한다기에 담임선생의 권유에 따라 부산 변두리의 한 대학에 개설돼 있는 관광경영학과에 지원했는데 미달로 합격됐고 그대로 진학했다. 장환이나 그의 부모로서는 처음 듣는 대학교였고 학과였다. 담임이 유망한 전공이라고 한 말을 믿어보는 수밖에 없었다. 그러나 등록금 고지서에 적힌 금액을 보곤 부모님의 등골을 뽑아서까지 대학생이 되어야 하는지에 회의가 들었다. 고민 끝에 아버지를 따라 배나 타겠다고 해봤는데, 며칠 뒤 아버지는 등록금과 얼마간의 생활비를 구해와 내밀었다. 그 뒤로도 아버지는 학기마다 등록금을 늦지 않게 마련해주면서 배를 탈 생각은 아예 하지 말라고 했다.

장환은 지방을 구겨버리고 한지 한 장을 다시 펼쳤다. 글자의 크기나 모양이나 간격에서 부족함을 찾지는 못했지만 그냥 단번에 썼다는 게 마음에 안 들었다.

한지를 팽팽하게 펼친 다음 붓펜을 가만히 쥐고 다시 첫 글 자부터 천천히 써내려갔다. 그렇게 적어가는 여덟 글자는 아버지 생전에 한 번도 건네보지 못한 손 편지 같았다. 쓰고 있는 글자의 본뜻이 무엇이든 상관없이 장환은 한 획 한 획, 아버지에게 묻고 있었다.

'편한 곳으로 가셨는지요.'

'이제는 안 아프시지요.'

'어머니와 저를 지켜보고 계시는지요.'

대학을 졸업하고 부산의 큰 호텔에 문지기 같은 자리나마 얻어 한 2년 일하다 조금씩 호텔 홍보 일을 배우기 시작할 때였다. 아버지가 간암에 걸렸다는 소식이 왔고 진단 결과 말기라고 했다. 특별한 통증은 없는데도 뱃일을 하는 데 힘이 급격히 달리고 체중도 무섭게 빠졌는데 그러다 말 거라 여기고 미루다가 병원에 갔더니 이미 그 지경이었다. 어머니를 비롯해 아버지를 아는 모두가 술이 문제였다고 입을 모았다. 고된 뱃일에 지친 몸을 독한 술로 달래는 건 누구도 말리지 못했다. 아버지는 수술이나 항암치료를 거부했다. 죽을병 앞에서 헛돈을 왜 쓰냐며 완강하게 버텼다. 건강할 때 뱃일이 없는 날이면 꼭 낚시를 즐겼는데 발병한 뒤로는 아버지를 불러주는 선주가 없어 아예 갯바위에서 살다시피 했다. 그러던 어느 날 아버지는 주변에 있던 다른 조사에게 업혀서 포인트를 빠져나왔고 그들의 차에 실려 돌아왔다. 어머니가 기억하기로는 동네 사람들은 아니었다. 아버지를 데려온 남자의 말에 의하면 갑자기 복통을 호소하며 쓰러졌다고 했다. 그 뒤로 아버지는 영영 병상에서 일어나지 못했다. 장환은 이 세상에서 55년이나 살다 간 한 남자의 흔적이라곤 아들인 자기뿐이라는 게 문득 서러웠다. 세상이 돌봐주지 않는 삶이었고 누구도 관심 두지 않은 말로였다. 아버지는 갯바위에서 찌를 바라보는 동안 무슨 생각을 했을까. 장환은 부디 후회나 회한은 아니었길 빌었다.

"우리 장손 글씨 봐라. 한석봉 저리 가라네."

어느새 대구 큰고모가 다가와 지방을 무슨 문화재 대하듯 거리를 두고 살펴보고 있었다. 보통 사람의 눈에는 그럴싸해 보일 것도 같았다. 글씨가 흔들려 있으면 아버지에게 미안했고 어머니의 눈치도 보여 다시 쓰곤 했다. 틀이 잡힐 때까지 반복해서 연습한 덕에 그나마 궁서체를 흉내낼 수 있었다. 신문지건 공책이건, 붓펜이건 사인펜이건 상관없이 여덟 글자만은 한결같은 서체로 적어낼 수 있었다. 그러나 다른 글자를 써보면 획이 늘어지거나 뭉치기 일쑤였다. 반복해서 손가락에 익히려 한 건 글이 아니라 오로지 한지 위에 적어내기만 하면 되는 여덟 글자의 형상이기 때문이었다. 글씨를 연습하다 보면 손을 기계적으로 놀리기만 하고 머릿속으로는 아버지에 대한 이런저런 기억을 들춰낼 때가 많았다. 초항의 방파제에서 내항을 바라보며 아버지에게 낚시를 배우던 날도 그런 기억 중 하나였다.

'백날 그래봐야 소용없을걸?'

아버지는 낚싯대를 들고 씨름하고 있는 어린 장환에게 약올리듯 말했다. 외항 쪽에서 큰 파도가 테트라포드에 부딪혀 깨지는 소리가 규칙적으로 넘어왔다. 마치 울타리 너머에 있는 맹수가 이쪽을 향해 앞발을 휘두르며 포효하는 것 같았다. 장환으로서는 소리만으로 파도의 크기와 높이를 짐작할 수는 없었다. 그러나 어선을 띄우지 못할 날씨였던 것만은 확실했다. 낮이었고 하늘은 구름 없이 맑았으며 내항은 잠잠했으나 그날 아버지는 일을 나가지 않았으므로 지금 생각하면 풍랑주의보 정도가 있지 않았을까 싶었다. 장환은 찌를 초릿대에 바짝 붙인 채 대를 정수리 위쪽을 향해 수직으로 세워서는 정면으로 휘둘러 할 수 있는 한 멀리 뿌렸다. 그러나 바람의 방향이나 강약, 초릿대의 탄성, 원줄을 놓는 타이밍이 뒤죽박죽되며 찌는 자꾸 엉뚱한 곳에 떨어졌다. 어쩌다 포인트 위에 찌가 떨어지더라도 그건 순전히 운이었다.

아버지는 캐스팅을 제대로 연습해놓지 않으면 헛심만 쓰다가 금방 지친다고 했다. 그러고는 전방 15미터 정도에 낚시용 두레박을 던져놓고 목줄 없이 구멍찌만 달아 물 위에 떠 있는 두레박을 맞춰보라고 했다. 두레박은 물이 가득 담기면 두 손으로 들어야 할 크기라 돌팔매질로라면 단번에 맞힐 수 있을 것 같았는데, 캐스팅으로 겨누려니 너무 어려운 과녁이었다. 시커먼 두레박은 그렇게 수면 바로 아래까지 잠긴 채 약올리듯 일렁이며 슬금슬금 다가오기까지 했다. 아버지는 두레박이 너무 가까워지면 곧바로 건져올려서는 다시 멀리 던졌다. 고정된 과녁이 아니었기 때문에 힘과 방향을 상황에 맞춰야 했다. 바람도 본격적으로 오락가락하기 시작했다. 아무리 던져도 잘해야 두레박의 1, 2미터 언저리에 떨어질 뿐이었다. 장환은 아무래도 될 것 같지 않아 10분을 넘기지 못하고 시무룩해졌다. 그러자 아버지가 낚싯대를 건네받아서 시범을 보였다. 아버지는 낚싯대를 머리 뒤로 젖혔다가 부드럽고 매끈하게 앞으로 뿌렸다. 구멍찌는 초릿대 끝에서 출발해 푸른 하늘을 향해 쏘아올려졌고 완만한 곡선을 따라 수면으로 내려앉더니 마치 두레박이 끌어당긴 것처럼 허공을 건너던 찌가 그 위에 툭 떨어졌다.

'꾼이 이 정도는 돼야 고기 입장에서도 덜 억울하지 않겠나. 우짜다가 재수가 없어서 잡힌 게 아니라 애초에 내 바늘을 피할 방법이 없었던 게 돼야 한다, 이 말이다.'

아버지의 캐스팅 실력은 분명 놀라웠다. 그런데 이어진 설명은 도무지 무슨 얘긴지 이해하기 어려웠다. 아버지의 머리 뒤에 해가 떠 있어서 표정이 잘 읽히지 않았으나 내항 건너 부두 쪽의 어판장을 바라보며 입매를 늘어뜨리고 있는 건 보였다. 장환은 손차양을 하고 물었다.

'에이, 그른 게 어딨노? 바다가 저래 넓은데.'

'짜슥이 아빠가 그카먼 고마 그런 줄 알지 따박따박 대꾸는……'

그저 아들과 함께 낚시를 다니고 싶었던 것일 뿐이었으리라. 목욕탕에서 어린 아들에게 등을 맡겨보는 많은 아버지들처럼 그저 소박한 욕심이었으리라. 장환은 지방을 제사상에 세워놓으며, 그날 뜬금없이 낚시를 배워보지 않겠냐며 자신을 데리고 나갔던 아버지의 심중을 헤아려보았다.

여러 절차의 절을 모두 마치고 지방을 태웠다. 종이 타는 냄새가 잠시 실내에 머물다가 슬그머니 빠져나갔다. 두 고모는 연기가 매워 그러는 것처럼 코를 소리 나게 훌쩍였는데 이미 초반에 강신(降神)할 때부터 애써 참고 있는 줄 장환은 알면서도 모른 체하고 있었다. 첫해에 두 고모는 제사상을 차리던 중에 벌써 소리 나게 흐느꼈는데 그에 비하면 오래 참은 셈이었다.

불타고 있는 지방을 가능한 한 끝까지 들고 있다가 향로에 밀어 넣고 뚜껑을 닫는 것으로 제사는 끝났다. 상을 차리는 데 든 시간이며 품에 비하면 제사 절차는 허무하기 짝이 없게 지나갔다. 누구라 할 것 없이 손을 보태어 제사상 위의 음식들을 주방으로 나르기 시작했다. 장환은 성호와 함께 상을 들어 거실 중간으로 당겨놓고 주방에서 수저통을 받아와 사람 수대로 놓았다. 어머니와 고모 둘, 장환과 성호 몫의 밥과 국이 차려졌고 제수 음식들이 먹기 편하게 손질되어 놓였다.

장환은 음복하기 전에 어머니에게 먼저 제삿술을 올리려 했다. 어머니는 손사래를 쳤다. 제사 때마다 한 잔씩만 권해보는데 워낙에 술자리 근처만 가도 취해버린다는 체질이라 받은 적이 없었다. 장환은 다음으로 두 고모에게 술잔을 건넸다. 고모들은 차를 몰아 돌아가야 했기 때문에 입술만 적셨다. 주전자 속에서 찰랑이는 술은 이제 장환과 성호의 몫이었다. 장환이 한 잔을 말끔히 들이켜는 모습을 본 작은고모가 레퍼토리를 꺼냈다.

"구동근 씨 아들 맞네. 내도 우리 모임에서 한잔씩 마셔보믄 남한테 잘 안 밀리거든. 우리 집안이 원래 아부지도 그렇고 다 술을 잘하잖아. 근데 오빠는 아예 몸이 다른 사람 같더라고. 오빠한테는 소주가 바카스였다 아이가. 맞제 언니야?"

늘 그랬듯 이번에도 같은 대목에서 큰고모에게로 마이크가 넘어갔다.

"말도 마라. 아부지 돌아가신 담에 인자 맘대로 묵기 시작하면서부터는 요래 밥상머리에 앉아가, 컵에 받은 소주 반병을 무신 콜라맨키로 꼴딱꼴딱 먼저 마시고, 국물이나 찌개 같은 거 있으면 한술 뜬 담에 또 꼴딱꼴딱 나머지 반을 마신 담에야 밥을 묵었다. 밤새 뱃일하고 아침에 들어와서 고단할 낀데, 희한하게 그래 안 하믄 잠이 안 온다 카대? 엄마가 속이 다 타서 말이 아니었는데 그래도 우야노, 집에 일할 사람이 오빠밖에 읎으이…… 고마 하고 싶은 대로 하게 놔두는 수밖에. 그라고 보믄 언니도 참 맘 고생이 많았을 끼라. 오빠 가기 전까지 술 하나도 안 줄었다매요?"

장환은 어쩌면 저렇게 토씨 하나 틀리지 않고 해마다 같은 말을 할 수 있는지 의아했다. 큰고모가 어머니에게 차례를 넘길 때 장환은 어머니의 대사를 속으로 함께 읊고 있었다.

"말도 마소. 담배는 또 을매나 피워댔는지 간이 안 망가졌더라도 폐가 남아날 리 없었을 낍니더. 백 푸로 그랬을 낍니더."

장환은 성호의 잔이 빈 것을 발견했지만 제삿술이 담긴 주전자로 손을 뻗지 못했다. 성호도 마찬가지였다. 눈치껏 자제하고 있는데 작은고모가 기어코 쐐기를 박았다.

"장환아, 요새는 남자가 술을 그래 마시뿌먼 여자들이 벨로 안 좋아한데이. 미개인이라 칸다. 그라이, 어디 가서 술 자랑하믄 절대 안 된다 알았제?"

"예, 고모. 저 그렇게 안 마셔요."

장환은 건성으로 대답하고 묵묵히 밥만 떴다. 이야기는 자연스레 장환의 결혼 문제로 넘어갔다. 장환은 이 국면을 모면하려면 어서 숟가락을 내려 놓는 수밖에 없다는 걸 잘 알고 있었다. 성호가 눈치 없이 깨작거리고 있으면 어쩌나 하고 보는데 이미 밥을 탕국에 말아 허겁지겁 퍼넣고 있었다. 새벽에 일찍 매장에 나가려면 얼른 돌아가서 잠깐이나마 눈을 붙여야 할 거라고 짐작했다. 장환도 매장에 나가봐야 하는 건 마찬가지였다.

"성호야, 밥 더 무라. 마이 있다."

어머니가 아들보다 아들의 친구를 먼저 챙겼다.

"마이 무우쑙니다, 어무이. 인자는 지도 나이가 들었는지 잘 밤에 과식해놓으먼 부대끼더라고요."

"그카믄 갈 때 떡하고 전 쪼매 싸주꾸마 가아가라. 아부지한테 감사하다고 말씀 꼭 전하고, 장환이 자가 농땡이를 피운다카믄 두 번 생각지 마시고 댕강 잘라뿌라고 당부드리라."

"벨 말씀을 다 하세요. 장환이가 일머리가 있어서 아부지도 든든하다네요. 걱정 안 하셔도 됩니다."

장환은 성호의 말이 공치사가 아닌 줄 잘 알았다. 부산에서 호텔을 관두고 돌아온 게 2년 전이고 퇴직금을 털어 어머니에게 횟집을 열어주었지만 1년 반이 다 되도록 자리가 안 잡혀 월세라도 제때 내려면 더 늦기 전에 따로 일을 시작해야 했다. 그때가 지금으로부터 딱 6개월 전이었다. 성호는 매일같이 찾아오거나 전화해서 거의 협박에 가깝게 장환에게 출근하라고 닦달했다. 갑자기 전국에 낚시 붐이 일면서 원래도 크던 매장이 아예 중형 마트급으로 확장됐고 용품도 다양해졌다. 그만큼 낚시를 좀 아는 이의 손이 절실해질 수밖에 없었다. 게다가 밤낚시꾼들이나 새벽 꾼들이 늘어나 24시간 운영하는 체제로 바뀐 지 얼마 되지 않은 시점이었다. 장환을 일자리로 내몬 건 그뿐만이 아니었다. 홍 대표 쪽에서 이 팀장을 보낸 게 그즈음이었다. 어머니에게 가게를 차려주느라 진 빚을 너무 늦게까지 안 갚고 있었다.

심사숙고 끝에 얻은 횟집은 크기도 작고 위치마저 구석진 곳인데도 보증금과 권리금을 넘기고 나니 설비를 들일 돈이 모자랐다. 이미 직장을 관두고 온 마당이라 은행문은 너무 높았다. 돈 나올 구멍을 찾던 중에 홍 대표 쪽과 선이 닿았다. 금방 갚을 수 있을 줄 알았는데 장사가 여의치 않아 가게 월세만 간신히 내가며 버티면서 1년 반이 지나니 홍 대표도 슬슬 이대명 팀장을 보내면서 관리에 들어갔다.

서민들을 위해 마련된 초저리 소액 대출 상품이라고 해서 사채라곤 해도 크게 걱정하지 않고 가져다 썼다. 그런데 추심이 그렇게 야멸찰 줄은 몰랐다. 이대명이 가게로 찾아오기까지 했던 날, 어머니는 다시 장바닥으로 나앉더라도 아들의 빚을 끄려 했다. 어머니가 이대명 일행에게 그렇게 말할 때 장환은 화가 너무 나서 그들을 모조리 회칼로 찔러 죽이고 싶을 정도였다.

맨주먹으로라도 덤벼들어 분풀이를 하고 싶었는데 지금껏 어디서 덩치로 밀린 적 없는 장환도 이대명 일행 앞에서는 어린아이에 불과했다. 장환은 한 달만 말미를 달라고 하고 그들을 돌려보낸 뒤 어머니에게는 어떻게든 수습하겠다고 둘러댔다. 그리고 성호에게 연락해 일을 하겠다고 했다.

일단 매주 금요일부터 일요일까지 3일만, 가장 바쁜 시간인 새벽부터 오전까지로 얘기했다. 오후에는 손님이 있건 없건 식당에서 어머니를 도와야 했다. 억지로 시작한 일이라도 친구 아버지가 사장이라고 해서 신세 지는 꼴이 되는 건 싫었다. 점원들과 제품 매대 사이의 동선은 몸에 금방 익었고 한 사람의 몫 이상을 해내는 데까지 오래 걸리지 않았다. 성호는 전일제 근무로 바꾸자고 집요하게 조르고 있는데 지금까지는 근무 날짜와 시간을 처음 시작했을 때와 같이 유지하고 있었다.

밥을 다 먹고는 성호가 장환의 등을 한 번 친 다음 턱짓으로 바깥을 가리켰다. 눈치 빠른 작은고모가 놓치지 않고 물었다.

"어디 갈라꼬?"

"그기 아이고요, 밖에서 잠깐 얘기나 좀 할라고요."

장환으로서는 무슨 얘기를 하려는 건지 짐작하기 어려웠다. 등을 칠 때는 담배나 한 대 피우자는 소린 줄 알았는데 턱짓을 할 때의 눈빛이며 표정을 보니 진짜 할 얘기가 있는 모양이었다.

"아, 그거?"

작은고모가 다 안다는 투로 입술을 한 번 샐쭉거리곤 핀잔주듯 말했다.

"촌시럽구로 느그는 아직도 피우나? 똑똑한 서울 젊은 사람들은 다 금연한단다."

성호는 머쓱하게 웃으면서도 밥상 아래로 장환의 옷깃을 잡아당겼다. 장환은 슬그머니 일어나면서 무슨 일이냐고 눈으로 물었다. 성호는 티 나지 않게 장환을 떠밀었다. 작은고모는 고개를 저으며 한숨만 내쉴 뿐 더는 잔소리를 하지 않았다.

옥상에 올라서자 새벽에 본 것보다 더 배가 불러온 달이 맨먼저 장환의 눈에 들어왔다. 찬 공기를 마시며 채비를 펼치던 갯바위의 풍경이 고스란히 옥상 위로 옮겨진 것 같은 착각이 들었다. 옥상 난간에 붙어 서니 직벽 포인트에 있는 기분도 들었다. 장환의 집이 있는 곳은 야트막한 언덕의 중턱이라 동네가 한눈에 들어왔다. 바닷물이 발 앞까지 차 있는 상상을 하며 그 위로 낚싯대를 드리우려 하는데 성호가 담배를 권했다.

담뱃불을 붙이며 다시 동네를 바라봤다. 원래는 시야가 더 트여 있었는데 언제부턴가 빌라가 빼곡히 들어섰고 이제는 한창 올라가는 중인 빌딩도 있었다. 그래서 어릴 때 보아오던 고즈녁한 밤 풍경은 없어진 지 오래였다. 연탄 실은 리어카가 다니던 골목에 기름 탱크를 업은 트럭이 다니더니 곧 가스 배관이 깔렸다. 비가 오면 여지없이 질퍽이고 곳곳에 웅덩이가 생기던 길을 연탄재를 깨서 다지고 메웠는데 갑자기 아스팔트로 깔끔하게 포장되었고 골목마다 일방통행 표시가 생겼다. 때문에 차를 몰아 집을 찾아오려면 언덕을 넘어가는 큰길에서 직선으로 100미터가 채 안 되는 거리를 커다란 디귿을 그리며 돌아서 들어와야 했다. 오토바이 한 대가 밤길을 내달리고 있었다. 오토바이의 현재 진로는 반대 방향으로 일방통행인 길이었다. 맞은편에서 차가 튀어나와 서로 정면으로 충돌하는 장면이 떠올랐다. 그러나 자정이 넘은 골목길은 조용했고 오토바이는 무사히 사라졌다.

"장환아."

성호가 담배 연기를 내뿜으며 불렀다. 장환은 담배 문 얼굴을 돌려 흘낏 쳐다보는 것으로 대답을 대신했다.

"니 오늘 쇠뿔에 갔드나?"

장환은 내뱉던 연기를 입에 머금은 채 대답했다.

"니가 그걸 우째 아노?"

이번에는 성호가 말없이 담배만 빨았다. 장환은 굳이 대답을 듣지 않아도 대강 짐작할 수 있었다. 성호가 담배 연기와 함께 한숨을 길게 내뱉고 장환을 노려봤다.

"니, 우리 아부지 낚싯배도 하는 거 모르나? 오늘 아침에 난리 났다니까. 뭔 양아치 새끼들이 우르르 나가서 포인트를 아도치고 있으이, 선장들이 노발대발한 거지. 니가 탄 킹콩호 선장님, 우리 아부지하고 형님 동생 하는 사이다."

"선장들끼리 형님 동생 안 하는 사이도 있나?"

장환은 성호의 잔소리가 거세질 기미가 보여 말을 끊었다.

"야, 김 대리! 니, 똑바로 보고해라. 킹콩호 승선 명부에 니 이름이 와 있노?"

"지랄한다. 이게 보자보자 하니까 아무 데서나…… 니 매장 밖에서 한 번만 더 그래 부르면 아가리 찢아뿐다."

어릴 때부터 완력의 차이가 커서 아무리 장난스런 상황이더라도 장환이 정색을 하면 성호는 기를 죽여야 했다.

"새끼, 글타고 친구한테 아가리…… 하여간에 인마, 니가 그런 사람들하고 황제 낚시를 할 레벨은 아니잖아. 완전히 깡패 같더라던데? 진짜 무슨 일이고? 아부지가 니 뭔 일 있는 거 아닌지 꼭 물어보라드라. 니 혹시…….."

장환은 눈을 한 번 질끈 감았다 떴다. 성호가 무엇을 짐작하는지 알 것 같아서였다.

"괜찮다. 내가 잃을 거는 없다."

성호는 장환의 말을 듣자마자 허리에 손을 얹고 숨을 들이켰다.

"니 진짜…… 잃을 게 없는 내기가 어딨노! 최고의 주사위 던지기는, 그 뭐라더라? 그래, 주사위를 통에 그냥 놔두는 거라더라."

"그게 뭔 말이고? 니 매장에 그놈에 명언 좀 그만 붙여라. 아재들처럼 뭐하는 거고? 그라고, 그기 아이라니까? 나는 여기에 거는 게 없단 말이다. 그러니까 그냥 선수라고. 따고 잃는 거는 내한테 베팅한 사람들 문제고."

설명했지만 성호는 성난 눈을 거두지 않았다. 둘은 한참 동안 말이 없었다. 친구들끼리나 인터넷 동호회에서 알게 된 사람들과 소소하게 내기를 하다 보니 전문 꾼들과 붙어보고 싶어졌을 때가 있었다. 판돈을 모아서 그들과 몇 판만 잘 붙으면 홍 대표에게 빌린 돈은 금방 갚을 수도 있을 것 같았다. 장환이 그렇게 말했던 어느 날 성호는 고함부터 질렀다. 성호네 아버지가 종종 내기 낚시꾼 얘길 해주었다고 했다. 그들은 낚싯대 속에 회칼을 숨기고 다녔다. 갯바위로 낚시꾼들을 철수시키러 갔을 때 가끔은 일행 중에 누군가 물에 젖어 있거나 어딘가를 다쳐 있기도 했다. 한눈에도 어서 치료가 필요해 보였지만 그들은 병원이나 경찰에 연락하지 말라고 하곤 항으로 복귀하자마자 곧장 떠났다.

"씨발 모르겠다. 니 좆대로 해라."

성호는 으르렁거리듯 말을 내뱉고는 그대로 몸을 돌려 옥상에서 내려가버렸다.

"매장에서 급하게 연락이 왔네요. 어무이, 전이랑 그거는 놔 두이소. 제가 내일이나 해서 다시 들를게요. 고모님들 운전 조심해서 가시고요."

성호가 작은 마당을 주춤주춤 뒷걸음으로 물러나며 연거푸 어른들에게 허리를 숙였다. 옥상에서는 보이지 않지만 현관까지 어머니가 나와 배웅하는 것 같았다. 장환은 자길 빼놓고도 충분히 화목한 이들을 보며 이미 다른 세계로 건너가 있는 듯한 기분을 느꼈다.

5
악몽

검은 물속이었다.

오래전부터 반복되는 꿈이라 장환은 자고 있는 동안에도 어렴풋이 현실이 아닌 것을 짐작하고 있었다.

출조를 앞둔 날, 대물을 잡고 싶은 욕심에 잠을 못 이루다 설핏 정신을 잃으면 같은 꿈을 꿨다. 언제나 시작은 캄캄한 물속이었다. 차고 무거운 물이 온몸을 휘감고 있었다. 이따금 물결이 일어 몸이 이리저리 쏠렸다. 지옥의 바닥과도 같은 거칠고 날카로운 지형이 희미한 실루엣으로 분간되었다. 높이를 알수 없는 절벽이 덮칠 듯 일어서 있는가 하면 길쭉하고 날카로운 돌들이 성난 군중처럼 이쪽을 겨누고 있었다. 어떤 곳은 평평한 바닥인가 했으나 깊은 틈이 아가리를 벌리고 있었다. 물결에 몸이 쏠릴 때마다 뾰족하고 예리한 곳에 쓸리지는 않을까 두려워졌다. 한 번만 쓸려도 살이 갈라지고 뼈가 끊길 것 같았다. 두려워지면서 숨이 가빠왔다. 물에서 벗어나기 위해 어서 방향을 찾아야 했다. 몸을 뒤척이다보면 잠이 깨기도 했지만 정신이 돌아오는 게 아니라 혼곤한 상태에서 겨우 이불만 더듬어 끌어올릴 뿐이었다. 자세를 다잡고 잠을 청하면 다시 물속에서 꿈이 시작됐다.

이번에는 머리 위로 빛이 보일 정도로 수심이 얕아져 있었다. 포말과 바위와 해초 들이 보였다. 치어 떼가 장환의 몸을 쪼아보다 달아났다. 갯바위라 생각되는 쪽으로 헤엄쳐보지만 언제나 그렇듯 제자리에서 벗어나기 어려웠다. 바위에 가까워지려 하면 물살이 몸을 일으켜 장환을 밀어냈다. 그러면 이제는 뒤에서 소용돌이가 다가와서 끌어당길 차례였다. 장환은 몸을 세워 바닥에 발을 디뎌보았다. 발바닥으로 단단하고 거친 바위의 감촉이 전해졌다. 다급히 발을 놀려보는데 몸이 뒤로 기울었다. 팔을 휘저으며 다시 발밑의 의지될 만한 것을 더듬었다. 소용돌이는 어느새 등 뒤로 바짝 다가와 있었다. 그러나 당장 빨아들이지는 않고 달아나지 못할 만큼만 끌어당길 뿐이었다. 힘이 떨어져 모든 걸 포기해버리고 싶어졌을 즈음 눈앞으로 뭔가가 반짝이며 지나갔다.

황금색 낚싯바늘이었다. 바늘이 살아있는 듯이 물속의 조류를 타고 너울거렸다. 그러다 꼬리를 물음표처럼 말고 있는 새끼 해마로 바뀌었다. 장환은 해마를 붙잡기 위해 손을 뻗었다. 해마는 잡힐 듯 잡히지 않았다. 다급해지며 필사적으로 손을 휘저었다. 그러나 해마는 노랗게 반짝이며 눈앞을 떠나지 않으면서도 장환의 손아귀를 너무나 쉽게 피해 다녔다. 장환은 해마에 묶여 있을 낚싯줄을 생각해냈다. 보이진 않지만 어떻게든 줄을 먼저 잡아채면 그대로 훑어내려 해마를 손아귀에 넣을 수 있을 것 같았다. 손을 머리 위로 휘저으니 금방 머리카락 같은 것이 손가락 사이에 걸렸다.

가늘고 질긴 하나의 실, 낚싯줄이 분명했다. 눈에는 보이지 않아도 손에 닿는 감촉만으로 확신할 수 있었다. 낚싯줄을 손에 쥐자 해마를 잡을 게 아니라 어서 물 밖으로 나가야 한다는 생각만 간절해졌다. 아무래도 줄이 너무 가는 것 같았다. 무엇을 낚겠다고 이렇게 가는 줄을 쓰는가. 물 밖에서 낚싯대를 드리우고 있을 꾼이 한심하고 원망스러웠다. 소용돌이가 계속해서 다가오고 있었다. 이제는 몸이 뒤로 끌리며 젖혀지려 해 다급히 줄을 그러잡았다. 줄이 손아귀에서 미끄러지며 빠져나갔다. 마치 손바닥에 기름을 칠해놓은 듯 아무리 꽉 움켜쥐어도 줄을 자꾸 빼앗겼다. 한 발, 두 발, 세 발, 네 발…… 목줄을 이렇게나 길게 쓰는 낚시꾼이 어디 있단 말인가. 장환은 가슴이 갑갑해져왔다. 갑자기 손아귀에 뾰족한 것이 닿았다. 바늘이었다. 바늘이 손을 깊숙이 찌르고 들어왔다. 아픈 것은 그다지

신경쓰이지 않았고 손이 찢어지더라도 어서 끌어올려지기만을 바랐다.

몸을 잡아당기는 소용돌이가 더욱 거세졌고 장환은 다시 다급히 줄을 손에 감으며 버둥댔다. 그러자 줄이 순간적으로 팽팽해지며 바늘은 더 깊숙이 손을 파고들었고 간신히 말아쥔 줄은 손을 단단히 옥죘다. 챔질이었다. 줄을 당기고 있는 물 밖에서 목소리가 들렸다. 왔다! 와, 이거는 6짜다. 아니다 7짜일지도 모른다. 신이 나서 외치고 있는 목소리가 귀에 익었다. 아버지였다. 아버지, 저예요. 어서 당기세요. 그러나 장환의 목소리는 물을 뚫고 나가지 못했다. 소용돌이는 계속해서 거세지고 손아귀의 낚싯줄로 전해져 오는 아버지의 힘은 약해지고 있었다. 장환은 이를 악물고 버텼다. 어떻게든 버티기만 하면 아버지가 끌어올려줄 것 같았다. 뭐고? 바닥이가? 아버지의 목소리가 바로 귓가에서 말하는 것처럼 들렸다. 바닥이 아니라는 걸 알리기 위해 손을 이리저리 휘저어 고기가 파닥거리고 있는 것처럼 보이게 해봤다. 그러나 아버지는 바닥이라고 확신하고 줄을 끊으려고 했다. 초릿대의 탄성이 느껴지지 않고 줄다리기를 할 때처럼 줄이 빳빳하게 당겨지고만 있었다. 아니에요. 저예요. 장환이 다시 외쳤지만 여전히 소용없었다. 가늘고 단단한 줄은 오래 버티지 못하고 어디쯤에서 툭 끊어졌다. 장환은 손에 깊이 박힌 금빛 바늘을 봤다. 바늘은 다시 해마가 되었고 꼬리를 손에 박은 채 춤추듯 꼼지락거리고 있었다. 그 순간 소용돌이는 장환을 집어삼켰고 장환은 숨을 토하며 잠에서 깼다.

같은 꿈을 꾸다 깰 때마다 물 밖으로 건져지지 못한 게, 그래서 아버지를 보지 못한 게 너무 아쉬웠다. 무기력하게 물속에 빨려들어가버리던 느낌이 잠에서 깨고도 너무 생생하여 한참이나 숨을 가다듬어야 했다. 이제는 제법 익숙해져서 금방 진정되었지만 도대체 왜 이런 꿈을 반복해서 꾸는 건가 하는 의문은 사라지지 않았다. 다음에 또 같은 꿈을 꾼다면 줄을 몸에 친친 감아서라도 건져지도록 하겠다고 별렀지만 늘 같은 방식으로 꿈은 끝났다.

창밖은 어두웠고 시곗바늘은 4시 반에 다가가고 있었다. 알람이 울리려면 아직 한 시간이나 더 남아 있었다. 거실에서 인기척이 났다. 어머니였다. 오늘 장사를 위해 어머니가 어판장에 나가는 것 같았다.

홍 대표는 그날 헤어지기 전에, 날씨며 물때를 잘 확인해서 일정을 잡고 알려주겠다고 했다. 그리고 어제 잠자리에 들기 직전에 출조 일정이 문자메시지로 왔다. 홍 대표가 장환을 테스트한 지 일주일 만이었다.

다시 잠들지 못하고 뒤척이는 동안 시간이 마저 흘러 어느새

5시 반에 가까워져 있었다. 장환은 휴대폰의 알람이 울리기 전에 설정을 지웠다. 해가 하루가 다르게 짧아져 며칠 전만 해도 이 시간이면 희미하게 밝아오던 창이 아직 캄캄했다. 거실로 나가 불을 켜고 안방의 기척을 살폈다. 어머니가 조금 전에 나간 걸 알면서도 문을 열어 확인했다. 누가 보는 것도 아닌데 늘 방 한쪽에 잘 개어놓은 침구가 어둠 속에 쓸쓸하게 웅크리고 있었다.

6시가 되기 전에 창밖이 어슴푸레 밝아왔다. 이제는 슬슬 나설 준비를 해야 했다. 냉장고를 열어 물을 마시려는데 일주일 전에 아버지의 제사에 썼던 배며 곶감 등이 보였다. 사과는 꼭지를 중심으로 둥글게 껍질을 도려낸 부분이 짙게 갈변되어 있었다. 전 같은 것들은 고모들이 더러 싸가기도 했거니와 반찬으로 먹어치울 수 있었는데 과일은 어머니나 장환이나 잘 손대지 않았다. 평생 장환의 가족은 식후에 모여 앉아 차를 마시거나 과일을 씹어본 일이 없었다. 그런 건 티브이 드라마에서나 나오는 장면이었다. 여름이면 토마토 한 바구니, 겨울엔 귤 한 박스를 손 잘 닿는 곳에 두고 저마다 오며 가며 내킬 때 꺼내 먹는 식이었다.

"오늘 잘 좀 도와주세요."

장환은 냉장고 속 과일에 아버지의 혼이 담겨 있기라도 한 듯 중얼거렸다.

어젯밤에 홍 대표의 연락을 받고 챙겨두었던 낚시 도구며 가방을 주렁주렁 몸에 매달고 현관문을 나서려는데 담장 밖 어딘가에서 묵직하고 부드러운 엔진 소리가 들렸다. 이 동네에서 이런 시각에 움직일 엔진이라면 트럭이나 승합차라야 했다. 오토바이도 수긍할 만했다. 그런데 지금 들리는 엔진 소리는 그런 것들과 무게나 힘이 전혀 달랐다. 장환은 시계를 봤다. 홍 대표가 차를 보낸다는 얘기는 없었지만 혹시나 만약 그러기로 했다면 적당한 시간이었다. 곧이어 엔진 소리가 잦아들었고 대문 밖에 커다란 세단의 기척이 다가와 멈췄다. 그리고 장환의 휴대폰이 울렸다. 홍 대표였다. 담장을 넘는 목소리가 수화기를 통해서도 동시에 들렸다.

　"우리 구 프로, 일났으요? 퍼뜩 나오소."

　장환은 지난번엔 평상복 차림으로 나갔다가 홍 대표가 준비해놓은 것만 썼는데 이번에는 구명조끼며 모자며 장갑 등으로 온전히 낚시꾼 차림을 갖추었다. 큰 내기가 걸린 판이라 긴장되면서도 오랜만의 출조에 설렜다. 대문 앞을 막고 있는 검은 세단의 보닛 위로 가로등 빛과 멀겋게 밝아오는 하늘이 함께 비쳤다. 운전석에서 양복 차림의 덩치가 내렸는데 이대명은 아니었고, 누군가 했더니 저번에 낚싯배가 출항하기 전부터 선장을 자꾸 다그치던 남자였다. 창식인가 하던, 홍 대표의 먼 친척이라던 게 떠올랐다. 그는 장환과 눈을 마주친 채 고개를 까딱 숙이는 듯 마는 듯하고서는 차 뒤로 가서 트렁크를 열어줬다.

"뭐 하노? 얼른 짐 싣고 타야지. 아이구야, 구 프로. 그래 입으이 진짜 프로 같네?"

장환은 그제야 뒷좌석 창문으로 얼굴을 내밀고 있는 홍 대표를 발견했다. 그러잖아도 조수석 유리에 비친 자기 모습이 무슨 전투 갑옷을 입은 용병처럼 보여 과했나 싶던 차였다. 장환은 이왕이면 창식이 짐도 좀 받아줬으면 했는데 트렁크를 열어주던 창식은 계속해서 마뜩잖은 표정으로 장환의 시선을 피하고 있었다. 장환이 밑밥통이며 낚시 가방을 트렁크에 밀어넣고 물러나자 창식은 턱짓으로 운전석의 뒷자리를 가리킨 뒤 얼른 차에 올랐다. 장환이 타려 하자 홍 대표가 차 안에서 몸을 기울여서 손수 문을 열어주었다.

장환은 차에 오르고 문을 닫고서야 차에 한 사람이 더 있는 걸 알았다. 조수석에서 앞만 보고 있다가 고개를 돌려 홍 대표에게 출발할지를 묻는 사람은 이대명이었다. 장환은 저도 모르게 허리를 세우고 인사할 뻔했다.

"있어봐라."

홍 대표의 목소리가 차가웠다. 정면을 보고 있었지만 언짢아하고 있다는 게 장환이 앉은 옆자리로도 분명히 전해졌다.

"창식아."

홍 대표가 부르자 운전석에서 창식이 크게 네, 하고 대답하고 몸을 완전히 비틀어 운전석과 조수석의 사이로 고개를 내보였다. 그와 동시에 홍 대표가 손을 뻗어 창식의 귀를 잡아챘다. 창식이 낑낑거리며 딸려오느라 엉덩이가 들리고 목이 길게 뽑혔다. 장환은 마치 제 귀가 잡아 뜯기고 있는 것처럼 인상을 찌푸렸다. 홍 대표가 창식의 귀를 더욱 세게 움켜쥐고 가까이 당겨서 그의 이마에 대고 말했다.

"니 지금 어데서 우빵잡노? 오늘 구 프로는 내 손님이다. 여기 네 사람 중에 서열로 따지면 제일 위란 말이다. 똥인지 된장인지 구분 몬 하는 놈은 그냥 똥개 취급만 받으면 되는 기라. 손님 앞이고, 중요한 날이라 요 정도만 하는데, 앞으로 단디 해라. 알았나?"

홍 대표는 말하면서 시선을 앞 유리의 바깥 어딘가에 두고 있어 장환이 보기에는 마치 여기에 없는 자에게 무전을 보내는 것 같았다. 홍 대표가 창식의 머리를 밀어내듯 하며 귀에서 손을 떼자 창식은 다시 운전석으로 빨려들었고 바로 뒷자리에서 보니 통증을 티 나지 않게 가라앉히려는 듯 어깨만 떨고 있었다.

"구 프로, 미안십더. 내도 오늘 쪼까 신경이 예민해지네. 원래 내가 직원들한테 막 손대고 그런 사람 아인데 말이지요. 이해를 좀 해주시고…… 그래, 간밤에 꿈은 잘 꿨고요?"

"네, 뭐…… 그냥……."

"뭐 그냥? 에이, 그라믄 안 되는데? 구 프로 키만 한 놈을 착, 낚아뻤으야지."

장환은 다시금 등 뒤에서 소용돌이가 저를 끌어당기고 있는 기분이 들었다.

"우쨌든 가면서 얘기합시다. 늦을라."

창식이 변속기를 옮기고 부드럽게 차를 출발시켰다. 잠시 시끄럽고 어수선하긴 했으나 장환은 고물 중고차를 끌거나 택시를 타지 않고 편히 갈 수 있게 된 건 마음에 들었다. 채비 구성이나 생각해보려는데 주머니에서 휴대폰이 울렸다. 메시지가 들어와 있었고 성호였다.

―선주들한테 장구섬 쪽 조업 일시 금지 공지가 돌았다. 오늘인갑네?

장구섬은 원도권 중에서 꾼들에게 꽤 알려진 포인트였다. 오늘 시합이 거기서 치러지는지에 대해서는 장환도 아직 들은 바 없었다. 메시지를 닫아버리고 답신하지 않았다. 장환은 답신하지 않음으로써 자기도 아는 게 없다는 메시지를 전하고자 했다. 그러나 성호는 조급했다.

―주의보도 없는데 이상하잖아. 아무 설명도 없이 말이다. 혹시 밀항인가?

중학생 때 밀항선이 붙잡힌 적이 있긴 했다. 선외기 같은 작은 동력선이 표류하다가 붙잡혔는데 거기에는 이십대 남자 세

명이 탈진한 채 구조를 기다리고 있었다. 누구는 간첩이라고도 하고 누구는 난민이라고도 했다. 해경은 그냥 불법체류를 목적으로 들어온 사람들이라고 발표했다. 방송 3사의 저녁 뉴스에도 나올 만큼 큰 사건이었는데 워낙 오래된 일이라 상세한 건 다 잊었다. 그러나 성호는 그때부터 이유 없이 조업이 금지되기만 하면 밀항선이네 간첩이네 했다. 그러나 중학생 때 그 사건 이후 알려진 밀항은 없었다. 밀항 외에도 성호가 상상을 뻗치는 길은 많았다. 관에서 해양조사 활동을 예고하고 일부 원도권의 조업을 잠깐씩 중단시키는 경우가 있었다. 그럴 때마다 성호는 눈을 가늘게 떴다. 말은 해양조사 활동이라지만 실은 한국과 미국이 연합으로 하는 해군 잠수함 훈련인데 보안 때문에 대외적으로는 그렇게 알리는 거라고 했다. 장환은 성호가 소설 같은 걸 쓰면 어떨까 생각했다. 어디서 명언이나 경구를 수집해 매장에 적어두는 짓만 봐도 글을 좋아하는 것 같은데 소설을 쓴다는 얘긴 들은 적이 없었다. 장환은 성호의 방식대로 오늘 장구섬 일대 조업 금지를 해석해봤다. 그러니까 오늘 출조지가 정말 장구섬이라면, 홍 대표나 상대 팀 일당이 포인트를 확보하기 위해 해경을 움직여 허위 공지문을 돌렸다는 얘기가 됐다. 장환은 헛웃음이 나려는 걸 참으며 성호의 메시지만 들여다보다가 휴대폰의 진동 모드를 아예 무음으로 바꾸고 주머니에 넣었다.

"오늘도…… 쇠뿔로 갑니까?"

장환이 홍 대표에게 넌지시 물었다. 홍 대표는 장환이 포인트에 대해 궁금해할 줄 알았던 것처럼 웃는 얼굴을 잠시 보이고 고개를 저었다.

"아이라. 내는 날짜를 정하고 포인트는 글마가 정하기로 했거든. 가보믄 알겠지 뭐. 너무 급하게 연락이 와서 놀랐지요? 행여 저쪽이 장난질 쳐놓을까 싶어서 내가 말미를 안 준 기라. 뭐, 날씨도 오늘이 제일 좋더라고. 낼부턴 바람이 터진다매?"

장환은 홍 대표가 말한 '장난질'이 무엇인지 짐작해보려 했지만 떠오르는 게 없었다. 상대가 설 포인트에 뭘 설치해놓기라도 한다는 얘긴가? 아니면 자기네 자리에 다량의 집어제를 미리 던져둔단 소린가? 혹시 잠수부가 숨어 있다가 바늘에 고기를 꿰어주기라도 한단 건가?

"장난질이라면……?"

"내도 모르지. 그냥 예방 차원에서. 말했다시피 옛날부터 꼬롬한 새끼였거든."

홍 대표는 후배라는 자에 대해 얘기하기 시작했다. 이름은 김재복인데 이름 때문에 언청이가 아닌데도 쩨보라 불리곤 했다. 그러나 그의 면전에서 그렇게 불렀다가는 반드시 칼을 구경하게 된다고도 했다. 홍 대표와 함께 아주 어릴 때부터 회장님을 모시는 한식구였는데 조직에서 이인자 자리까지 다툴 정도로 성장하고부터는 틀어졌다. 김재복은 늘 독립할 생각만 했다. 모시던 회장이 병이 드는 바람에 사업을 챙기기 어려워졌을 때부터 본격적으로 뒷주머니를 찼다. 회장이 죽은 뒤에 홍 대표가 사업들을 본래 궤도에 올려놓으려고 보니 회계상의 빈틈이 너무 많았다. 홍 대표가 따지자 김재복은 노골적으로 야망을 드러냈다. 그는 자기 몫을 주장했고 홍 대표는 이참에 연을 끊어버리는 게 좋을 수도 있겠다 싶어 뒷말 나오지 않을 만큼 양보해서 갈라섰다. 그 후 김재복은 전국구가 되겠다며 서울로 근거지를 옮겼다. 이쪽으로는 잊을 만하면 내려와 홍 대표가 지역을 완전히 장악해버리지 못하도록 견제했는데 주로는 서울에서 머물렀다. 서울에서는 장물이며 매춘이며 가리지 않고 손댔다. 홍 대표는 조직에서 김재복을 떨어낸 뒤부터 오로지 '금융업'에만 집중해 초항시에서 차곡차곡 기반을 다져왔다. 처음에는 주저앉지만 않으면 다행이라고 생각했으나 용케도 다시 일어섰다. 홍 대표가 사업을 정상궤도에 올려놓을 동안 김재복도 나름대로 서울에서 몸집을 키웠다. 알아본 바에 의하면 온갖 더러운 일에 발을 담그고 있다고 했다. 그런 자가 초항시의 숙원 중 하나인 '낚시 테마파크 조성 사업'을 수주하려고 큰 조직을 이끌고 내려와 있었다. 시에서 국가 예산을 편성받기 위해 애쓰고 있을 때부터 홍 대표가 침을 발라놓은 일이었다. 국회 예산 심의가 통과되자마자 김재복이 서울에서 내려온 걸로 봐서 뒷배가 있는 게 아닌가 하고 홍 대표는 의심했다.

"이런 일에 겨우 낚시 한 번 이기고 졌다고 물러설 리가 있겠는교. 그거는 아이고, 초반 기 싸움인 기라. 이런 거 하믄서 서로 어떤 놈이 움직이는지 탐색도 하고, 일하는 스타일이 어떤지 간도 보고 그카는 기지. 글타고 별거 아인 건 아이라. 오늘 게임은 밑에 직원들 사기가 달렸어. 말했다시피 초반 기 싸움. 이 바닥에서는 그기 꽤 중요하그든. 첫 단추를 잘 끼아야 다음 단계도 스무우스으, 하게 간다고. 그카이, 내가 오늘 구 프로한테 거는 기대가 크지요. 이거, 내가 자꾸 부담 주고 있나? 그라믄 안 되는데? 고마 편안하게 하소, 편안하게. 평소처럼."

애기를 듣는 동안 차는 작은 바닷가 마을로 들어서고 있었다. 초항의 크기에 비할 수 없이 작은 어항이었다. 방파제의 초입에 사람들이 서 있는 게 보였다. 방파제는 바다를 향해 고작 30미터 정도 뻗어 있었다.

"저 새끼, 못 본 새 인상이 더 드러워졌어. 모르긴 몰라도 사람도 여럿 죽였을 기라."

홍 대표가 정면을 턱짓으로 가리켰다. 차가 다가가는 곳에서 한 무리가 이쪽을 보고 서 있었다. 무리 중 한가운데의 남자가 방금 홍 대표의 턱짓에 지목당한 김재복인 것 같았다. 그와 그의 일당은 차가 완전히 멈추지도 않았는데 먼저 바짝 다가섰다. 김재복은 잘 빼입은 양복 차림인데도 두 손을 바지 주머니에 찌른 채 꺼꾸정하게 서 있는 모습 때문에 어딘가 불량하게 보였다. 홍 대표보다 4년 아래라니 이제 쉰 중반인 셈인데 아직은 사십대로 행세해도 될 듯했다. 김재복의 바로 곁에는 머리부터 발끝까지 흰색으로 낚시 복장을 갖춘 사람이 서 있었다. 마른 몸에 키가 보통 사람보다 머리 하나는 더 커서 전봇대 하나가 서 있는 것 같았다. 차가 멈추자 김재복은 정강이가 번호판에 닿도록 바짝 다가서서는 구멍을 들여다보는 맹수처럼 앞 유리 쪽으로 얼굴을 들이댔다. 그러고는 차 안쪽 어디라고 할 것 없는 곳을 향해 한 손을 들어 크게 흔들었다.

창식이 주차하자마자 얼른 내려서는 빠른 걸음으로 차 뒤를 돌아 홍 대표 쪽 문을 열었다. 이대명도 어느새 차 밖으로 나가 홍 대표가 내려설 자리 쪽에서 허리를 90도로 접고 기다렸다.

"자, 구 프로. 함 가보십시다."

홍 대표가 비장한 어조로 말했다. 그제야 장환도 자기 쪽 문고리를 잡아당겼다.

차에서 내려서자마자 장환은 전봇대 같은 남자를 자세히 관찰했다. 모자도 흰색, 점퍼와 바지와 조끼도 흰색이고 신발도 흰색이었다. 약간의 포인트나 무늬가 있을 법도 한데 그저 흰색이기만 했다. 그리고 방금 매장에서 맞춰 입고 온 것처럼 깨끗했다. 큰 키에 괴상한 차림 때문에 장환은 어쩐지 벌써부터

기가 질렸다.

전봇대도 장환을 발견하곤 재빨리 훑어봤다. 이쪽 일행 중에서도 낚시꾼 차림은 장환뿐이었다. 그는 장환과 아주 잠깐 눈을 마주치고는 고개를 돌려 다른 일행들을 구경했다. 장환은 상대가 뭔가 불쾌해하고 있다는 인상을 받았다. 육십 줄은 족히 돼 보였는데 매일같이 낚시를 다니느라 노화가 빨리 와서인지 아니면 정말 그만큼 나이를 먹은 사람일 뿐인지는 헷갈렸다. 실력을 보면 알 일이었으므로 기분 나쁜 눈빛에 대해서는 그만 신경을 끄기로 했다.

"하이고, 우리 상만이 행님. 어디서 꿈나무를 데꼬 오셨네요."

김재복이 장환의 얼굴에 시선을 고정하고 홍 대표에게 다가오며 말했다. 홍 대표보다는 키가 한 뼘쯤 더 컸고 가까이서 보니 눈가의 주름이 깊었다. 장환은 꿈나무라는 소리를 듣고서야 조금 전에 전봇대가 자기를 이상한 눈으로 본 이유를 알 것 같았다. 대결 상대가 어려 보여서 자존심이 구겨진 것 같았다. 장환은 홍 대표와 김재복 사이의 사연이 어떻든 이 기분 나쁜 사람은 반드시 이기고 싶어졌다.

"낚시를 나이로 하나? 잔말 말고 앞장서라."

"근데 배는 말라꼬 빌렸능교? 우리 요트로 한 번에 가면 된다고 연락 안 갔습니까?"

계류장에서 아까부터 장환의 눈길을 끌던 배를 김재복이 손을 들어 가리켰다. 진짜 요트라고 착각할 만큼 흰색으로 깔끔하게 도색한 낚싯배였다. 거무튀튀하게 물때를 뒤집어쓴 다른 낚싯배들 사이에서 한 마리 백조 같았다.

"내가 니캉 한배에 탈 일은 회장님 돌아가신 뒤로 없다고 안 했나."

그때 장환은 김재복의 광대뼈 언저리가 씰룩거리는 걸 발견했다. 김재복은 입매만 웃는 표정으로 잠시 그렇게 홍 대표를 쳐다보기만 하고 있다가 고개를 옆으로 돌려 콧방귀를 흘리고는 말을 잇새에서 짓이겼다.

"한배라…… 말이 참 재밌다, 그죠?"

김재복의 눈빛에서 적의가 한껏 올라갔다.

"너무 그카지 말지? 사람 앞일 누가 안다고?"

이번에는 아예 이마를 앞세워 한 걸음 다가서며 목소리를 깔고 말했다. 그러자 홍 대표 옆에 붙어 서 있던 이대명이 재빠르게 홍 대표 앞으로 어깨를 집어넣었다. 그 바람에 김재복은 이대명의 가슴께에 이마를 찧었다. 순간 양측의 수하들이 동시에 경계하듯 상대방을 노려보며 주먹을 쥐었다. 김재복이 이대명의 가슴에서 천천히 머리를 떼고 물러서서 그를 올려다보다가 짐짓 놀란 척 말했다.

"이야, 대맹이! 니 참 오랜만이다. 그래 그래, 우리 행님 지켜줄 사람이 니빽에 더 있겠나. 내도 알지. 아먼! 알고 말고."

김재복이 손을 들어 이대명의 어깨를 툭툭 두드렸다. 이대명은 늘 그렇듯 석상처럼 표정 없이 김재복의 뒤쪽 어딘가를 쳐다보며 서 있을 뿐, 김재복을 노려보지도 위협하지도 않았다. 김재복은 이대명의 어깨에서 손을 슬쩍 거두고 홍 대표를 향해 말했다.

"자, 그라믄 행님, 함 가보까요?"

잠시 팽팽해졌던 긴장은 김재복이 여유를 보인 덕에 조금 풀어졌다. 김재복은 건들거리는 걸음으로 앞장서면서 슬쩍 고개를 돌려 장환을 쳐다봤다. 너무 짧은 순간이라 장환은 피할 새도 없이 그 빈정거리는 듯한 눈길을 당해야 했다.

전봇대를 비롯한 김재복의 일행들이 그 뒤를 따랐고 여남은 명의 무리가 모두 자리를 뜨고 나서야 홍 대표도 움직였다.

6
직벽

배가 방파제를 돌아 먼바다를 향해 속도를 높이기 시작하자 갈매기들이 따라붙었다. 놈들은 동이 환하게 터오는 바다 위에서 배 주위의 일정한 범위를 활강하며 맴돌았다. 비스듬히 앞서가고 있는 김재복의 배 위에도 어림잡아 열댓 마리쯤 되는 갈매기들이 있었다. 마치 승선자들이 저마다 연을 하나씩 띄워놓은 것 같았다. 갈매기들은 연줄을 팽팽하게 당기며 끌려가다가 이따금 바람의 덩어리와 부딪히는 것처럼 상하좌우로 휘청거렸다. 일기예보에서는 풍속이 3미터에서 8미터까지 오르내릴 거라고 했다.

김재복 일행이 탄 배는 달리면서 바라보니 킹콩호와 더욱 비교됐다. 고급 요트라고는 할 수 없지만 하나의 톤으로 하얗고 밝게 칠한 도색이 산뜻했고 어디 하나 녹슬거나 낡은 곳이 보이지 않았다. 장환은 생각하다 말고 고개를 크게 끄덕이며 아, 하고 소리를 냈다. 이제야 선수의 차림새와 배의 색깔이 무관하지 않을 거라는 생각이 들어서였다. 초항시에서는 보이지 않던 선박이고, 배 주인도 이쪽 사람이 아닌 건 확실했다. 고물 쪽에는 마치 테라스처럼 그럴싸한 테이블과 좌석이 갖춰져 있었고 김재복과 그의 선수는 거기에 마주앉아 먼 풍경을 가리켜가며 이야기를 주고받고 있었다. 뱃전에 검은색으로 커다랗게 적힌 글자 'SUNRISING'이 수면에 닿았다 떠올랐다 하며 포말을 뿌리쳤다.

선라이징호가 앞서가며 일으키는 물살이 뒤로 길게 부챗살처럼 펼쳐지고 있었다. 킹콩호는 부챗살 왼편에서 물살을 피해 앞 배와의 간격을 유지했다. 이물에 부딪치는 파도가 묵직하고 단단하게 배를 울려 후미에까지 충격을 전달했다. 용골이 한 번씩 파도에 올라탔다가 떨어질 때면 흘수선이 거의 난간 근처까지 다가오곤 했다. 어쩌다 파도가 없는 곳을 통과하더라도 펑크 난 타이어로 비포장길을 달리고 있는 것처럼 진동과 소음이 심했다. 배가 너무 빨리 달리고 있는 탓이었다. 장환은 이 정도 속도면 족히 25노트는 될 거라고 짐작했다. 시속으로 따지면 48킬로미터 정도밖에 되지 않았으나 손을 뻗으면 닿을 듯한 수면 바로 위에서 체감되는 속도는 100킬로미터를 넘었다. 7톤급의 낚싯배로서는 최고 속도에 가까웠다. 선라이징호의 두 사람이 수하들만 남겨두고 선실로 사라졌다. 킹콩호에서도 홍 대표와 장환은 바람을 피해 선실로 들어갔고 홍 대표는 시선을 바닥 어디엔가 박아둔 채 입을 꾹 다물고만 있었다.

배가 어항을 벗어난 지 어느덧 30분을 넘겼다. 먼바다를 향하고 있는 게 분명했다. 장환은 그제야 아직 아무도 목적지에 대해서 말해주지 않았다는 걸 깨달았다. 장환으로서는 포인트를 알아야 그쪽의 컨디션을 기억해볼 수 있었고 그래야 대강이라도 채비를 구상할 것이므로 누구든 얘길 좀 해줬으면 싶었다. 장환에게는 아까 성호에게서 받은 문자메시지 내용이 전부였다. 답답해서 선실 밖으로 나가봤다. 언제부턴가 배 위를 맴돌던 갈매기들이 사라지고 없었다. 육지는 시야에서 벗어나 있었고 위치를 가늠할 만한 무인도나 바위도 보이지 않았다. 그야말로 망망대해였다. 장환의 경험에 따르면 이런 곳을 지나 배를 댈 만한 원도권 포인트는 몇 군데 없었다.

한 시간 정도 달려 도착한 곳은 성호가 말한 대로 장구섬이었다. 이름처럼 장구를 닮은 작은 무인도이고 북동과 서남을 등진 두 덩어리가 마주보고 있었다. 사방 8킬로미터 주변은 모두 바다였고 섬이라기보다는 바위에 가까워 웹상에서 지도로 보려면 축척을 1대 50까지 확대해야 이름이 화면에 표시될 정도로 작았다. 양쪽의 바깥 면은 거의가 직벽 자리에 수심이 제법 나와서 대물을 노리는 꾼들에게 인기가 많았다. 장환도 종종 5짜를 거는 등 재미를 쏠쏠하게 본 곳이었다. 장환은 성호에게 받은 메시지를 다시 떠올렸다. 해경의 공지가 돌았다더니 섬은 정말 완전히 비어 있었다. 과연 김재복이란 자가 오늘 출조를 위해 해경을 움직인 걸까.

'소설 쓰고 자빠졌네.'

장환은 언젠가 성호에게 했던 말을 떠올리며 얼른 머리를 비웠다. 지금은 그런 걸 생각하고 있을 때가 아니었다.

두 배는 섬의 서쪽을 돌아 동남쪽 직벽으로 다가가서 섬을 바라보고 나란히 섰다. 동쪽은 서쪽에 비해 직벽의 경사가 그나마 조금 완만했고 바다 쪽으로 내밀어진 여 자리도 몇 군데 있었다. 장환은 머리를 빠르게 굴렸다. 현재 시각 8시 30분. 약한 시간 전이 만조였으니 채비를 마치고 첫 캐스팅을 할 때쯤이면 날물이 한창 뻗기 시작할 터였다. 그러므로 서북쪽 직벽보다는 동남쪽을 향하고 있는 지금의 자리가 옳았다. 오늘은 12물이므로 조류의 세기는 일주일 전과 비슷한 수준인데 다만 일주일 전은 살아나는 조류였고 오늘은 죽어가는 조류였다. 조류가 죽기 시작하면 물것들은 조금씩 흥분을 가라앉히면서 경계심을 가지기 시작했다. 이 시기부터는 고기와 수 싸움을 펼쳐야 했다.

장환은 김재복 쪽의 선수를 슬쩍 쳐다봤다. 그는 이물 위에 올라서서 선글라스를 낀 채 섬 전체를 살펴보고 있었다. 다시 봐도 커다란 키에 아래위로 엿가락처럼 허옇게 차려입은 꼴이 우스웠다. 그러나 만약 그가 직접 이런저런 포인트 컨디션을 파악해서 이곳으로 대결 장소를 정한 것이라면 만만히 볼 상대가 아니었다.

김재복이 이쪽의 홍 대표를 향해 소리쳐 이견이 있는지 물었다. 포인트가 마음에 드는지 묻는 것이었다. 배들은 아직 닻을 내리고 있는 게 아니라서 자꾸 오른쪽으로 비스듬히 흘렀다. 그래서 한 번씩 출력을 올려 위치를 유지하고자 했다. 바람이 좀 일고 있는 편이었으나 직벽이 막아주어 낚시하는 데는 문제없을 것 같았다. 다만 포인트 발밑에서는 포말이 일 정도로 파도가 거칠었다. 우선 보이는 형편은 그러했으나 날물이 잦아들면 어찌될지 모를 일이었다. 홍 대표가 장환을 봤다. 장환은 그저 고개만 끄덕였다. 그러나 홍 대표는 대답을 망설였다.

"우리가 저쪽에 선다고 해보까?"

배의 위치대로라면 저쪽은 바다를 마주보고 왼쪽에, 장환은 오른쪽에 서야 했다. 장환이 현재 조류의 위쪽이었다. 일반적으로는 밑밥이 흘러와줄 아래쪽이 유리하긴 했다. 홍 대표도 그걸 신경쓰고 있는 것 같았다. 장환은 고물 쪽 끄트머리에서 먼바다를 향해 서서 조류를 살폈다. 본류는 저 멀리서 오른쪽으로 횡보하는 중이었다. 그 앞에서 제1지류가 오른쪽 사선 방향으로 본류에 말려들고 있었다. 다시 이물로 돌아와 살펴보니 낚시를 할 포인트의 발 앞은 분명히 제1지류의 영향을 받고 있었다. 큰 원을 그리며 제1지류에 합류하는 모양새로, 눈에 확실히 띄지는 않지만 분명 소용돌이였다. 어디에 품질을 해대든 바닥권에서는 밑밥이 한자리에 몰릴 가능성이 컸다. 그러므로 조류의 위쪽인지 아래쪽인지보다는 밑밥이 가라앉는 동안의 경로가 중요했다.

"상관없습니다."

홍 대표가 장환을 보며 확실한지 눈으로 물었다. 그때 저쪽 배에서 김재복이 다시 큰 소리로 빈정거렸다.

"고민되면 우리가 바까주고요. 행님 유리한 대로 다 해주께."

"저 씨발놈이……."

홍 대표는 김재복을 노려보면서 나지막이 욕을 한 번 뱉고는 곧 표정을 편안하게 고치며 대답했다.

"이쪽이나 그쪽이나 아무 상관이 읎다는데? 시작하자 고마."

장환은 그때도 물만 살펴보고 있었다. 그러느라 저쪽 배의 선수가 선글라스를 콧방울까지 끌어내리며 약간 놀란 눈으로 자길 쳐다보는 줄은 몰랐다.

배가 각자의 자리에 접안하자 홍 대표가 "화이팅!" 하고 외치며 장환을 향해 주먹을 들어 보였다. 장환이 예상했던 대로 낚시 자리에는 선수만 올라가고 나머지는 배에서 지켜보기로 돼 있었다. 배가 갯바위에서 코를 떼면서 시합은 시작된 거나 마찬가지였다. 장환은 배에서 내린 짐들을 낚시 자리 한쪽에 모아두었다. 깎아낸 듯한 직벽에서 낚시를 할 만한 자리는 많지 않다. 평소 꾼들은 배 위에서 직벽을 눈으로 더듬다 밑밥통 놓을 자리만 있으면 다른 짐들은 비스듬한 곳에 붙여놓다시피 해야 할 형편이라도 기어코 올라섰다. 김재복 쪽의 선수나 장환이나 지금 선 자리가 딱 그랬다. 둘은 약 30미터 간격을 두고 나란히 바다를 향하고 있었다. 그리고 둘을 데려온 배는 전방 60미터쯤에서 닻을 내려 배를 고정하고 관전할 준비를 마쳤다. 선수들을 향해 옆구리를 보이고 늘어서 있는 모양새였다. 양쪽 모두 뱃전의 난간을 따라 양복 차림의 관전자들이 제비처럼 매달려 있었다.

장환은 채비를 하기 전에 밑밥통을 열어 몇 주걱 던져봤다. 물살을 더 구체적으로 확인하기 위해서였다. 그러나 아직 얼어 있는 크릴 때문에 밑밥이 뭉쳐지지 않아 허공에서 흩뿌려지고 말았다. 장환이 그러고 있는 사이에 저쪽은 뜰채를 펼치고 있었다. 마치 대물을 낚겠다고 예고하는 듯했다. 그러거나 말거나 장환은 채비보다는 밑밥에 더 신경썼다. 장환은 주로 파우더며 크릴을 낚시점에서 배합해오지 않고 봉지째 가져와서는 현장 조건을 확인한 뒤 즉석에서 만들어 사용하는 쪽이었다. 그러나 어항에서 김재복을 만났을 때는 미리 말아놓은 밑밥을 받아야 했다. 커다란 비닐봉지 두 개가 저쪽 팀 차에서 나왔고 내용물을 확인한 다음 장환이 먼저 고르게 했다. 크릴과 집어 파우더와 압맥이 같은 비율로 섞여 있다고 했다. 아직 얼어 있는 크릴 덩어리가 있는 걸로 봐서 방금 분쇄기로 섞어온 것이었다. 손가락으로 비벼보니 색소가 묻어나지는 않았으므로 파우더는 그럭저럭 괜찮은 제품을 넣은 것 같았다.

재료들을 섞어놓기만 한 상태라서 아직은 점성이 덜했다. 배로 한 시간 남짓 달려오는 동안 크릴이 녹으며 밑밥통 바닥에 수분이 깔려 있을 터였다. 장환은 두레박으로 물을 받아 밑밥통 옆에 둔 다음 소매를 걷어붙이고 맨손으로 밑밥을 다시 섞었다. 붉그스름한 파우더 반죽이며 거기에 그득히 박혀 있는 크릴과 압맥 알갱이 들은 영락없이 소화가 덜 된 배설물처럼 보였다. 뒤적거릴수록 구수한 곡물 냄새와 쿰쿰하고 찝지름한 크릴의 단백질 냄새가 섞여 올라왔다. 장환은 밑밥 반죽을 샅샅이 뒤져 얼어 있는 크릴 덩어리를 찾아낸 뒤 그것들을 일일이 잘게 부쉈다. 얼음기가 푸석해져 있어서 조금만 힘을 줘도 잘 쪼개졌다. 밤톨만 한 것들까지 찾아 일일이 뭉개려니 냉기에 맨손이 곱아들어 자주 두레박에 손을 넣었다. 10월 기온은 하루가 다르게 떨어지고 있는데 바닷물에는 아직 온기가 남아 있었다.

장환은 밑밥을 섞으며 분쇄기가 보편화되지 않았던 시절을 떠올렸다. 그때는 꽝꽝 언 크릴 덩어리를 커다란 고무대야에 넣고 공이로 찧어가며 파우더와 압맥 등을 섞었다. 공이질을 하더라도 아주 짓이겨버리지는 않아서 얼음기가 녹으면 크릴 한 마리 한 마리가 거의 온전히 나타났다. 벽돌 같은 크릴 덩어리가 공이질로 고르게 부서지면 낚시점 주인은 커다란 주걱을 가져와 집어용 파우더와 압맥 같은 것들을 꼼꼼하게 배합했다. 그렇게 말아주는 밑밥은 처음엔 포슬포슬했고 서서히 점성이 높아져 손을 따로 대지 않아도 채비를 마치고 캐스팅할 즈음이면 알맞게 뭉쳐졌다. 그런 밑밥을 만들던 시절엔 낚시점 주인의 이마에서 구슬땀이 마를 새가 없었다. 그래서인지 어느 시기부터 가게들마다 출입문 옆에 분쇄기를 설치하더니 온갖 것들을 한 번에 때려넣고 기계를 한 번 와르르 돌려서는 말도 안 되는 밑밥들을 내어주기 시작했다. 파우더는 크릴의 수분을 얻지 못한 채 푸석푸석하게 따로 놀고 있고 냉동 크릴은 덩어리째 분쇄기의 배출구로 떨어졌다. 그런 건 밑밥이 아니라 그저 단백질 섞인 곡물 가루와 얼음덩어리일 뿐이어서 낚시에 별 도움이 안 되었다.

배 위에서 관전하고 있는 홍 대표는 상대 선수가 벌써 바늘을 묶고 있는데 아직도 밑밥통에 머리를 처박고 있는 장환이 못마땅했다. 바늘을 묶고 있던 상대도 맨손으로 밑밥을 주무르고 있는 장환을 보곤 인상을 찌푸렸다가 코웃음을 한 번 치고 고개를 돌렸다. 그리고 수심측정추를 바늘에 달아 정면으로 던졌다.

한참 만에 장환도 허리를 펴고 일어나 채비를 꾸리기 시작했다. 파도가 이는 편이라 일단은 무겁게 가기로 했다. 발판이 높고 수위가 계속해서 낮아질 예정이므로 막대찌보다는 구멍찌가 나았다. 상대의 채비도 같았다. 30미터 거리에서 찌의 호수까지 확인하기는 어려웠지만 아마도 1.5호나 1호일 거라 짐작했다.

장환이 꺼낸 1.5호 구멍찌는 이상하게도 상당히 오랫동안 바다에게 빼앗기지 않고 남아 있는 것이었다. 고기가 깊은 곳에서 줄을 바닥에 감아버려서 원줄에 줄줄이 엮어놓은 채비를 몽땅 수장시켜야 했던 경우도 있고 찌가 갯바위에 부딪혀 금이 가는 바람에 버린 것도 많았는데, 지금 꺼낸 이놈은 곳곳의 도색이 벗겨져 있긴 했지만 기능상의 문제는 전혀 없었다. 오래 함께한 만큼 대물을 걸어낸 경력이 가장 많기도 했다. 장환은 낡은 주황색 알맹이를 손아귀로 깊이 말아쥐며 잘 부탁한다고, 나지막이 말했다.

채비를 마치고 면사매듭의 위치를 조절하며 옆을 봤다. 상대는 아까부터 이쪽을 보고 있었던 듯 장환이 고개를 돌리자마자 눈이 마주쳤다. 얼굴을 반이나 가릴 만큼 커다란 선글라스를 쓰고 있었지만 장환은 그가 이쪽을 보고 있다는 걸 모를 수 없었다. 갑자기 입꼬리를 당겨 기분 나쁘게 웃어 보였기 때문이었다. 그는 장환이 자기를 본 걸 확인하고는 장환을 향해 검지를 한 번 들어 보였다가 다시 V자를 만들었다. 그리고 자기 낚싯대의 릴과 바다를 번갈아 가리켰다. 그는 다시 아까처럼 1과 2를 손가락으로 만들어 보여줬다. 장환은 아마도 찌가 놓인 곳의 수심이 12미터라는 뜻일 거라고 생각했다. 먼저 수심 측정을 마치고 경쟁자에게 팁을 거저 주는 꼴이었다. 그는 장환이 신호를 알아들은 걸 확인하고는 선글라스 아래로 코를 찡그리며 다시 하얀 이를 환하게 드러냈다. 장환은 그 장난기 어린 표정을 보며 섬뜩한 기분마저 들었다. 시간을 다투는 시합은 아니더라도 번거로운 과정을 생략해도 될 만큼 중요한 정보를 공유하는 건 어지간히 여유롭지 않고서야 하기 힘든 일이었다. 장환은 대놓고 자기를 하수 취급하는 상대의 페이스에 휘말리지 않기 위해 정신을 다잡았다. 평소에 동호인들과 하던 푼돈 내기와는 급이 전혀 다르다는 걸 잊지 말아야 했다.

바닥을 읽어보니 장환이 있는 자리에서도 발 앞으로는 공략할 필요가 없었다. 수중 턱이 있어 수심 차이가 너무 컸다. 전방으로 직선거리 15미터에서 20미터 사이의 수심은 옆에서 알려준 대로 12미터였다. 찌를 지류에 실어 옆으로 흘려보면서 여와 골을 한 번씩 탐지했다. 그리고 장환은 지류의 상류 쪽으로 밑밥을 던졌다. 찌에서는 좌측으로 10미터쯤 떨어진 곳이었는데 갯바위 쪽에 바짝 붙였다.

이 풍경을 배 위에서 바라보고 있던 홍 대표는 다시 애가 탔다. 물살과 깊이를 계산해 밑밥을 투척하는 위치를 잡는다는 상식 정도는 홍 대표도 알고 있었지만 겉물살과 속조류를 구분해서 읽어낸 장환의 판단까지 헤아리지는 못했다. 그저 찌와 밑밥 들어가는 자리의 거리가 너무 멀어 보이기만 했다. 홍 대표가 보기에는 장환이 밑밥을 버리고 있는 것 같았다. 관전자들이 선수에게 어떤 코치도 하지 않기로 했으므로 그저 불안한 마음을 달래며 지켜볼 수밖에 없었다.

상대 선수도 밑밥을 솔채로 뒤적이기 시작했다. 그리고 크게 한 주걱 떠서 던지고, 또 던지고, 또 던졌다. 장환이 선 자리의 바로 앞쪽이었다. 이 역시 일종의 도발이었다. 밑밥을 30미터나 멀리 던지는데도 탄착점이 1미터 범위를 벗어나지 않았다. 상대는 열 번 가까이 같은 위치에 밑밥을 던지다가 마지막 두세 번은 아예 장환의 찌 위에 놓았다. 그 몇 번 중 한 번이 정확히 장환의 찌를 맞췄다. 아무리 조류를 계산해서 상류 쪽에 던지는 걸 서로 양해해줘야 한다 해도 찌를 건드리는 건 너무나 무례한 짓이었다. 장환은 고개를 돌려 상대를 노려봤다. 그러자 그는 손을 얼굴 높이로 들어 펼쳐 보이며 아까처럼 하얀

이를 활짝 드러냈다. 실수였다는 제스처였지만 그건 분명히 밑밥 던지는 실력만으로 저의 내공을 뽐내는 것이었으며 기선 제압용이었다.

7

백사

둘 다 호기롭게 시작했으나 허탕인 채로 한 시간이 금방 지나갔다. 양쪽 모두 잡어의 입질조차 못 받고 있었다. 그러나 조급해하는 건 배 위의 관전자들뿐이었다. 두 선수는 차근차근 밑밥을 던져넣고 바늘에 미끼를 달아 되도록 멀리 보낸 뒤 포인트로 끌어오면서 채비가 정렬되길 기다렸다가 잠시 지켜본 다음 빈 바늘을 회수하는 동작만 천천히 반복했다. 둘 다 낚싯대를 휘두르는 폼이 매끄러웠다. 군더더기가 없었고 낚싯대의 허리부터 초릿대 끝까지 이어지는 탄성을 모두 활용했다. 낚싯대가 허공을 가르며 찌와 바늘을 바다로 보낼 때마다 바람이 베어지는 소리가 서로에게까지 닿았다. 둘은 보지 않고도 그 부드러운 소리에 상대의 실력을 인정했다. 채비를 정렬한 뒤에는 온 신경을 찌에 집중했다. 그러다 어느 한쪽이 초릿대를 세우면 배 위에서 갤러리들이 먼저 긴장했고 누군가는 성급히 탄성을 지르려다 삼켰다. 그저 바늘이 바닥에 붙은 게 아닌지 확인하는 동작이거나 바늘이 바닥의 여를 타고 넘어갈 수 있도록 채비를 띄워주는 기술일 뿐이었다. 낚시를 좀 해본 홍 대표나 김재복은 조류와 바람과 파도를 확인해가며 심각한 얼굴로 조용히 관전했다.

얼핏 따분해 보이는 풍경 안에서도 두 사람은 바빴다. 애써 던져놓은 찌는 순식간에 옆으로 흘러버렸다. 그러는 동안에도 물결에 몸을 맡긴 채 잠방잠방 잠겼다 솟기를 반복했다. 어쩌다 큰 물결이 일어 찌를 덮어버리거나 와류를 만나면 입질이 온 것처럼 깊이 잠겼다. 그럴 때면 선수는 등에 힘을 주고 무릎을 굽히면서 두 손을 릴시트에 모았다. 그대로 찌가 사라지면 챔질할 자세였다. 그러나 찌는 이내 수면으로 떠올랐다. 낚시꾼의 준비 자세만으로도 배 위의 관전자들은 또 긴장했다.

그들이 애간장을 태우고 있는 중에 장환이 재빨리 낚싯대를 위로 젖혔다. 이번에는 견제 동작이나 원줄 관리를 위한 것이 아닌 진짜 챔질이었다.

"왔나?"

홍 대표가 간이의자에서 엉덩이를 떼며 외쳤다. 장환의 초릿대가 바르르 떨렸다. 고기가 문 건 맞았지만 릴링을 하는 모습 어디에서도 긴장감은 전해지지 않았다. 얼마 되지 않아 수중찌가 드러났고 그 아래로 목줄도 뽑혀 나왔다. 그리고 바늘에 달려 있는 작은 덩어리가 배 위의 사람들에게 하나의 작은 점으로 보였다. 홍 대표와 출조했을 때도 장환을 괴롭히던 복섬이었다. 놈은 물에서 끌려나오자마자 배를 한껏 부풀려 테니스공처럼 동그랗게 커졌다. 빠가각 빠가각, 이 가는 듯한 소리도 힘찼다. 장환은 빵빵하게 부풀어 있는 복어를 그대로 바다에 놓아주었다. 놈은 수면에 닿자마자 바람을 뱉어내고 깊은 곳을 향해 내달려 사라졌다.

곧바로 옆에서도 챔질을 했다. 역시 복섬이었다. 상대 선수는 고기의 주둥이에서 바늘을 벗겨낸 다음 바다에 놓아주지 않고 등 뒤 갯바위 쪽으로 던져버렸다. 놓아주면 다시 달려들기 때문이었다. 물고기이면서도 앞니가 발달해 있어 목줄을 끊어버리거나 바늘의 도색이 벗겨질 정도로 씹어놓기도 해서 꾼들에게는 불청객 중에도 가장 귀찮은 놈이었다.

비록 하찮은 잡어로 개시하긴 했지만 둘은 조금 더 긴장의 끈을 당겼다. 복섬과 감성돔이 유영하는 수온이 같기 때문이었다. 복섬이 나타났다는 건 이제 비로소 집어가 되고 있다는 신호이기도 했다.

복섬이 계속해서 낚시를 방해했다. 장환과 상대 선수 둘 다 고민에 빠졌다. 놈은 특별한 유영층이 있는 것도 아니고 먹성이 좋아 이렇게까지 몰려들었다고 하면 뾰족한 수가 없었다.

장환은 다섯 마리째 건져올린 다음에 낚싯대를 내려놓았다. 다섯 마리가 바늘에 걸려 올라올 동안 무의미하게 빼앗긴 미끼는 서너 배쯤 됐다. 빈 바늘에는 씹어놓은 흔적이 선명했고 목줄마저 마치 오랫동안 삭은 것처럼 망가져 있었다. 지금처럼 미끼가 들어가자마자 빈 바늘이 되어버리는 상황에서 계속해서 캐스팅한다는 건 체력만 낭비하는 꼴이었다. 낚싯대를 발판 옆에 세워두고서 목줄을 갈고 바늘을 다시 맸다. 그러나 미끼를 달진 않고 그대로 곁에 거치해둔 채 엉덩이를 내려놓을 만한 곳을 찾아 앉았다. 그리고 담배를 한 대 물었다. 천천히 담배를 다 피우고도 가끔씩 밑밥만 서너 주걱씩 던질 뿐 다시 낚싯대를 잡진 않았다. 그러나 상대는 연거푸 빈 바늘을 건져내면서도 쉬지 않고 미끼를 달아 던졌다. 목줄의 상태를 확인한 뒤 자주 교체해가며 지친 기색 없이 매번 신중하게 캐스팅했다. 마치 감성돔이 들어와 있다고 확신하는 사람 같았다.

홍 대표의 배 위에서는 난리가 날 수밖에 없었다. 죽자고 덤벼도 모자랄 판에 장환의 태도는 낚시를 포기한 것처럼 보였기 때문이었다. 홍 대표는 당장이라도 배를 붙여서 한마디하고 싶었다. 그러나 30분이 넘도록 장환은 미끼를 달지 않고 있었다. 장환도 내심 고기가 들어오지 않았을까 궁금했다. 그러나 시작할 때 상대가 도발했던 것처럼 장환도 그를 흔들어보고 싶었다. 고기가 들어왔다면 먼저 낚아보란 식으로 여유를 부리는 것이었다. 캐스팅할 때를 제외하면 상대는 석상처럼 서서 찌를 바라보고만 있었다. 장환은 밑밥 던질 때가 아니면 아예 그의 찌를 지켜봤다. 마치 함께 출조한 친구를 응원하고 있는 모양새였다. 그러던 중에 마술처럼 찌가 수면에서 사라졌다.

선수는 힘껏 대를 세웠고 그러자 초릿대 끝이 울컥거리며 수면을 향해 휘어져 들어갔다. 누구도 부인할 수 없는 진짜 입질이었다. 선라이징호에서 한 박자 늦게 환호성이 울렸다. 김재복을 제외한 수하들은 낚시에 별 취미가 없어서 이미 따분한 구경에 지쳐버린 상태였다. 몇몇은 멀미를 느끼고 있기도 했다. 그러므로 눈앞에서 자기네 선수가 갑자기 낚싯대를 세웠는데도 그 동작이 의미하는 바를 이해하는 데에 시간이 필요했다. 김재복이 먼저 벌떡 일어났고, "왔구나!" 하고 크게 외쳤다.

낚싯대는 바로 발 앞에서 묵직한 것을 매달고 버티느라 쉽게 세워지지 않았다. 불운한 물것의 맹렬한 몸부림이 기나긴 낚싯줄을 타고 낚싯대를 건너 꾼의 팔뚝과 온몸으로 전해졌다. 꾼은 절반쯤 주저앉은 채 릴을 들어올렸다 내렸다 하며 낚싯대의 각도를 조절했다. 무턱대고 세우면 낚싯대의 탄성이 임계점에 이르러 부러져버릴 수 있었다. 그렇다고 평형만 유지하거나 끌려가는 것도 위험했다. 고기가 달아나려는 힘이 100이라면 거기에 5나 10 정도만 더 얹어서 마치 버티기만 하는 듯하게 천천히 끌어내야 했다. 고기를 끌어내는 기술만으로도 꾼의 조력을 짐작할 만했다. 군더더기가 없었고 압도적이었다. 고기는 죽을힘을 다해 내뻗으며 대가리를 좌우로 털어 바늘을 벗기고자 했으나 꾼이 너무 단단하지는 않게 맞서고 있으므로 대가리를 트는 방향으로 바늘이 그대로 따라와 도저히 벗길 수 없었다. 다시 봐도 노련한 파이팅이었다.

홍 대표 쪽 배는 찬물을 끼얹은 듯 조용했다. 누군가는 시간을 확인했고 누군가는 오랫동안 지루하던 차에 고기가 낚이는 걸 보곤 저도 모르게 흥분해버렸다가 주위의 눈치를 살피며 입을 다물었다. 흥분하긴 장환도 마찬가지였다. 이제나저제나 고기가 들어오길 기다리고 있었다. 첫수가 넘볼 수 없는 대물이라면 몰라도 어지간한 크기라면 이제부터 본격적인 게임이 시작된 것이었다. 초릿대의 휨새만으로는 고기의 크기를 가늠하기 어려웠지만 못해도 5짜는 되는 듯했다.

관전자들이 마음을 졸이는 동안 꾼은 침착하게 다음 단계의 릴링을 이어나갔다. 대를 높이 세웠다가 다시 내려주며 재빨리 릴을 휘감았다. 대를 들어 세우는 동작은 신중하고 느린 반면, 대를 내리며 줄을 감는 건 무언가를 타격하듯 재빨랐다. 그러는 사이에 물에서 뽑아낸 낚싯줄이 회수되며 초릿대와 고기의 거리가 차근차근 좁혀졌다. 꾼은 한 번의 릴링을 성공시킬 때마다 "웃샤!" 하고 모두 들으라는 듯 크게 기합을 넣었다. 그런데 허세 부리듯 계속되던 기합 소리가 몇 번의 릴링을 남겨놓고 갑자기 그쳤다.

이미 장환은 조금 전에 수면에 박혀 있는 낚싯줄의 끝을 지켜보다가 구경을 그만두고 자기 바늘에 미끼를 꿰고 있었다. 그리고 쏠채의 주걱으로 밑밥을 크게 떠서 밑밥통 벽에 대고 천천히, 그리고 강하게 비벼 밑밥 덩어리를 주걱 안에 단단하게 다졌다. 그러는 그의 입가에 미소가 어렸다. 더 볼 것도 없이 지금 상대가 걸어올리고 있는 물고기의 정체를 알고 있어서였다. 보고 있던 마지막에는 수면에서 한 가닥 뻗어나와 있는 줄이 좌우로 길게 궤적을 그리기 시작했다. 그건 감성돔의 움직임이 아니라 숭어가 보이는 특징이었다. 감성돔이라면 시종일관 깊은 곳을 향해 꾹꾹 처박아야 했다. 비록 숭어 중에서도 꽤 큰 놈 같았으나 오늘은 결투에서는 무의미했다.

장환의 예상대로 숭어였다. 크고 길쭉한 것이 어림잡아 60센티미터는 족히 돼 보였다. 숭어는 미끄러지듯 끌려 오며 잊을 만하면 한 번씩 몸을 뒤틀었다. 청회색의 판판한 대가리와 그 뒤로 쭉 뻗은 등이 허연 배와 대비되며 수면 위에서 오전의 맑은 햇살을 튕겨냈다. 실망한 꾼은 뜰채를 심드렁하게 뻗어 놈을 떠냈다. 선라이징호 위는 잠잠해졌고 킹콩호의 갤러리들은 일부러 소리 내 웃었다. 홍 대표는 아직도 벌떡거리는 가슴을 쓸어내며 "구 프로 파이팅!" 하고 외쳤다.

장환은 밑밥을 늘 넣던 위치에 다섯 주걱 더 던져넣고 달아놓은 미끼를 확인했다. 형체를 온전히 보전하고 있는 크릴 한 마리가 바늘을 온몸으로 품었다. 곧이어 낚싯대로 허공을 후려쳐서 찌와 미끼를 쏘아보내니 부드럽게 날아올랐다. 찌가 수면에 닿기 직전에 원줄에 제동을 걸었다. 찌는 호를 그리다 말고 수직으로 수면에 떨어졌고 그러는 사이에 후행하던 미끼는 관성에 따라 찌 너머까지 날아갔다. 그렇게 모든 채비가 매끈하게 정렬됐다.

수없이 반복해온 캐스팅인데도 어떨 때는 당장이라도 고기가 달려들 것처럼 설렜고 어떨 때는 어딘가 잘못되어 아무 소용도 없을 것 같아 다시 던져보고 싶어졌다. 미끼가 달려 있는 바늘에서 릴 바로 앞의 원줄까지 전해지는 느낌 때문이었다. 이번에는 면사매듭이 찌 쪽으로 부드럽고 빠르게 끌려갔다. 수중찌가 아무 방해 없이 가라앉으며 목줄을 잘 끌어내리고 있다는 표식이었다. 방금 뿌린 밑밥도 조류를 따라 바늘이 가라앉고 있는 쪽으로 정확히 흘러드는 느낌이 들었다. 마침 바람도 잠시 잦아들어, 풀려나가다 남은 원줄이 허공에서 흩날리지 않고 수면에 차분히 내려앉았다. 드디어 면사매듭이 찌머리에 닿았고 힘없이 떠서 까딱거리던 찌가 수중찌의 침력을 견디느라 바짝 긴장하며 자세를 잡았다. 장환은 릴을 천천히 감아 원줄을 당겨놓고 기다렸다. 숭어 같은 큰 고기가 들어왔으므로 복섬들은 자리를 피했을 테니 이제는 기대해볼 만했다. 장환은 숭어 떼가 멀찌감치 떠났다가 크게 돌아 다시 몰려드는 그 빈 시간을 상상했다.

감성돔은 멀리서 유영하던 중에 잡어들이 모인 곳을 발견하고 밑밥의 냄새를 따라 다가온다. 기다랗고 덩치 큰 숭어들이 이따금 수십 마리씩 무리 지어 나타나서 위세를 떨쳐보지만 바다의 제왕으로 불리는 감성돔은 의연하다. 제 먹성을 이기지 못하고 뻘을 집어삼키면서까지 빠르게 몸집만 부풀리는 숭어 따위가 감성돔과 영역을 다툴 수는 없다. 적게는 서너 마리가, 많게는 예닐곱 마리까지 무리 지은 감성돔들이 마치 퍼레이드를 이끄는 개선장군들처럼 그 무엇에도 눈길을 주지 않은 채 천천히 밑밥이 쌓인 곳으로 다가온다. 아직 상황을 눈치채지 못하고 있던 잡어들이 꽁무니까지 다가온 커다란 형체를 뒤늦게 발견하고 부리나케 달아난다. 감성돔 무리에서 맨 앞에 있던 놈 하나가 드디어 밑밥의 잔해에 도착하고 그 중심을 향해 달려든다. 뒤를 이어 도착한 무리도 바닥을 탐색하며 모처럼의 횡재를 느긋하게 즐기는데 그러는 중에도 밑밥 크릴들이 끊임없이 흩날리며 위에서 내려온다. 잠시 뒤 흩날리는 것들 속에서 커다란 먹이 하나가 최고의 수훈자에게 하사되는 선물처럼 빛을 내며 자태를 뽐낸다. 선물을 맨 먼저 발견한 놈은 과연 제 것이 맞는지 확신하지 못하고 있으며 그런 까닭에 경계를 풀지 않고 슬쩍 한 번 쪼아보기만 한다. 그런데 이것은 다른 것들보다 훨씬 신선하고 달다. 밑밥에 섞여 있는 크릴들과는 비교할 수 없을 정도다. 도저히 유혹을 뿌리칠 수 없다. 그러나 아직 행동하지 않는다. 무엇이 놈으로 하여금 경계를 풀지 않도록 말리는지는 아무도 모른다. 그렇게 놈이 망설이는 사이에 저기 뒤에서 훨씬 덩치 큰 놈 하나가 와락 달려든다. 미끼는 폭군의 입안으로 사라지고 폭군은 먹이를 삼킨 자리에 잠시 그대로 머물며 큰 눈을 굴려 조금 전까지 망설이고만 있던 놈을 노려본다. 무슨 불만이 있느냐고 묻는 듯하다. 작은 놈은 싸울 생각이 없다. 바닥에 넉넉히 쌓인 것들만 주워 먹어도 충분하다. 큰 놈은 작은 놈이 완전히 꽁무니를 보일 때까지 노려보고 있다가 천천히 다음 먹잇감을 찾아 자리를 뜨려 한다. 그때 주둥이에서 무언가 성가신 것이 느껴진다.

장환의 찌가 일렁이는 수면을 따라 오르내리다가 갑자기 물 밑으로 이마까지만 잠기더니 그대로 멈췄다. 꾸준히 던져넣은 밑밥이 방탄류와 지류를 따라 풀려나가다 바닥에 가라앉아 쌓여 있을 구역의 맨 끝자리에서였다. 미끼가 조금만 더 흐르면 상대의 캐스팅 범위와 너무 가까워지기도 하고 저 지점을 넘어서면 미끼가 밑밥 없는 빈 바닥 위에 놓이는 꼴이라 회수해서 다시 던져야 했다. 그렇게 마음먹고 있었는데 찌가 살짝 잠겨서는 미동을 않고 있는 것이었다.

초반 탐색 때 수심을 맞춘 뒤 날물로 수위가 낮아지는 걸 감안해 면사매듭을 자주 밀어놓았기 때문에 바늘이 지금까지 수십 번 같은 경로로 흐르면서 바닥을 걸었던 적은 없었다. 장환은 얼른 발아래로 시선을 내려 수면과 갯바위를 함께 내려다봤다. 갯바위의 물에 젖은 부위가 마지막으로 면사매듭을 밀어낸 뒤로 두 뼘 정도 넓어져 있었다. 장환은 다시 찌를 노려보며 생각했다. 날물의 속도가 빨라지고 있었다. 면사매듭을 바늘 쪽으로 밀어내는 타이밍보다 수위가 더 빨리 낮아졌다면 바늘이 바닥을 건드리고 있을 수도 있었다. 밑걸림이라면 바늘이 바닥에 완전히 박혀버리기 전에 얼른 회수해야 하는데 장환은 판단을 보류하고 더 지켜보고 싶었다. 방금 옆에서 숭어를 낚아내는 장면을 본 탓이었다. 진짜 입질이라면 찌가 지금 상태에서 떠오르지 않고 수 초 안에 잠겨야 했다. 그러나 찌는 제자리에서 움직이지 않고 있었다. 밑걸림일까? 약은 입질일까? 장환은 이미 여러 번 자문해본 것을 한 번 더 물었다. 그러다 더 기다려봐야 무의미한 짓이라는 생각이 들었다. 초릿대를 조심스럽게 들어올려 면사매듭이 찌머리에서 떨어지게만 해봤다. 바늘이 바닥에 박힌 것이라면 그대로 단단한 질감만 전해지고 말 것이고 입질이라면 찌에 어떤 변화가 생겨야 했다. 장환은 사냥감을 바라보는 사자처럼 웅크린 자세를 유지한 채 신중하게 견제했다. 원줄이 당겨지면서 찌머리에 얹혀 있던 면사매듭이 조금 떨어져나오는 듯하더니 갑자기 툭 붙으며 찌를 찍어

눌렀다. 찌는 곧장 사선으로 미끄러지듯 잠겨들었다. 입질이었다.

　장환은 물그림자에 가려 찌가 보이지 않을 때까지 딱 한 호흡 정도만 기다렸다가 가차 없이 대를 젖혔다. 그러자 마치 바위에 묶인 밧줄을 당기는 것처럼 덜컹, 하는 느낌이 온 다음 무섭도록 강하게 차고 나가는 힘이 전달됐다. 배 위의 관전자들도 놀라고 상대 선수도 놀라고 심지어 풍경도 놀랐다. 갑자기 인 바람이 강하게 당겨져 있는 낚싯줄을 휘감았다. 낚싯줄은 이제 하나의 현이 되었다. 바람에 쓸린 현이 고주파의 피리 소리를 내며 이제 막 커다란 싸움이 시작되었음을 먼 곳까지 알렸다.

　장환은 왼손으로 낚싯대를 꽉 움켜쥐고 그립부의 아랫단을 팔꿈치에 괴었다. 마치 팔에 부목을 댄 듯 낚싯대가 몸에 단단히 밀착되었다. 이제부터 낚싯대는 장환의 왼팔과 결합한 것과 마찬가지였다. 낚싯대를 움켜쥔 손에 물 아래 깊은 곳에서의 몸부림이 그대로 전해졌다. 팔목에 강한 부하가 걸리면서 삼두근이 바짝 긴장했다. 힘을 보태기 위해 오른손으로 살짝 릴시트 아래를 받쳤다. 놈은 오로지 바늘이 주둥이를 잡아당기고 있는 반대 방향으로만 질주했다. 그래서 초릿대에서 나간 원줄은 멀고 깊은 곳을 향해 직선을 그었고 수직으로만 다급하게 흔들렸다.

　잠시 그대로 버티다가 왼팔과 어깨로 힘의 평형을 유지하면서 오른손으로 조금씩 대를 세워보았다. 꼬리지느러미의 추진력이 슬그머니 잦아들며 대가 세워지는 듯하더니 발밑까지 다가와서는 다시금 아래로 처박혔다. 평형이 깨지며 초릿대가 수면을 향해 고꾸라지는 순간 장환은 초릿대와 허리부의 각도를 수평에서 더는 빼앗기지 않기 위해 무릎을 굽혀 낚싯대의 하단을 거의 발목까지 낮췄다. 초릿대가 처박히면 끝장이었다. 대의 탄성을 이용하지 못하게 되면 저항이 오롯이 바늘과 줄에 얹히게 됐다. 바늘은 줄에 단단히 묶여 있고 나일론 줄에 인장력이 있다지만 다른 탄성이 도와주지 않는다면 철사나 마찬가지였다. 놈이 사력을 다해 당기고 있는데 그 힘이 줄과 대의 탄성으로 분산되지 못하면 결과는 바늘이 부러지거나 줄이 끊어지거나 둘 중 하나였다. 장환은 가까스로 초릿대가 아예 접혀버리는 건 막아냈으나 놈은 아직도 너무 가까운 곳에서 수직으로 당기고 있었다. 이대로라면 대를 세우는 건 불가능했다. 장환은 릴시트 앞쪽을 받치고 있던 오른손을 왼팔의 팔꿈치에 괴어놓았던 그립부 쪽으로 옮겨 잡고 두 팔을 바다 쪽으로 길게 뻗었다. 그러자 마치 참마검 같은 길고 무거운 칼을 든 무사처럼 무게중심을 한껏 뒤로 놓고 버티는 자세가 되었다. 그 상태로 놈의 처절한 저항을 읽으며 천천히 무릎을 펴보았다.

놈은 끝까지 만만하지 않았다. 지친 듯하다가도 곧장 다시

폭풍 같은 힘을 내는 바람에 장환은 앉았다 일어서길 몇 번이
나 더 반복하며 싸워야 했다. 놈이 숨을 고르느라 힘을 쏟지 않
는 틈을 잡기 위해 온 정신을 대의 진동에 집중했다. 틈이 느껴
지면 장환은 얼른 대의 그립부를 당겨서 다시 왼쪽 팔꿈치에 괸
다음 오른손으로 릴을 몇 바퀴 감았다가 얼른 다시 대를 밀면서
들어올렸다. 그렇게 사용할 수 있는 모든 길이와 각도를 다 동
원하고도 모자라면 마지막으로 릴의 레버브레이크를 한 번씩
풀었다. 레버브레이크를 놓을 때마다 툭툭 풀려나가버리는 원
줄은 지금까지 싸워서 빼앗은 거리를 도로 내어주는 셈이어서
어지간해서는 쓰지 않았는데 이번과 같은 싸움에서는 어쩔 수
없었다. 약간은 양보해야 원하는 걸 얻어낼 수 있었다. 서서히
등 전체가 경직돼오고 어깨의 감각이 무뎌지기 시작했다.

　배 위에서 홍 대표는 아예 자리에서 일어나 가상의 낚싯대를
손에 쥐고 장환과 함께 릴링을 하고 있었다. 그러는 중에 오금
이 저려서 저도 모르게 발을 동동 구르기까지 했다. 그러면서
마치 곁에서 코치하듯 중얼거렸다.

　"천천히, 천천히. 옳지, 오옳지."

　승기는 이제 거의 장환에게로 넘어왔다. 그는 비로소 여유
를 찾고 주위의 시선을 느껴봤다. 정면의 배는 들떠 있었고 그
옆의 배는 침울했다. 고개를 돌리니 상대는 자기 낚시에 집중
하고 있는 것 같았지만 이쪽을 애써 외면하고 있다는 걸 꾼이

라면 모를 수 없었다. 장환은 상대가 이쪽을 볼 때까지 일부러 릴링을 늦추고는 놈이 저항하는 힘을 느끼며 크기를 가늠하려 해봤다.

그 순간 어디선가 아버지의 목소리가 들려왔다.

'희롱하지 마라! 고기는 지금 목숨을 걸고 싸우고 있는 기다.'

정신이 번쩍 들었다. 죽음을 코앞에 둔 상대를 충분히 제압할 수 있는데도 그러지 않고 미루는 걸 두고 아버지는 희롱이라 했다. 그 얘길 들었을 때 장환은 지금 자신이 더없이 잔인한 짓을 하고 있는 기분이 들었다. 낚시처럼 한 생명을 상대하는 유희에서 더 잔인하고 덜 잔인한 것이 있으리라고는 한 번도 생각해보지 못했다. 고기의 입장에서는 낚였다는 것을 깨달은 직후부터의 모든 순간이 지옥이나 다름없었다. 장환은 그날 이후로 손맛을 즐기려고 릴링을 일부러 미루는 짓은 하지 않으려 신경썼다.

얼마 가지 않아 고기는 완전히 지쳐버렸고 수월하게 끌려나오기 시작했다. 대를 세웠다가 감아들이는 식으로 끌어내길 몇 차례 더 하자 찌와 목줄이 뽑혀나오고 드디어 놈이 수면으로 모습을 드러냈다. 마치 커다란 방패 같은 것이 번쩍이며 떠올랐다. 홍 대표의 배에서는 괴물을 발견한 사람들처럼 경이로워하며 소리를 질러댔다. 그러나 아직은 완전히 포획한 것이 아니기 때문에 마음껏 축포를 터뜨리지는 못하고 있었다.

장환은 낚싯대가 엎어지지 않도록 왼팔의 긴장을 유지한 채 발판 가까이에 준비해둔 뜰채를 오른손으로 찾아들고 뜰망을 바다 위로 뻗었다. 뜰채의 대가 여의봉처럼 늘어나서는 자포자기한 채 드러누워 딸려나오던 고기를 무사히 담아냈다. 그 순간 건너편 배 위에서 함성이 터졌다.

"구 프로! 구 프로! 구 프로!"

홍 대표와 수하들이 목이 터지도록 '구 프로'를 연호했다. 장환의 옆자리에서 애써 외면하고 있던 상대 선수는 입술을 한번 깨물고 뜰채 안에 담긴 것을 먼발치에서나마 확인했다. 뜰망에 담겨 누워 있는 것은 조금 과장해서 뜰망의 테두리만큼이나 커 보였다. 조급해지면 자잘한 실수가 일어난다는 건 꾼이라면 누구나 알고 있었다. 그러나 장환의 대물을 본 그는 잠시 머리와 몸이 따로 놀았다. 아직 찌가 회수할 지점까지 흐르지 않았는데도 줄을 감아들였는데 바늘을 봤더니 미끼 크릴은 꿰어놓은 그대로였다. 아직 탄탄한 것이, 물에 불어 뭉개지기도 전이었다. 그는 어쩌면 방금의 실수로 고기의 코앞에서 미끼를 거둬버린 것 같아 스스로를 책망하며 찌가 있던 자리를 오래 노려봤다.

처음 낚는 대물도 아닌데 장환의 가슴은 거칠게 뛰었다. 고기를 살림망에 담기 전에 손가락을 벌려 대강의 체장을 측정해봤다. 정확하진 않지만 50센티미터는 분명 넘었다. 체고도 높고 살이 꽤 올라 있어 몸집이 두툼했다. 물 위로 떠오를 때 방패가 생각난 건 50센티미터가 넘는데도 길쭉하지 않고 둥그런 타원을 그리는 체형 때문이었다. 체장을 10으로 놓았을 때 등지느러미를 세우지 않은 체고가 2만 넘어도 빵이 좋다고들 했는데 이놈은 3에 가까워 보였다. 등지느러미를 세우면 6이나 7까지도 가능할 듯했다. 장환은 놈이 자기에게 와준 걸 감사하며 조심스럽게 살림망에 넣고 물에 던져두었다. 갯바위 벽을 치는 물살이 살림망을 받아 안고 둥개둥개 얼렀다.

장환이 대물을 낚아낸 이후부터 분위기는 급격히 장환 쪽으로 쏠렸다. 상대 선수는 서두르는 기색이 역력했다. 이따금 밑걸림까지 생겼다. 그러던 중에 입질을 받았는데 쥐노래미였다. 바위 밑에 숨어 쉬고 있는 놈을 걸었으니 수심은 그런대로 유지하고 있는 셈이었지만 리듬이 흐트러져 있었다. 장환은 시간이 지나면 상대가 흥분을 가라앉히고 다시 궤도에 올라올 거라 예상했다. 비록 대물을 낚긴 했으나 아직 안심할 수 있는 건 아니었다.

다시 한 시간, 그리고 또 한 시간이 흘렀다. 날물도 끝나가고 이제 물돌이가 시작되려 했다. 장환도 상대도 이번 타이밍을 놓치면 대를 거둬야 한다는 걸 알고 있었다. 현재의 포인트는 날물때를 노리는 곳이었다. 들물이 시작되면 찌는 자꾸 발 앞으로 밀려들어 바닥을 공략하기 까다롭고 고기들은 조류가 소통되는 결을 따라 섬 뒤쪽으로 넘어가버릴 수밖에 없었다. 장환은 찌의 흐름을 보고 조류가 많이 잦아든 걸 확인한 뒤 밑밥을 찌와 조금 가까운 쪽으로 붙였다.

물돌이를 맞이하자마자 고기가 터지기 시작했다. 장환이 작은 놈으로 한 수 더 했고 곧이어 상대도 비슷한 것을 끌어냈다. 둘은 남은 밑밥을 서로 먼저 소진하려는 것처럼 품질도 서둘렀다. 잠시 들어와본 고기들을 누가 더 많이, 더 오래 붙들어놓느냐가 관건이었다. 다시 저쪽에서 한 마리 낚아올렸다. 제법 겨뤘으나 장환의 첫 수에는 한참 못 미칠 크기였다. 이어서 장환이 30센티미터도 안 되는 놈을 잡고 상대도 고만고만한 것으로 응수했다.

장환은 처음 잡은 것 외엔 모두 곧바로 놓아줬다. 어차피 최대어 한 마리 싸움이니 승부에 영향이 없는 생명들까지 가둬놓을 필요는 없었다. 그리고 캐스팅을 잠시 미룬 채 물결을 살피며 바닥을 상상해봤다. 개체들이 많이 몰려온 건 알겠는데 무슨 일이 벌어지고 있는가. 아무래도 지금은 쌓여 있는 밑밥을 따라 어린 놈들이 들어와서 잔치를 벌이는 중인 듯했다. 더 낚아봐야 고만고만한 것들뿐일 것이고 이대로 시합이 끝나면 어쩌다 들어온 대물 하나가 장환의 미끼를 물어준 꼴이 될 것 같았다. 아침에 저쪽이 자기를 가소롭다는 듯 쳐다보던 눈빛이 다시 생각났다. 첫 수만큼은 아니더라도 다시 대물을 잡아야 했다. 그래야 오늘의 조과가 운이 아니라 실력이 될 수 있었다. 장환은 면사매듭을 릴 쪽으로 당겼다. 장타로 마지막 승부를 걸 참이었다.

최종 성적은 장환이 다섯 마리, 저쪽은 일곱 마리였다. 그러나 장환이 처음에 잡은 52센티미터짜리와 마지막에 장타를 쳐서 잡은 49센티미터짜리는 저쪽의 일곱 마리 중 어느 것보다 컸다. 최대어의 기록으로 승부를 내기로 한 룰대로 장환의 승리였다. 두 선수 모두 지참했던 도시락은 손도 대지 않고 그대로 가져왔다.

두 척의 배가 항으로 돌아왔을 때는 어느덧 해가 서쪽 중턱으로 내려앉아 있었다. 오랜 시간 끝장을 보기 위해 이어간 낚시에 꾼도 관전자들도 모두 지쳐버렸다.

김재복은 항에 들어와 선라이징호에서 내리자마자 대기하고 있던 차를 타고 수하들과 함께 떠나버렸다. 킹콩호가 항에 정박하기도 전이었다. 남겨진 상대 선수는 자기 배 위에서 킹콩호를 기다렸다가 사람들이 모두 하선하는 것을 보고 긴 다리를 건들거리며 다가왔다. 홍 대표와 장환이 나란히 걸으며 오늘의 하이라이트를 복기하던 중이었다. 이대명을 비롯한 수하들이 다가오는 이를 가로막으며 홍 대표와 장환을 보호했다. 그는 아랑곳하지 않고 두 사람에게 바짝 다가서며 말했다.

"젊은 조사님, 통성명이나 해둡시다? 난 사람들이 여수 백사라고 부르니까 그냥 그렇게 부르면 되겠고, 이름이?"

길쭉한 몸집으로 빈정거리고 건들거리는 태도에 '백사'라는 별명까지 더해지자 정말로 장환은 그가 혐오스러워졌다. 그때 홍 대표가 수하들을 옆으로 물리며 나섰다.

"백사아? 하아따, 살벌하네. 근데 아까 누가 그카던데? 이름으로 낚시하냐고. 잘 들어두소. 여기 구 프로는 거기하고 끔이 달라."

홍 대표가 김재복에게 이겨서 좋은 기분을 숨기지 못하고 한바탕 떠들려고 하는데 백사의 눈썹이 잠깐 크게 꿈틀거렸다. 장환은 홍 대표에게 시선을 빼앗겨 그걸 보진 못했다. 그리고 홍 대표를 가만히 제지했다. 아무래도 함께 겨룬 상대니만큼 직접 인사를 받아주는 게 예의겠다 싶어서였다.

"구장환이라고 합니다."

그때 백사의 눈썹이 다시 한번 꿈틀거렸고 미간에 골이 깊게 팼다. 이번에는 장환도 상대의 표정 변화를 알아봤다. 그러나 그 뜻은 읽지 못했고 그저 어디 속이 안 좋은 줄로만 넘겨짚었다. 백사가 약간 망설이는 듯하다가 다시 물었다.

"구장…… 낚시는 어디서 그렇게 배웠는지?"

장환은 난데없이 무슨 인터뷰를 하려는 건가 싶었고 전라도 억양에 익숙지 않은 탓에 '그렇게' 배웠다는 게 잘못 배웠다는 소리로만 들려 좀 삐딱해졌다.

"어릴 때부터 아버지 따라다니면서 어깨너머로요."

"그라믄, 여기 초항에서 쭉 살았고? 부친은 뭘 하시는가?"

백사가 숨 쉴 틈도 없이 다시 물었다. 장환은 선의로 대꾸를 해주고 있긴 한데 이제는 기분이 나빠지려 했다.

"무슨 호구조사합니까? 남의 아버지 직업은 알아서 뭐 할라고요?"

백사는 장환이 뭐라 하든 자기가 확인하고 싶은 것을 집요하게 물었다.

"혹시, 아버님 함자가 동 자, 근 자?"

이번에는 장환의 두 눈이 동그랗게 커지면서 눈썹도 한껏 솟구쳤다. 오늘 처음 봤고 직접 자존심을 밟아놓은 사람이 아버지를 알고 있다는 게 이유 없이 불안해졌다. 거기에는 백사라고 하는 흉측한 별명도 한몫했다.

"아, 아버지를 그쪽이 어떻게……."

장환이 확인해주자 백사는 고개를 젖히며 크게 웃었다.

"어디서 많이 본 초식이라 했두마 구 장군 아들이었구만. 가만…… 죽은 지 한 5년쯤 됐나? 에라이 이 냥반, 부주 안 한 벌을 이렇게 주는갑소. 하여간 호랑이가 호랑이 새끼를 키워놓고 가부렀네."

장환은 왜 이 사람이 아버지를 장군이라고 부르는지, 호랑이는 무슨 말인지 알아들을 수 없었다.

백사는 아무 말도 못 하고 순진한 얼굴로 얼어 있는 장환을 야릇한 눈길로 한참 내려다보았다. 그러다 갑자기 양쪽 입매를 늘어뜨리곤 간신히 참고 있던 사람처럼 숨을 질질 흘리며 웃었다.

"이런, 이런, 처자식은 모르게 해놓으셨구마? 이거 내가 괜한 말을 했나보시? 으쯔까, 그렇다고 이런 자리에서 남의 식구 사연을 구구절절 읊어대고 있을 필요는 읎겄고…… 낚싯대 들고 오다가다 보면 또 만나겄지. 오늘은 피차 피곤한데 여기서 그냥 빠이빠이 허드라고."

백사가 손을 이마 높이까지만 들어올리고 까딱까딱 흔든 뒤 돌아섰다. 장환은 그를 붙잡아야 한다는 생각이 들었지만 어쩐지 몸이 말을 듣지 않았다. 그러는 사이 백사는 누가 자길 애타게 노려보고 있는 줄 아는 것처럼 등 뒤를 향해 손을 천천히 흔들어 보이며 방파제로 걸어나갔고, 정박해뒀던 선라이징호는 그가 오르자마자 그대로 항을 떠나버렸다.

2부

8
손맛

아침부터 종일 내리던 비는 일몰과 동시에 그쳤다. 예보에 따르면 동틀 녘에 다시 시작된다고 했다. 자정이 가까워지고 있었다. 하늘에서는 비가 내렸던 흔적처럼, 혹은 비가 내릴 거라는 예고처럼 아무렇게나 덩어리진 구름들이 달을 가렸다 말았다 했다. 달이 구름에서 빠져나올 때마다 망망대해에 불쑥 솟아 있는 무인도 한 덩어리가 또렷이 드러났다.

지금 배 위에서 섬 그림자를 마주하고 있는 누군가는 삽이나 호미 대가리를 상상했다. 그런가 하면 다른 어떤 이는 옛날 담장 위에 줄줄이 꽂혀 있던 유리병 조각을 떠올렸다. 그들 가운데 한 남자가 낚싯대를 들고 무인도를 향해 서서는 배가 파도에 일렁일 때마다 부드럽게 스텝을 옮기며 중심을 잡아냈다. 그는 낚싯대의 그립부를 겨드랑이 깊숙이 걸치고 왼손으로 릴시트를 단단히 받쳐 여차하면 챔질을 할 수 있도록 준비하고 있었다. 취하고 있는 자세는 분명 꾼이었으나 꼴은 그렇지 않았다. 멋을 잔뜩 낸 양복 차림이었고 때문에 배의 난간에 몸을 기댈 수도 없었다. 그런 그를 중심으로 비슷하지만 비교적 수수한 차림의 여섯 남자가 뱃전을 따라 횡으로 늘어서서 낚싯대를 들고 있는 남자와 무인도 사이의 어딘가를 지켜보는 중이었다.

남자가 들고 있는 낚싯대는 무거운 추를 달아 멀리 던져 바닥에 가라앉혀놓고 고기를 기다리는 데 쓰이는 원투대였고 개중에도 무거운 3호였다. 보통은 처박기를 해서 5짜가 넘는 돌돔을 노릴 때 쓰는 것으로, 찌흘림 낚시에는 그 길이와 무게 때문에 어울리지 않았다. 풀려나가고 있는 원줄도 대물용이었다. 원줄이 담겨 있던 케이스에는 '100% 폴리에틸렌, 8합사, 15호, 직경 0.98mm, 인장강도 140LB' 따위가 적혀 있었다. 인장강도가 140이란 건 60킬로그램의 힘으로 잡아당겨도 끊어지지 않는다는 뜻이었다.

남자는 원줄 케이스에 적혀 있던 주의사항 문구 하나가 생각나 피식 웃었다.

'낚시 외의 용도로는 사용하지 마십시오.'

그는 가끔씩 릴시트를 감싸고 있던 손을 들어 입에 물고 있는 담배에 가져갔다. 그가 바다 위에 대고 손가락을 두어 번 튕겨 재를 떨자 담배에서 불티 몇 개가 반딧불이처럼 날아올랐다. 불티들은 허공에서 흩날리다 수면에 내려앉기도 전에 사라졌다. 남자는 다시 담배를 입에 물고는 어깨를 몇 번 크게 돌리며 굳은 몸을 풀었다.

릴은 스풀이 열려 있고 원줄이 한 번씩 길게 빠져나가는 중이었다. 남자는 원줄이 풀려나갈 때마다 질긴 합사가 손바닥을 가볍게 쓸고 나가는 느낌을 즐겼다. 줄이 나가는 속도는 조류에 찌가 흐르는 것보다 훨씬 빨랐고 물고기가 걸려서 차고 나가는 것보다는 느렸다. 줄이 풀려나가는 방향의 먼 곳에서 아까부터 첨벙거리는 소리가 점점 불규칙해지고 있었다.

구름이 다시 걷히고 하늘에서 이울고 있는 둥근 달이 환하게 나타났다. 달은 무인도 바로 위에 자리잡고 있었다. 달과 섬과 배가 일직선에 놓이게 되자 달이 무인도의 그림자 밖으로 하얀 융단과 같은 윤슬을 깔았다. 달의 융단을 따라가는 게 무인도까지의 최단거리인 셈이었다. 융단이 펼쳐지자 수면에서 첨벙거리던 것이 모습을 드러냈다. 사람이었다. 그는 지금 온 힘을 다해 헤엄쳐서 무인도로 향하고 있는 중이었다. 불규칙하나마 첨벙거리는 소리가 날 때마다 배 위의 남자의 손에서 낚싯줄이 한 발씩 뭉텅이로 풀려나갔다. 이윽고 헤엄치던 자가 무인도의 그림자 속으로 사라졌다. 낚싯대를 들고 있던 남자가 옆에서 시간을 재고 있던 사람에게 물었다.

"시간이 을매나 지났지?"

남자 옆에서 스톱워치를 들고 있던 사람은 이미 예고한 시간에서 30초도 더 지났다고 대답했다.

"그래? 근데 저거밖에 못 갔다고? 3분은 너무 야박했나? 담에는 한 4분 줘뿌도 되겠네."

남자는 그렇게 말한 뒤 릴의 스풀을 닫고 힘차게 대를 들어 올렸다. 경질의 초릿대가 낭창하게 휘어지고 낚싯줄 끝에서 강한 저항이 전해져왔다. 남자가 다시 대를 내리면서 릴을 휘감아 줄을 팽팽하게 만든 다음 또 끌어당겼다. 저항은 여전했으나 이미 결정 나 있는 싸움이었다. 달빛의 융단이 마구 흐트러지면서 다급히, 그러나 힘없이 첨벙거리는 소리가 서서히 배와 가까워졌다. 릴링 몇 번만에 사람 살려! 하는, 물에 젖은 외침이 밤바다의 공기를 흔들었다.

"지랄하고 자빠졌네."

배 위에서 릴링을 하고 있는 남자는 김재복이었다. 그는 마치 대물을 낚은 것처럼 손맛을 즐기고 있었다. 대를 들었다 내리며 릴을 감는 동작이 매끄럽게 이어졌고 그때마다 김재복의 입에선 웃샤! 하는 기합이 시원하게 터져나왔다.

100미터 정도 끌려서 김재복의 발밑까지 다가온 희생자는 자포자기의 상태로 물 위에 드러누운 채 선체에 힘없이 부딪쳤다. 허리에 매어 잠가뒀던 벨트가 파이팅 도중에 반대로 돌아가서 합사를 단단하게 묶은 매듭이 배꼽 쪽으로 돌아와 있었다. 남자는 전혀 가망 없는 시도인 줄 알면서도 매듭을 풀어보려고 손을 분주히 놀려대는 중이었다. 마치 오줌보가 터지기 일보직전인데 바지 단추를 끄를 수 없어 끙끙대는 꼴이었다. 그러나 직경 1밀리미터짜리 8합사 15호 원줄은 그 자체로 워낙 단단하고 질겨서 사람이 잘근잘근 씹어도 끊을 수 없었고 벨트와 연결된 팔로마 매듭(palomar knot)은 잘라내는 것만이 줄을 떼어내는 유일한 방법일 정도로 결속력이 막강했다.

김재복의 주위에 있던 수하들이 갈고리가 달린 장대를 이용해 남자의 구명조끼를 걸어 당긴 뒤 줄사다리를 내렸다. 남자는 고작 네 칸밖에 안 되는 사다리를 암벽에 걸쳐진 로프 보듯했다. 간신히 매달리자마자 덩치들의 손에 가볍게 건져졌고 기진맥진한 상태로 김재복의 발아래에 널브러졌다. 팬티 한 장만 걸친 알몸에 구명조끼를 입은 채였다. 표준 사이즈의 구명조끼는 남자의 몸에 헐렁했다. 작고 깡마른 몸은 누가 보더라도 오랫동안 음식 구경을 못 했거나 그저 연명할 정도로만 얻어먹은 사람 같았다. 그는 바닥에 모로 쓰러진 채 가쁜 숨을 몰아쉬었다. 김재복이 그런 남자의 머리맡에 쭈그리고 앉았다.

"도 사장님, 서울에서 노숙자들이랑 섞여 있으면 우리가 몬 찾을 줄 알았지? 이제 아시겠습니까? 절대로 도망갈 수 없다니까? 사장님이랑 내는 보이지 않는 끈으로 단단하게 연결돼 있거든. 실감 좀 하시라고 내가 굳이 이런 이벤트를 준비했다는 거 아입니까. 내가 딱 한 달 더 드릴게. 한 달 동안 돈을 준비하든지 수영 실력을 더 기르든지 해야 할 것 같네요. 근데요, 담에는 안 건져줍니다. 잘 알지요? 쇳덩이 달아서 그냥 풍덩! 그렇게 죽어뿌면 끝? 아니지. 사장님 따님이 참 곱더라고? 우리 아 ─ 들이 좀 만나보고 싶다고 난린데? 이참에 사윗감 하나 골라놓고 갈랍니까? 생각해보이 나쁘지 않네? 아 ─ 들이 도 사장님 딸내미를 두루두루 만나보고 나서는 어디 좋은 데 취직도 시켜줄 끼고…… 뭔 소린지 이해하시지요? 자, 오늘은 도 사장님이 내한테 손맛 보게 해줬으니까 한 달 치 이자 시원하게 면제해드릴게. 그럼 우리, 파이팅 하는 의미로 하이파이브 한번 하입시다."

김재복은 초주검이 되어 있는 남자의 얼굴 앞에 손바닥을 보였다. 남자는 아직 정신이 돌아오지 않은 눈빛으로 김재복의 손바닥을 더듬으며 희미한 신음만 흘릴 뿐이었다. 김재복은 들었던 손을 자기 쪽으로 돌려 한 번 본 뒤 그냥 거두기 민망해 남자의 뺨을 두어 차례 가볍게 두드리고 일어났다. 그리고 손바닥에 묻은 물기를 보며 인상을 한 번 잔뜩 찌푸리곤 손수건을 꺼내 닦으면서 옆에 선 사내에게 말했다.

"잘 치워놔라. 옷도 좀 입히고. 보는 내가 다 춥네."

김재복이 눈짓을 주자 부하들이 도 사장의 허리에서 매듭을 끊어내고 질질 끌어 배의 구석진 곳으로 옮겼다. 김재복 곁에 남은 수하 한 명이 릴을 감아 정돈하고 낚싯대를 접었다.

끌려가는 남자는 무척 지쳐 있는 얼굴이었지만 목숨을 건진 걸 알았기에 표정은 편안했다. 그런 한편으로, 이럴 줄 알았다면 기를 쓰고 헤엄칠 필요는 없었다고 후회하기도 했다. 배에서 무인도까지 3분 안에 도착하면 놓아주겠다고 한 소리를 그대로 믿은 것부터가 잘못이었다. 몸에 묶인 줄은 제아무리 질기고 단단하더라도 섬에 도착하자마자 갯바위의 모서리 같은 델 이용하면 쉽게 끊을 수 있을 거라 생각했다. 그런 뒤 김재복 일행이 정말로 다시 잡으려 하지 않고 떠나준다면 아침까지 낚시꾼들을 기다릴 생각이었다. 그렇게만 되면 빚도 지우고 자유도 찾을 수 있을 거라 믿어버렸다. 다시 생각해도 바보 같은 짓이었지만 아내와 딸이 눈앞에 아른거려 판단이 흐려져 있었던 것 같았다. 배에서 바라본 섬까지는 어림잡아 150미터 정도였다. 그는 사력을 다해보기로 했다. 그러나 물에 들어간 순간 차가운 수온이며 일렁이는 파도며 구명조끼의 저항까지 방해하는 바람에 생각처럼 빨리 나아갈 수가 없었다.

남자의 마음이 다시 울렁거리기 시작했다. 그 큰돈을 한 달만에 어디서 구할까 하는 생각으로 급격히 침울해졌다. 원금은 절반도 안 됐는데 빌릴 때 약정한 연이율의 이자가 매월 복리로 붙으니 두 배가 되는 데는 딱 8개월이 걸렸다. 헤엄쳐 달아나고자 할 때 허리를 잡아끌던 힘이 생각났다. 가느다랗고 질긴 힘이었다. 단번에 와락 끌어당기지 않으면서 놓아줄 듯한 여지로 희롱하는 힘이었다. 부드럽고 상냥하나 더없이 기만적인 힘이었다. 수치스럽고 허탈하게 만들어 이편의 힘을 모조리 빼버리는 지독하게도 잔인한 힘이었다.

김재복은 남자가 선실 쪽을 돌아 시야에서 사라지는 걸 보고는 곁에 서 있던 수하에게 물었다.

"그건 그렇고, 주호야. 백사 그 새끼도 데려와서 한번 달아줘야 하는 거 아이가? 착수금 받을 때는 호언장담해놓고는 왜 졌냐니까 할 만큼 했다? 성공보수를 안 받으니 된 거 아니냐고? 씨발, 그런 말은 나도 하겠네."

주호라 불린 사내는 김재복의 말을 듣고 있다가 담담하게 대꾸했다.

"꾼들 사이에서 비중이 좀 있는 놈입니다. 괜히 건드렸다간 시끄러워지지 않을까요? 전갱이 하나 죽어 있는 거랑 상괭이 하나 죽어 있는 건 다를 것 같습니다."

김재복은 주호의 말을 묵묵히 듣고 있다가 고개를 끄덕였다.

"니가 생각해도 글체? 그래, 일단은 고마 놔둬봐라. 언젠가는 이번 일을 반성하게 해줄 날이 안 있겠나. 그나저나 홍상만이 그 새끼한테 제대로 엿을 먹어뿠네. 족보에도 없는 놈인 줄 알았는데 니이미, 동그이 형 아들일 줄 우예 알았겠노 말이다."

"대학 간다고 초항 떠났다가 부친상을 치르러 잠깐 왔던 것 말곤 꼬박 8년 동안 없었답니다. 직장 집어치우고 돌아온 게 겨우 2년 전이라니까 모르셨을 만도 합니다. 그간 형님도 서울에서 바쁘셨으니까요. 홍 대표 쪽에서는 계속 관리한 모양입니다만……."

"홍상만이라면 그럴 수 있지. 동그이 형하고 어릴 때부터 친했거든. 그거 참, 고향 발전시키는 사업 하나 해볼라 카는데 뭐가 이래 걸리적거리는 기 많노?"

김재복이 중얼거리는 중에 도 사장이 끌려갔던 배 뒤쪽이 소란스러워졌다. 몇 사람이 고함치는 소리가 욕설과 함께 들렸고 이어서 물에 무언가 커다란 것이 빠졌다. 김주호가 얼른 달려갔고 곧이어 또 한번 풍덩, 하고 누군가 물에 들어가는 소리가 났다. 김재복은 미간을 좁힌 채 소리가 들린 쪽을 향해 서서 배 난간을 지그시 붙들었다. 김재복의 손등에서 굵은 핏줄이 도드라지기 시작할 때 김주호가 상황을 파악해 돌아왔다.

"도 사장이 뛰어들었습니다. 옷을 다 입자마자 뛰어내렸다는데, 지키던 애가 곧바로 건지러 들어가서 다행히 살려냈습니다. 마침 조류가 빨라져서 하마터면……."

김재복은 이야기를 듣던 중 쓴 것을 삼킬 때처럼 인상을 잔뜩 찌푸렸다.

"이런 개새끼를 봤나."

김재복이 선미 쪽을 향해 큰 걸음으로 앞장섰다. 가봤더니

도 사장이 바닥에 엎드린 채 아직도 헛구역질을 하며 괴로워하고 있었다. 김재복은 도 사장의 멱살을 잡고 일으켜 앉혔다.

"니 지금 내 좆돼보라고 그랬나?"

김재복이 도 사장의 뺨을 힘껏 후려갈겼다. 대번에 입술이 터졌다. 도 사장은 신음을 흘리며 힘겹게 팔을 들어올려봤지만 매를 막아내기엔 역부족이었다. 김재복은 뒤통수며 이마를 가리지 않고 빈틈이 보이는 대로 사정없이 두들겨 팼다.

"암만 그래도 애비가 돼서 딸내미 얘기까지 나왔는데 디진다고? 처자식이야 우째 되든 니 속만 편하면 그만인갑지?"

급기야 발길질까지 이어졌다. 도 사장은 모로 누워 몸을 최대한 웅크렸다. 김재복이 걷어차면 걷어차는 대로, 밟으면 밟는 대로 매를 고스란히 받아내고 있으니 정신이 흐려지기 시작했다.

"내가 씨팔, 팔다리를 잘랐나?"

"……."

"오장육부를 꺼냈나?"

"……."

"사람 구실 하는 데 지장 없구로."

"……."

"멀쩡하게 보내준다 카는데 와 죽노 말이다!"

"……."

김재복은 도 사장을 걷어차다가 말고 숨을 몰아쉬며 주변을 둘러봤다. 그의 눈에 장대가 들어왔다. 바다에 빠진 도 사장을 끌어올 때도 썼지만 원래 바다 위에서 배가 정박할 때 부표 따위를 걸어 거기에 딸린 밧줄을 끌어당기는 데 쓰는 물건이었다. 김재복은 그것을 죽창처럼 꼬나들고 이미 다시마 줄기처럼 바닥에 퍼져 있는 도 사장의 옆구리를 향해 내리꽂으려 했다.

"오야. 정 소원이면 내가 죽여줄게."

김주호가 슬쩍 사이에 끼어들며 김재복을 마주보고 말렸다.

"형님, 병원에 보내야 하면 복잡해집니다."

김재복은 흥분해 부릅뜬 눈으로 김주호를 잡아먹을 듯 노려보며 거친 숨을 내쉬었다. 그러다 차츰 호흡을 고르며 장대를 내려놓았다.

"야, 이 새끼들아! 바다 위에 시체 떠다니믄 사업이고 뭐고 다 나가리야. 주호 니, 아─들 단디 주의시키라."

"네, 형님."

재복은 담배를 꺼냈다가 바로 물지 못하고 아직 채 가라앉지 않은 호흡을 몇 번 더 내뿜다가 자리를 떠버렸다.

9
식구

'장군식당, 장군식당, 장군⋯⋯.'

장환은 아직 손님이 들지 않은 가게의 빈 홀을 지키고 앉아 식당 이름을 되뇌고 있었다. 주방에선 이따금 무언가를 썰거나 그릇을 부시는 소리로 어머니가 기척을 냈다.

'장군.'

어릴 때 아버지가 장환을 자주 그렇게 불러서 어머니에게도 익숙한 이름이었다. 식당 이름이 나온 경로는 그게 전부였다.

'니가 차려준 기니까 니 이름을 붙이라. 아부지가 니를 장군이라 안 했나. 장군으로 하자.'

그러나 장환은 어머니가 오랜 세월 장터 바닥에서 깔고 앉아 있던 이름 '마산집'을 그대로 쓰자고 했다. 어머니는 고향의 이름을 따서 장바닥의 작은 공간을 오랫동안 목숨처럼 지켜왔기에 장터에서는 누구나 어머니를 마산집으로 알고 있었다. 더러 서울 같은 데서 블로거의 소개를 보고 이름을 외워 와서 활어회를 떠가는 이들도 있었으므로 버리기 아까웠다. 그러나 어머니는 한 평 남짓 되는 그 장바닥 자리가 지긋지긋하다고 했다.

어머니는 거기서 평생 썰어낸 생선 대가리를 모으면 태산을 이룰 것이고, 춘삼월 하늘 가득 흩날리는 벚꽃 잎은 거기서 벗겨낸 비늘들이며, 매일 씻어낸 피가 초항 앞바다를 '골천번'도 더 붉게 물들였다고 했다. 어릴 때부터 걸핏하면 듣던 얘기였다. 어린 장환은 엄마가 그렇게 처량하게 신세타령을 할 때면 조금 겁이 났다. 엄마 안에 낯선 이가 있는 것 같아서였다. 엄마의 언어가 아닌 것 같았고 엄마의 가락이 아닌 것 같아서였다. 나이가 들고 나서야 그게 다 장터 여인들 사이에서 대를 거쳐 내려오는 레퍼토리라는 걸 알게 되었다.

남편은 바다에서, 아내는 뭍에서 열심히 번다고 벌었지만 형편은 늘 고만고만했다. 어머니는 불어나지도 졸아들지도 않는 살림살이를 지키느라 당신의 고향 이름으로 그만큼 살았으면 됐다고 했다. 그러나 장환은 아무리 생각해도 '장군식당'이 '마산집'보다 나을 것 같지 않았다. 하다못해 역사서에 초항 백성들이 충무공의 해전에 주먹밥 하나 보탰다는 일화라도 있었더라면 '장군'을 어떻게든 써먹겠는데, 애석하게도 초항은 남쪽 바다에서 이순신과의 인연이 하나도 없어서 화제가 되는 도시였다. 마산집도 아니고 장군식당도 아닌 다른 이름을 생각해보려 아무리 애써도 결국엔 두 가지 선택지로 돌아왔다. 쓰기 싫은 것과 쓰기 민망한 것 중에서 골라야 했다. 민망한 것이 싫은 것을 이기지 못했으므로 식당 이름은 '장군식당'으로 정해졌다.

지금까지는 그게 전부였다. 그러나 장환은 다시 짚어보고 있었다. 백사가 아버지를 구 장군이라 불렀다. 백사 같은 사람이 아버지를 알고 있는 것부터 놀라웠는데 그가 아버지를 별명으로 부를 때는 아버지가 굉장히 유명한 사람처럼 느껴졌다. 백사의 세계에서 이름이 알려져 있다면 답은 뻔했다. 낚시를 좋아하고 잘하는 줄은 알고 있었지만 아버지가 꾼들과 내기를 하고 있으리라곤 생각해본 적 없었다. 신학기마다 아버지의 손에서 등록금이 따박따박 나온 것과 연관이 있을까? 장환의 머릿속에 문득 '顯考處士府君神位(현고처사부군신위)' 여덟 글자가 떠올랐다. '학생'이든 '처사'든 보잘것없는 존재라는 건 매한가지였다. 그렇게 아무것도 아닌 말로를 걷다 간 줄만 알았던 아버지가 사실은 어떤 한 세계에서 이름을 날리고 있었다면, 그걸 다행이라 생각해야 할지 모순이라 생각해야 할지 잘 판단되지 않았다.

'이런, 이런, 처자식은 모르게 해놓으셨구마?'

백사가 그렇게 말했으니 어머니에게 물어보기도 조심스러웠다. 괜히 아버지의 전혀 다른 모습을 상상하게 해서 불안하게만 만들어버릴 것 같았다. 그렇다고 달리 물어볼 사람이 떠오르는 것도 아니었다.

빈 홀의 테이블 하나를 차지하고 앉아 그렇게 오랫동안 턱을 괴고 있는데 가게 문이 요란스럽게 열렸다.

"식당 크기는 쥘병인데 간판은 욱수로 거창하네."

문을 열고 들어서는 이는 홍 대표였다. 그의 뒤에서 이대명이 무언가를 한 보따리 들고 따랐다. 장환이 깜짝 놀라며 일어나서는 얼른 홍 대표의 앞을 막아섰다. 탕감받은 것 말고 나머지를 추심하러 온 줄 알고 밖으로 끌고 나가려 했다. 그러나 주방에 있는 어머니가 불안해할까 싶어 소란을 피울 수는 없었다. 일단 진짜 독촉하러 온 건지부터 확인하기 위해 말을 아끼며 홍 대표를 노려봤다. 홍 대표는 사색이 되어 있는 장환의 얼굴을 올려다보면서 한쪽 눈을 찡긋 감았다가 뜨고는 홀에서 앉을 자리를 찾았다. 홀에는 4인석짜리 각진 테이블 다섯 개가 전부였다.

"가게는 작아도 사장님 손맛이 끝내준다고 카대요. 여기는 감생이가 얼마씩 하는공? 구 프로, 대짜로 하나 줘볼랍니까?"

주방에서 장환의 어머니가 물 묻은 손을 앞치마에 닦으며 나왔다. 그녀는 홀에 들어온 사람들의 얼굴을 재빠르게 훑었다.

처음 보는 중늙은이 뒤로 들어오는 덩치 큰 사람은 일전에 총각들을 몰고 찾아와서 아들에게 돈을 갚으라고 윽박지르던 남자였다. 중늙은이는 말려놓은 가자미처럼 복이 없게 생겼고 이제 그의 맞은편에 자리를 잡고 앉는 덩치는 고작 두 번째 보는 건데도 전날의 인상이 깊이 남아 있어 오랫동안 원한을 품어왔던 사람처럼 보는 순간 잠깐 간장이 졸아들었다. 그런데 이상하게도 그날은 성난 곰처럼 험상궂어 보이던 인상이 오늘은 어쩐지 밥 한 끼 지어 먹이고 싶을 만큼 측은해 보였다. 게다가 어딘가 아들의 오랜 지기를 보고 있는 것처럼 듬직한 데도 있었다. 그녀는 나이 든 사람 하나가 섞이니 젊은 사람 인상이 이렇게 달라지는가 싶었다. 말려놓은 가자미 같았던 중늙은이의 얼굴도 다시 보였다. 오며 가며 어디서 본 것 같긴 한데 기억은 나지 않았다. 장사꾼으로 살아오며 크게 자부하던 눈썰미가 이제는 무뎌지고 있구나 하고 나이를 탓했다.

어쨌거나 돔을 대짜로 주문하겠다고 했으므로 오늘 장사를 시원하게 개시해주는 중요한 손님이었다. 어머니는 아들의 표정을 살폈다. 어딘가 긴장돼 보이긴 했지만 심하게 당황하거나 불안한 상태는 아니었다. 어쩌면 그저 조금 귀찮아하는 것도 같았다. 어릴 때부터 장에 좀 같이 가자거나 어딜 다녀오라거나 하면 꼭 저런 표정을 지었다. 제가 하기 싫은 일은 반드시 티를 내고야 마는 것, 속은 깊은데 잔정이 없는 건 제 아비와 똑같았다. 이렇게 무슨 책임자 같은 사람까지 가게에 찾아와서 회를 주문해주고, 젊은 남자는 본래의 거친 기세를 한껏 감춘 채 다소곳이 앉아 있는 것만 봐도 전날의 일은 부드럽게 풀어나가게 된 것 같은데, 아들이 얼굴을 구기고 있으니 오히려 어미 된 입장에서 불안해졌다. 그녀는 남자들이 테이블 옆에 잘 정리해둔 쇼핑백들을 흘깃거리다가 짐짓 기세를 세우며 말했다.

"오늘은 감생이가 읎는데 우짤꼬? 참돔이라도 할라믄 하든지. 남자 둘이라도 대짜는 좀 많을 것 같고, 중짜믄 되겠구만."

홍 대표가 반색을 하며 받았다.

"하므요. 돔은 참돔이지요. 이름에 참 자가 들어가 있는 기 다 그런 이치라. 근데 고마 대짜로 주이소. 사람 여기 하나 또 있심더. 구 프로, 손님 더 오면 일을 보디라도 일단 거 좀 앉아보소. 좋은 일로 왔으이 얼굴 좀 펴고."

출입문을 등지고 앉은 이대명이 자기 옆자리의 의자를 서랍 꺼내듯 당겨 장환에게 내밀었다. 장환은 어떻게 돌아가는 상황인지 짐작이 되지 않아 멀뚱히 서서 어머니만 봤다. 무엇보다도 홍 대표가 자꾸 자신을 구 프로라고 부르는 게 어머니의 귀에 어떻게 들리고 있을지 걱정이었다. 그런 장환에게 어머니가 정신이 번쩍 들게 한마디했다.

"뭐 하노? 손님 왔는데 물도 안 내오고."

장환은 어머니의 역정이 뜻밖이라 대꾸할 말을 잃은 채 멈칫

거리다 어머니가 손을 냉장고 쪽으로 휘둘러 어서 움직이라고 눈치를 주고서야 냉장고에서 물병과 물티슈를 가져왔다. 그 사이 어머니는 뜰채를 챙겨 바깥에 설치된 수조로 가서 참돔을 건져 주방으로 빠르게 사라졌다. 장환은 어머니가 모처럼 경쾌하게 움직이는 것을 보다가 물병을 테이블 위에 내려놓으며 이대명 옆자리에 홍 대표와 마주하고 앉았다. 왼쪽에서 이대명이 물병을 끌어당겨서는 테이블에 비치되어 있던 컵을 들어 하나씩 물을 따랐다. 장환은 컵에 물이 담기는 걸 무슨 암호문을 풀 듯 미간을 찌푸린 채 바라보고 있었다. 그때 홍 대표가 한번 호탕하게 웃었다.

"허허이…… 대맹아, 우리 구 프로님이 지금 옥수로 궁금한 갑다. 저 영감이 왜 또 나타났는지 하고 말이다."

장환은 속을 들킨 걸 감추려고 이대명이 물을 따라놓은 컵을 들어 딴청을 부리며 한 모금 마셨다.

"우리가 아직 축하를 못 했다 아입니까. 요새 아들 말로 뒤풀이라 카나? 승리의 주역들이 이래 모이가 축배를 들어야 깔끔하게 정리되는 기지. 진짜로 좋은 일로 온 거 맞으이 고마 긴장 푸소."

홍 대표의 목소리가 나긋나긋했다. 그제야 비로소 장환은 경계를 조금 늦출 수 있었다.

"대맹아, 음식 나오기 전에 그것부터 드리라."

홍 대표의 지시에 이대명은 테이블 아래에 두었던 쇼핑백 중 하나를 꺼내 장환에게 건넸다. 장환은 두 사람을 한 번씩 쳐다본 뒤 쇼핑백에 든 것을 꺼내보았다. 커다란 상자가 하나 들어 있었고 그것은 신형 LBD릴이었다. 상자에 적혀 있는 브랜드와 모델명은 고급기 중에서 꾼들에게 꽤 많이 알려진 제품이었다. 이대명은 이어서 기다랗고 얇은 상자도 건넸다. 이미 장환은 낚싯대가 아닐까 짐작하고 있던 차에 릴을 받고 나니 짐작이 맞을 거라는 확신이 들었다. 상자 속에는 역시 감성돔 전용으로 제작된 1.5호대가 들어 있었고 또한 고급기였다. 아버지에게 낚시를 배울 때부터 장비발로 실력을 치장하는 꾼들을 무시해왔다. 그래서 늘 중급기 중에서도 아래쪽에서 잘 골라 사용해오고 있었으나 이런 릴과 대는 언젠가는 꼭 다뤄보고 싶은 것들이었다. 장환은 그것들을 이리저리 살펴보다가 잠시나마 넋이 빠져 있었던 걸 깨닫고 조용히 내려놓았다. 홍 대표가 장환과 눈을 맞추며 말했다.

"약소하지만 내 성의니까 받아놓으소. 시합 때 보니까, 쓰는 게 마이 낡았더라고."

릴과 대의 가격을 합치면 장환이 아직 못 갚은 돈의 2할은 되고도 남았다. 장환은 선물을 무르고 빚을 줄여달라고 하려다 너무 초라한 소리 같아서 입 밖으로 꺼내진 못했다.

"그라고, 내가 제안을 하나 할라는데 구 프로 마음에도 들지 싶다."

홍 대표가 눈짓을 하자 이대명이 가방에서 태블릿피시를 꺼내서는 오늘자《초항뉴스》에 접속해서 한 꼭지를 열었다. 태블릿피시의 화면에는 초항시와《초항뉴스》가 공동으로 주관하는 낚시 대회의 접수 안내 페이지가 떠 있었다.

'남해안 최대의 낚시 테마파크 유치 기원, 제1회 초항시장배 전국 감성돔 낚시 대회.'

웹페이지는 석양을 배경으로 높은 갯바위에서 대물을 랜딩하고 있는 꾼의 실루엣 이미지로 가득 차 있었다. 이미지만 봤을 때 저 정도 높이의 발판에서 저렇게 대를 휘어지게 하는 대물을 뜰채 없이 들어올리는 건 불가능했다. 역동적인 이미지를 위해 말이 안 되는 그림을 동원한 데서 벌써 입맛이 떨어졌다. 대회의 상세 요강이 그림과 어우러지게 잘 정리되어 있었지만 장환은 일단 눈길을 거둬 홍 대표를 쳐다봤다. 홍 대표가 빙긋 웃으며 말했다.

"거기 1등 상금이 얼마랍니까? 딱 천만 원이지요? 시에서 테마파크 유치할라고 아주 작심을 한 기라. 천만 원이면 내도 참가하고 싶은데 시청이고 신문사고 얼굴이 다 팔려 있어가…… 사실은 그기 아이고……."

홍 대표가 잠시 말을 멈추곤 다시 장환의 눈을 가만히 들여다봤다. 장환은 시선이 거북했으나 피할 이유가 없어 그대로 버텼다.

"저번에 그 낚시, 내캉 째보캉 무신 사업 하나 걸고 하는 내기라 했다 아인교, 기억하나? 바로 이거. 테, 마, 파, 크…… 그라이까네, 이 테마파크의 운영권 싸움이란 말이지. 상상도 못 할 돈이 걸려 있거든. 째보 글마, 지가 이길 줄 알았던 기 싸움에 보기 좋게 져뿠으이 인자 독이 바짝 올랐을 기라. 근데 이거는 죽어도 내가 맡아야 되는 기거든. 공무원 새끼들은 공모사업이니까 입찰에 업체가 마이 들어올수록 좋은 거고. 째보가 벌써 온 사방에 약도 으지가이 쳤더라고. 콘셉튼지 뭔지 암만 그래싸도 결국엔 자금력하고 전문성 싸움인데……."

홍 대표가 손가락으로 동전 모양을 만들어 보이면서 상체를 테이블 중앙으로 밀고 들어오며 목소리를 낮췄다.

"자금이야 초항시에서 내 따라올 사람이 없고, 전문성은 자문위원단을 만들어서 카바치는 긴데, 구 프로도 자문위원단에 넣을라고. 근데 구 프로가 아직 무명이라서 쪼매 걸려. 이참에 대회에서 우승을 딱 해뿌면 해결되는 기지. 그래가 말인데, 대맹아 그것도 좀 꺼내봐라."

이대명이 아직 테이블 밑에 남아 있던 쇼핑백에서 무언가를 꺼냈다. 그것은 검은색 계열로 디자인된 새 구명조끼였고 한눈에도 제법 비싸 보였다. 등판 위쪽에는 '㈜오션캐피탈'이라는 글자가 커다랗게 자리 잡았고 아래쪽엔 장환의 이름 세 글자가 역시 큼지막하게 힘이 넘치는 필기체로, 더구나 금실로 새겨져 있었다.

"으뜬교? 까리하제? 오바로크가 기막히게 됐다. 이제 공식적으로 내가 구 프로를 스폰한다는 거거든. 어무이 모시고 이래 속닥하니 사는 것도 좋지만서도 젊은 사람이 재주가 없는 것도 아이고, 이런 데서 1등 해가 세상에 이름 석 자 한번은 날리봐야지."

장환은 예상해보지 못한 전개가 너무도 빨리 진행되는 바람에 이제 경계심이고 뭐고 없이 그저 어리둥절해지기만 했다.

"문제는 째보 글마도 가만히 있을 리가 없다는 기지. 그 새끼가 요새 초항시에 있는 상가번영회라는 데는 다 들쑤시면서 즈그들 협력단체에 이름 올릴라고 로비를 무작시리 한다고. 우리가 벌써 숙박협회니 선주연합회니 다 정리해놨는데 야곰야곰 빼가는 눈치라. 인자 보이 작심하고 내려왔두만. 같잖은 새끼. 회장님을 같이 모시던 옛정이 있어가 살살 달랠라 캤는데 안 되겠어. 초항 바닥에서 함부로 내 앞에 걸리적거리다가는 우째 되는지 제대로 비이주야지. 그라이까네, 구 프로가 내 좀 도와줘야 안 되겠나?"

그때 전채(前菜)가 나오기 시작했다. 이대명은 얼른 태블릿 피시를 치워 식탁 위에 자리를 비워주고 주인은 완두콩과 콘버터, 단호박찜, 마요네즈에 사과와 오이와 당근을 버무린 샐러드, 멍게와 해삼과 전복회, 꽁치구이와 가리비구이, 미역국 등이 담긴 그릇과 접시를 내려놓았다. 특별할 것은 없지만 모두 정갈했고 각각의 접시가 커서 이미 상이 가득 차버렸다. 주인이 접시들을 내려놓을 때마다 홍 대표는 눈을 크게 뜨고 놀라며 음식들을 구경했다. 그때 주인이 무심하게 한마디 던졌다.

"그 쩨보라는 사람이 골드 어쩌고 카는 데서 일합니까? 뭐라 카더라? 골드…… 뭐, 씨를…… 판다는 거 같던데?"

장환은 갑자기 대화에 끼어드는 어머니를 쳐다봤다. 놀라기는 홍 대표와 이대명도 마찬가지였다. 이대명이 태블릿피시를 가방에 다시 넣는 동안 홍 대표가 주인에게 되물었다.

"골드씨 파이낸셜. 그걸 사장님이 우째 아십니까?"

"아이고, 이 아저씨는 그거를 또 우째 그래 찰떡같이 알아듣는공?"

"글마가 벌써 여기도 다녀갔쓰요? 이런 코…… 너에 있는 가게까지?"

홍 대표는 '이런 코딱지 같은 가게'라고 할 뻔했는데 재빨리 말을 바꿨다. 주인은 식탁에서 한 걸음 떨어진 곳에서 빈 쟁반을 늘어뜨려 잡은 채 다른 손은 앞치마 주머니에 쑤셔넣고 삐딱하게 섰다.

"아저씨가 말하는 '글마'가 맞는지는 잘 모르겠고. 요전 날에 못 보던 젊은 아ー들이 와가 서울말을 쓰먼서 돈 필요하면 즈

그들 꺼 쓰라고 뭐라뭐라 해쌓던데, 이자도 싸고, 앞으로 초항 시하고 손잡고 큰 사업을 할 회사라 믿어도 좋다 카대요. 근데 내 귀에는 말하는 기 딱 사기꾼인 기라. 기분이 찝찝해가, 주고 간 명함도 쓰레기통에 처박아삤다 아입니까. 아저씨가 방금 서울 어쩌고 하니까 생각나네요."

장환은 홍 대표를 그냥 아저씨라고 해버리는 어머니의 무심함이 조금은 불안했다. 홍 대표가 손을 크게 내저으며 어머니에게 말했다.

"에헤이, 사장님, 절대 글마 돈 쓰지 마소. 큰일납니데이. 우리하고는 질이 다릅니다."

"뭘, 아저씨네 사람들도 저번에 보이 순 깡패드만. 이쪽 아저씨가 아까부터 내 눈 피하는 거 모르지요? 덩치만큼 목소리도 무작시리 크던데요? 내 진짜 그날 무서버서 오줌 쌀 뻔했는데?"

주인은 고개를 어정쩡하게 숙이고 있는 이대명의 등을 손가락으로 쿡쿡 찔렀다.

"하하하…… 사장님, 제가 대신 사과를 디리겠습니다. 우리 직원들이 의욕이 넘쳐가 그만 큰 결례를 저질렀나보네요."

홍 대표는 갑작스레 궁지에 몰린 사람처럼 어색하게 웃으며 말했다. 그러나 장터의 크고 작은 다툼에 이골이 난 주인은 홍 대표의 생각처럼 만만한 사람이 아니었다. 그녀가 한 번 더 이대명의 등을 쿡쿡 찌르는데 이제는 아예 주먹으로 두드릴 기세였다.

"사과는 여기 당사자가 해야지 아저씨가 왜 합니까. 어이, 내 좀 보시더, 그때는 사람 잡아묵을 것처럼 눈까리를 뒤집고 달려들두만 오늘은 와 이리 얌전하노? 근데 아저씨가? 총각이가? 얼굴 좀 보자니까?"

장환은 더 두고 보기 힘들어 자리에서 일어나 어머니와 이대명 사이에 끼어들었다.

"고만 좀 해라. 오늘은 손님으로 온 거잖아. 맨날 내보고 손님들 잘 모시라 하믄서 와 이라노?"

"손님? 손니임? 내사 굶어 죽어도 이런 손님 안 받을란다. 어디서 대가리에 피도 안 마른 게 남으 가게에 와서 행패고?"

주인은 지금 자기 흥분을 못 이기고 그만 발동이 걸려 목소리를 높여버렸다. 본인도 너무 나갔다는 걸 깨닫고 그쯤에서 일단 입을 닫았다. 장바닥 싸움에서는 말과 욕이 끊어지면 지는 건데 상대가 입을 꾹 다물고 정수리만 보인 채 죄인처럼 앉아만 있으니 더는 흥이 나지도 않았다. 그때 이대명이 큰 몸을 일으켜 그녀를 마주보고 섰다. 그는 자기의 명치께 있는 주인의 작은 얼굴을 잠시 내려다보며 세월이 이 여인의 눈가에 새겨놓은 흔적을 조심스럽게 살폈다. 그런 뒤 정중히 허리를 숙였다.

"어머님. 죄송합니다아. 다시는 안 그러겠습니다아."

이대명은 천천히 허리를 펴고 두 손을 낭심 앞에 모은 자세로 시선을 바닥으로 간 채 처분을 기다렸다. 이대명의 사과에 진정성이 묻어나긴 했으나 혼이 많이 나본 아이가 할 만한 너무도 원초적인 반성문이라 장환은 저도 모르게 피식 웃어버렸다. 그러나 장환의 어머니는 웃지 않았다. 그녀는 이 덩치 큰 젊은이의 사과가 고마웠다. 아들과 중요한 일을 의논하고 있는데 자기가 망쳐버리고 있는 것 같아 조마조마하던 참이었다. 아들에게 무슨 일을 시키려는 건지는 몰라도 뒤에 어미가 눈을 이리 벌겋게 뜨고 있으니 함부로 할 생각은 말라는 눈치만 주려 했다. 그런데 불 조절을 잘못해서 다 태워버릴 뻔한 게 아닌가 싶었다.

"무, 무신 덩치가 이래 크노? 아참, 도미 피가 다 빠졌을라나 모르겠네. 가아도 덩치가 하도 커서 오래 걸릴 낀데."

주인은 그렇게 말한 뒤 슬쩍 이대명을 째려보고는 총총걸음으로 주방에 들어갔다.

이대명이 군소리 없이 자리에 앉아 아무런 동요 없는 표정으로 테이블 위에 시선을 던졌다. 홍 대표가 "잘했다" 하고 아이 달래듯 다정하게 말해줬는데 그래도 이대명의 표정은 그대로였다.

"자, 그라면, 일 얘기를 마저 할까요? 그라이까네 내 생각에는……."

홍 대표가 테이블 위로 두 손을 보이며 무언가 장황하게 설명할 것처럼 숨을 들이쉬었다.

"음식 식습니다. 좀 드시면서……."

장환은 어머니가 한바탕 휘젓고 간 게 미안하기도 해서 홍 대표에게 조금은 예를 차렸다. 홍 대표는 하려던 말을 멈추고 소리 없이 입을 딱 벌린 채 고개를 끄덕였다.

"맞네. 음식 내놨는데 이바구만 털고 있으면 그것도 예의가 아닌 기라. 대맹아 묵자. 구 프로도 얼른 드소."

꽁치며 전복이며 몇 가지를 집어 먹은 뒤 홍 대표가 주방 쪽에 대고 너스레를 떨었다.

"아이고, 우리 사장님. 스끼다시를 이래 줘뿌면 뭐 남는다고! 뱃속에 회 들어갈 자리는 남가놔야 할 낀데, 너무 맛있어서 그래 될라나 모르겠네."

주방에서는 참돔을 손질하는 도마 소리와 수돗물 소리만 들려왔다. 장환은 가만히 주방의 소리를 들었다. 워낙 많이 본 장면이라 지금 어머니가 어떤 작업을 하고 있는지 훤히 떠올랐다. 비늘을 벗긴 뒤 대가리와 지느러미를 쳐내고 배를 갈라 내장을 발라내는 중인 듯했다. 칼질이나 물 부시는 소리에서 별다른 감정은 느껴지지 않았다.

"궁금한 게 하나 있습니다."

장환이 홍 대표에게 물었다. 홍 대표가 젓가락질을 멈추고 장환의 다음 말을 기다렸다.

"그거, 테마파크…… 유치하게 되면 누구한테 좋습니까? 돈 좀 있는 외지 사람 잔뜩 들어와서 건물 올리고, 땅값도 올리고, 임대료도 올리고 그래 되는 거 아입니까? 건물마다 프랜차이즈 들어오고, 우리 같은 영세 상인들은 하루아침에 가게 비워야 되는 거 아입니까? 관광객들이 몰려든다 해도 단물은 건물주들이나 빨아묵고, 방파제고 갯바위고 간에 개념 없는 낚시꾼들이 와서 쓰레기로 난장판 만들어놓는 거는 혹시 아입니까? 피해는 고스란히 어민들이 보고요. 솔직히 그런 일을 제가 왜 도와야 되는지 잘 모르겠습니다."

장환은 그렇게 길게 주절거릴 생각은 아니었는데 말을 하는 도중에 점점 논리가 잡혀가는 느낌을 받았다. 부산의 호텔에서 근무할 때 모두 목격한 것들이었다. 바다를 품은 대도시답게 엄청난 행사와 축제 들이 1년 내내 열렸다. 모든 축제나 행사는 그 목적을 지역의 발전, 지역민의 소득 증대, 지역의 세계화 등으로 삼고 있었으나 원주민들은 삶의 터전에서 조금씩 밀려나기만 할 뿐 실제적인 혜택을 받는 이는 극히 일부뿐인 것 같았다. 또한 관광객들은 부산을 경험하고 돌아가는 게 아니라 축제와 행사만 즐기고 갔다. 그들의 기억 속에서 부산은 서울을 대신하는 놀이터인데 마침 바다를 볼 수 있는 곳 이상도 이

하도 아닌 듯했다. 어영부영 담임선생의 권유에 따라 들어가긴 했지만 대학에서는 그렇게 배우지 않았기에 한번 의구심을 가지기 시작하자 모든 것들을 회의적으로 보게 되어버렸다. 호텔 일에서 아무런 흥미도 찾을 수 없게 된 것도 그즈음이었다.

장환의 질문을 받은 홍 대표가 눈을 끔뻑이며 잠시 대답을 미뤘다. 장환은 홍 대표가 대답을 해주지 못한다면 합류하지 않을 작정이었다.

"구 프로…… 인자 보이, 제법이네요?"

존대인지 하대인지 모를 말투였다. 그러나 그의 놀란 눈빛이 부정적인 쪽은 아니라고 말해주고 있었다. 지금 홍 대표의 눈빛은 자식이 장성했다는 사실을 이제 막 발견한 아비의 것과 같았다.

"대맹아, 가서 소주 하나 가꼬 올래? 오늘 구 프로하고 한잔해야겠다. 사장님요. 오늘 고마 샤따 내라뿌먼 안 됩니까? 내가 오늘 장사 다 책임질게요."

홍 대표의 시선이 닿은 곳에서 주인이 회를 준비해 가져나오는 참이었다. 장환은 접시 크기와 담겨 있는 회의 양이 분명히 대짜라는 걸 알아보았다.

"내는 그런 거 안 합니데이. 각자 이길 만큼만 마시고 가소."

"으이? 이기 중짭니까? 대짜 아이고?"

홍 대표도 접시를 보고 놀라 물었다.

"대짜 같은 중짜. 고마 주는 대로 묵고 가면 되지 남자가 뭐가 저리 말이 많노. 아저씨야 다 쭈그러졌지만서도 젊은 사람들 등치를 좀 보소 중짜 갖고는 택도 읎다. 중짜 값만 받을 끼니까 걱정 마소. 야야, 니는 앞치마나 좀 벗고 앉아 있든지 안 하고…… 손님 들와가 종업원이 술판 벌이고 있는 거 보믄 참 보기 좋다 카겠다. 아 – 가 와 이래 시건머리가 읎노?"

장환은 어머니가 편잔을 주고 있긴 해도 그게 술자리를 눈감아주는 당신의 방식이라는 걸 알고 있었다. 앞치마를 벗어 치워놓고 자리에 돌아오자 홍 대표가 술병을 들고 내밀었다. 아직도 장환은 홍 대표가 왜 이렇게 기분이 좋아져 있는지 알 수 없었다. 그러나 일단 연장자가 술병을 들고 기울이려 하자 몸에 밴 습관이 자동으로 장환으로 하여금 두 손으로 잔을 들게 했다. 홍 대표는 장환의 잔이 넘치려 할 만큼 소주를 가득 따라주었다. 이어 이대명도 홍 대표에게서 술을 받았고 홍 대표의 잔은 이대명이 채워주었다. 셋은 동시에 술잔을 들고 누가 건배사를 하길 기다렸다. 홍 대표가 장환을 똑바로 쳐다보며 말했다.

"구 프로가 그런 생각을 갖고 있다면 더더욱 내캉 손잡아야 할 깁니다. 오늘 찬찬히 얘기해보자고요. 자, 원샷."

다 함께 단번에 잔을 비웠을 때 장환은 어쩐지 술이 유난히 달다는 생각이 들었다. 홍 대표는 두 젊은 사람들의 빈 잔에 곧바로 술을 따라주었고 이번에는 장환이 홍 대표의 잔을 천천히 채웠다. 잔이 차오르는 걸 지켜보는 홍 대표의 눈빛이 깊어졌다. 장환도 지금 막 생각의 다음 페이지를 넘기고 있었다.

장환이 떠올리고 있는 건 아버지였다. 백사가 아버지를 안다면, 아니 구 장군이라는 아버지의 별명이 백사 같은 사람도 알 만큼 유명하다면 이번 대회에서 뭔가를 확인할 수 있을지도 몰랐다. 아버지가 가족 모르게 자기 세계를 만들었고 그 속에서 활개를 쳤던 건 짐작할 만했다. 장환은 그저 남의 입을 통해 그 얘길 조금 더 구체적으로 듣고 싶었다. 가족에게 알리지 못할 만큼 떳떳하지 못한 일을 했다면 그 역시 확인한 뒤에 원망을 하든 이해를 하든 할 일이었다. 홍 대표가 잔을 들었고 셋이 또 동시에 비웠다.

장환이 홍 대표의 잔을 채워주고 홍 대표가 술병을 받아 장환과 이대명의 잔에 술을 부었다. 홍 대표는 쉴 틈을 주지 않고 자기 잔을 슬쩍 들어 건배하는 시늉을 하더니 또 단숨에 들이켰다. 장환도 이대명도 얼떨결에 홍 대표를 따라 한 번에 마셨다. 그리고 또 한 번, 셋은 마치 무슨 의식이나 치르는 것처럼 같은 방식으로 자꾸 잔을 채우고 비웠다. 다섯 잔쯤 마셨을 때 장환은 술기운을 느끼고 냉수컵을 들어 목을 축였다.

홍 대표가 회 한 점을 들어 입으로 가져갔다. 간장도 초장도 찍지 않은 것을 가만히 씹으며 테이블 위 어느 지점을 뚫어져라 바라보고만 있었다. 그가 회를 질겅질겅 씹고 있는 동안 장환도 이대명도 쉽게 말을 걸지 못했다. 그러고도 한참 동안 셋은 말없이 홍 대표가 하자는 대로 술만 더 들이켰다. 두 번째 소주병이 완전히 비워졌을 때 홍 대표가 말을 꺼냈다.

"대맹아, 암만해도 플랜B로 가야 되겠다."

장환이 듣기에 어쩐지 혀가 조금 풀린 것 같았다. 이대명을 보는 눈도 조금 붉어져 있었다. 이대명은 고개를 끄덕이며 대답했다.

"저는 진작에 대표님이 그렇게 하실 줄 알았십니다."

장환은 방금 이대명의 말투에서 지금껏 보지 못한 여유와 친근감을 느꼈다. 심지어 어느 정도는 홍 대표를 놀리고 있는 것 같기도 했다. 그러나 취기는 전혀 없었다.

"문디 자슥. 야 인마, 그카면 글타고 진작 말을 했으야지."

"제가 말라꼬요. 골치 아픈 결정은 대표님이 하시고, 저는 행동으로 보여드린다 아입니까. 머리 쓰는 거는 앞으로도 안 할랍니다."

"자앙하다 이 자슥아. 내 머리 빠진 거 안 보이나? 이게 다, 니 때문이야. 이 망할 노무 새끼야."

홍 대표가 성긴 정수리를 이대명 쪽으로 들이대며 목소리를 높였다. 장환은 갑작스레 바뀐 분위기에 적응하지 못하고 두 사람만 번갈아 쳐다볼 뿐이었다.

"에헤이. 대표님, 옛날부터 별로 풍성한 쪽은 아니그든요. 정 뭐하면 지가 발모제는 하나 사다드리께요."

"뭐어? 발모제? 이 새끼가 아주 지 대표를 가지고 노네? 오늘 한 따까리 하까 진짜?"

홍 대표의 목소리가 높아지자 주방에서 고함이 터져나왔다.

"싸울라면 다 나가소. 내는 깡패한테는 술 못 팝니데이."

홍 대표가 놀라 턱을 당긴 채 눈을 끔뻑거렸고 이대명은 아무것도 못 들은 척 소주잔만 천천히 비웠다.

"내가 인마, 10년만 젊었어도 니 같은 거, 응? 요래요래……."

홍 대표가 큰 소리는 내지 못하고 젓가락 하나를 이대명의 얼굴에 대고 소심하게 휘둘렀다. 이대명은 젓가락이 뺨에 슬쩍슬쩍 닿는데도 표정 하나 바꾸지 않고 버티다가 슬며시 홍 대표의 손을 잡으며 말했다.

"술도 몬 하는 분이 우째 연짝으로 들이붓는다 했네요. 고마 들어가시겠습니까?"

홍 대표가 이대명의 손을 뿌리쳤다.

"드갈라먼 니나 드가. 내는 오늘 구 프로하고 실컷 마실 기다."

"진짜요? 와, 오늘 땡잡았네. 이기 얼마 만에 휴갑니까. 대표님 약주 좀 자주 하이소. 그라먼 저 진짜 드갑니다?"

홍 대표가 게슴츠레해진 눈을 들어 이대명을 노려봤다.

"가긴 어딜 가! 니는 내 죽을 때까지 옆에 있어야 돼. 그게 니 임무야."

"그라면 글치, 좋다 말았네."

이대명이 다시 잔을 들었다. 그러나 방금 비웠던 걸 아직 아무도 채워주지 않았기 때문에 입맛만 다실 뿐이었다. 장환이 그걸 보고는 얼른 술병을 들었다. 그때 홍 대표가 결연히 일어났다.

"구 프로!"

장환은 이대명에게 술을 따라주려던 동작을 멈춘 채 홍 대표를 올려다봤다. 지금 자기 행동의 어딘가가 잘못되었음을 꾸짖으려는 건 줄 알았는데 굳어 있던 홍 대표의 표정이 삽시간에 풀렸다.

"화장실이 어디고? 내 갔다 와서 플랜B 얘기해주꾸마."

"아, 주방 입구 오른쪽에 보시면 있습니다."

"알았다. 어디 가지 말고 딱 기다리!"

장환은 홍 대표가 조금 비틀거리며 홀을 가로지르는 뒷모습을 보다가 이대명의 잔을 마저 채웠다. 수다스러운 홍 대표가 자리를 뜨자 갑자기 어색해지는 기분이 들었다. 과묵한 이대명을 상대로 어째야 하나 머리를 굴리는데 이대명이 술병을 건네받으며 말했다.

"대표님 저래 기분 좋은 거 오랜만에 보네. 대표님은 자기 식구 앞이 아니면 절대 안 취하거든. 구 프로는 대표님 취한 거를 봤으이 오늘부로 우리 멤바인 기라. 우리끼리도 인자 행님 동생 하믄 된다는 소리지. 어색해도 자꼬 그래 불러야 입에 붙고 친해져. 어이, 장환이. 대맹이 형, 함 해봐라."

장환은 이대명의 너부데데한 얼굴을, 게다가 눈 밑에 불그레하게 홍조가 돌기 시작한 얼굴을 가까이서 마주하려니 확 부담스러워졌다. 이대명이 턱을 치켜들고 눈을 내리깐 채 대답을 강요하고 있었다. 홍 대표가 용무를 마치고 돌아올 때까지 기다릴 수도 없었다.

"혀, 형님."

"에헤이, 그기 아이고, 대맹이 형."

"대, 대명이, 형."

"옳지. 인자 그래 하는 기다? 자, 식구끼리 한잔하자."

장환은 도대체 정체를 알 수 없는 사람들이란 생각을 하며 잔을 입으로 가져갔다. 홍 대표가 화장실에 다녀와서 말해준다는 플랜B를 들어보면 조금이나마 이들을 이해할 수 있으리라 기다려볼 뿐이었다. 그러나저러나 '식구끼리'라는 말은 참 오랜만에 들어본 것 같았다.

10

바람

북서풍이 시작되면 감성돔을 노리는 꾼들이 폭발적으로 늘었다. 그 위엄 있는 외모도 독보적이지만 무엇보다 감성돔은 단단하고 거친 힘으로 다른 어종에서는 도저히 느낄 수 없는 손맛을 선사했다. 한번 낚아본 자는 그 살아 있는 바위를 끌어내고 있는 듯한 손맛을 잊지 못했고 다음에는 더 강한 놈을 찾게 됐다. 북서에서 불어오는 찬바람은 그런 놈들을 연안으로 불러들였다.

놈들은 사이즈가 클수록 같은 수역에 머무는 다른 어떤 어종보다 예민했다. 그저 습성이 유난히 조심스러워서 작은 것도 경계하는 게 아니라 영악한 것이었다. 대형 어종이면서도 위험을 감지하면 뒷걸음을 친다는 얘기는 아직도 꾼들 사이에 갑론을박을 일으키고 있었다. 그 정도이니 어지간한 실력으로 덤벼서는 놈을 만날 수 없었다. 이따금 초보에게도 걸려드는 경우가 있어 너도나도 만만하게 보고 도전하긴 하는데, 그랬다가 열이면 아홉이 하루 종일 바다에 고기 먹이나 뿌리다가 낚싯대를 접을 뿐이었다.

고만고만한 꾼들 사이에서는 도무지 대물이 나오지 않으니 언젠가부터 놈은 '전설'로 포장되기 시작했다. 그리고 낚아낸 감성돔의 크기는 꾼의 세계에서 일종의 지위로 치환되는 것이 묵계였다. 사람들은 자기에게 명예와 권위를 안겨줄 대물을 찾아 대한민국 바다를 이 잡듯 뒤지고 다녔다. 그러느라 가산을 탕진했다거나 직업을 바꿨다거나 가족과 등졌다는 식의 사연은 어느 바다에나 수두룩했다.

그 옛날, 장환의 아버지는 갯바위를 뒤덮고 있는 따개비들을 가리키며 여기에 섰던 꾼이 읊어댄 사연 하나에 따개비 하나라고까지 했다. 열여섯, 중학교 졸업을 앞둔 어느 겨울이었다. 아버지가 허풍이 너무 심하다는 생각을 하며 장환은 너울을 타고 일렁이고 있는 찌만 집중해서 바라보고 있었다. 그러던 중에 처음으로 놈을 만났다.

머릿속으로 수천 번도 더 상상했던 일인데 실제로 맞닥뜨리자 온몸이 굳어버렸다. 이미 40센티미터가 넘는 숭어도 걸어봤고 더 큰 혹돔도 낚아봤다. 그러나 그런 놈들과는 힘의 결부터가 달랐다. 놀라 달아나는 힘이 아니라 성가셔서 뿌리치는 힘이었다. 장환은 제 상상이 얼마나 무르고 허술했는지 깨달아야 했다. 지나가다가 덩치 큰 사람과 어깨를 부딪친 것처럼, 어지간해서는 피했어야 할 시비에 휘말려서는 되지도 않는 기싸움을 벌이는 기분마저 들었다. 그야말로 폭력배의 멱살을 잡고 있는 것만 같았다. 장환은 릴링을 시작할 엄두도 못 낸 채 간신히 버티면서 이러다간 채비가 기어코 터져버리는 게 아닌가 싶어 벌써부터 애가 탔다. 아버지가 옆에서 뭐라고 코치를 하고 있었으나 들리지 않았다. 그러길 얼마 지나지 않아 대가 조금씩 세워졌다. 신중하게 호흡을 조절하며 릴을 감았다가 대를 다시 드는데 이겼다 싶은 순간마다 폭발적인 힘이 새롭게 물밑에서 대를 끌어당겼다. 아악, 하는 비명이 절로 나왔다. 몇 번인가 그렇게 싸우고 버티길 반복한 끝에 드디어 놈이 수면에서 배를 뒤집었다. 아버지가 환호하며 뜰채로 떠주는 동안에도 장환은 넋을 놓고 있었다. 주둥이에서 꼬리지느러미의 끄트머리까지의 길이가 46센티미터였다. 아버지는 생애 첫 감성돔으로는 준수한 크기라 했다. 장환은 마구 들뜬 기분을 들키지 않으려 애쓰면서 더 큰 것을 낚아보겠다고 채비를 던졌다. 그래놓고도 눈은 이제 찌를 향하지 못하고 자꾸 살림망으로 끌렸다. 미끼를 갈기 위해 바늘을 건질 때는 열 번에 한 번꼴로 살림망도 건져 놈이 잘 있는지 확인했다. 아버지가 뭐라고 하며 짓궂게 놀릴 것 같아 눈치를 봤는데 그날만큼은 아버지가 그런

아들을 보며 빙긋이 웃기만 할 뿐이었다.

　새벽 기온이 하루가 다르게 떨어지고 있었다. 꾼들은 매장 카운터에서 구매 내역이 적힌 전표를 받아 장환에게로 왔다. 장환은 주차장 한쪽에서 제품들을 쌓아놓고 기다리고 있다가 전표를 받아 거기 적힌 구성대로 크릴과 파우더 등을 분쇄기에 넣고 섞어서 꾼들의 밑밥통에 부어주었다. 어제 냉동고에서 꺼내놓은 크릴들은 상온에 포슬포슬하게 잘 녹아 있었다. 평소보다 세 배 정도 많이 준비해놓았는데도 팔려나가는 속도를 보아 꽝꽝 얼어 있는 크릴이라도 얼른 더 꺼내놓아야 할 것 같았다.

　보름쯤 전부터 초항시의 크고 작은 항구들은 평일에도 다른 때의 주말처럼 붐볐고 주말은 평일의 두세 배가 넘는 사람들이 찾아왔다. 그들 사이에 고수가 섞여 있을 수도 있겠으나 장환이 보기엔 다 고만고만한 꾼들이었다. 밑밥통을 필요 이상으로 가득 채우고 미끼를 종류대로 준비했다. 그날 날씨에는 굳이 쓸 일 없을 찌와 바늘까지 구입하는 사람도 많았다. 모처럼 나온 길이라 해볼 수 있는 건 다 해보겠다는 수작으로, 전형적인 초보 꾼의 태도였다.

　아직 하늘이 깜깜한데도 쉼 없이 손님이 밀려들었다. 매장 앞에 길고 좁게 마련된 주차장엔 꾼들의 차량이 피아노 건반처

럼 빼곡하게 들어차 있었고 빈자리가 잘 나지 않았다. 장환은
비상등을 켜고 다가오는 차량 한 대를 수신호로 안내해 갓길에
주차시켰다. 매장을 향해 다가오던 운전자가 장환의 수신호를
이해했다고 판단되면 알아서 주차하게 두고 서둘러 분쇄기로
돌아갔다. 밑밥통을 채워달라고 기다리는 손님이 줄을 서 있
기 때문이었다.

이제 5시가 조금 넘었을 뿐인데 장환은 벌써 몇 통째 밑밥을
말았는지 기억하기 힘들었다. 돌아서면 줄이 서 있고 줄이 끝
나면 다시 사람이 붙었다. 그러다 한숨 좀 돌릴 만하면 매장 앞
큰 도로 저만치에서 다가오던 RV와 웨건과 승합차 들이 거칠
게 머리를 틀며 주차장으로 들어왔다. 먼 도시에서 밤새 달려
온 사람들이 대부분이었다. 그게 아니라면 어제 내려와 시내
값싼 숙소 어디서 하룻밤 묵고 일찍 나섰거나였다. 운전자들
은 주차한 차에서 내려서는 허리를 쭉 펴고 주위를 둘러보다
매장의 대형 간판을 잠시 바라봤다.

'히트피쉬'.

까만 밤하늘을 배경으로 환하게 켜져 있는 그것은 일종의 등
대처럼 꾼들에게 목적지에 거의 도착했음을 알렸다. 그 목적
지란 것이 실제로는 낚싯대를 펼칠 포인트이겠지만 꾼들의 마
음속의 목적지는 따로 있었다. 대물 한 마리. 그것을 바라보고
먼 길을 달려온 그들은 모처럼의 출조에서 허탕을 칠 수는 없

으므로 주저하지 않고 지갑을 열었다.

매장을 찾는 사람들은 누구랄 것 없이 좋은 포인트가 어딘지, 물때는 어떤지, 몇 호 바늘을 써야 하며, 어떤 미끼가 잘 먹히는지 등을 물었다. 마음이 바빠서 매장에서는 길어야 십여 분 머물 뿐인데 온갖 것을 물었다. 드러내지 않지만 분명히 흥분해 있었고 물은 것들에 대해 구체적으로 안내하기 어렵다는 걸 알면서도 다음 질문으로 넘어갔다. 장환은 아마도 사람들이 그저 현지 낚시점에서 이것저것 확인해본 것만으로 출조 준비에 최선을 다했다고 믿고 싶어 하는 것 같다고 생각했다.

손님이 잠시 뜸해진 틈에 또 한 명이 밑밥을 받으러 왔다. 그도 다른 손님들처럼 카운터에서 받아온 전표를 장환에게 건네고 분쇄기 밑에 밑밥통을 내려놓았다. 전표에는 기본 배합으로 구성된 세트가 아니라 본인이 직접 고른 제품들이 적혀 있었고, 수량은 기본 배합의 소형 세트도 안 될 만큼 적었다. 다만 압맥은 상대적으로 많았다.

이렇게 이른 시간에 나서면서 밑밥을 조금만 준비하는 사람은 드물었다. 두 시간 뒤면 들물이 시작되는데 그때 잠깐을 노리겠다는 전략인 것 같았다. 남자의 밑밥통은 싼값에 구할 수 있는 제품이었고 어깨끈이며 손잡이가 탈색된 정도로 보아 10년은 된 듯했다. 아무래도 초보는 아닌 듯해 곁눈질로 남자를 살폈다. 쉰은 넘어 보였고 작은 체구에 군살이 없었다. 무엇보다 구레나룻에서 턱으로 이어지는 풍성한 수염이 인상적이었다.

장환이 분쇄기를 돌려 밑밥통을 채울 동안에는 남자는 장환을 오랫동안 쳐다보고 있었다. 그러나 장환은 기계를 조작하는 데 집중해야 했기에 남자의 시선은 전혀 알아차리지 못했다. 기계가 멈춘 뒤 배출구를 싹싹 털어 밑밥통을 채워주자 남자는 장환에게서 눈을 거두고 말없이 통을 들었다. 남자의 뒤를 멍하니 쳐다보던 장환은 조금 놀랐다. 남자가 트렁크를 여는 차는 개인택시였는데 오래전에 단종된 차종이기 때문이었다. 레저용 차량이 다수인 주차장에 개인택시는 분명 이색적이었다. 택시는 미등을 깜빡이며 도로에 진입한 다음 속도를 내어 사라졌다.

남자가 떠난 뒤에 성호가 다가와서는 장환에게 믹스 커피가 든 종이컵을 내밀었다. 주차장이 한산해져서 이제야 한숨 돌릴 만했다.

"니는 방금 그 사람 누군지 모르제?"

"단골이가? 모르겠는데?"

"아버지하고 우째우째 해서 옛날부터 아는 분인갑더라고. 시즌은 시즌이다. 사람 많은 게 싫어서 평일에만 가끔씩 내려오던데 웬일로 토요일에 왔지? 광주에서 택시를 한다던데 아직도 저거 몰고 있네. 배도 안 타고 도보권만 친단다. 그래도 올

때마다 마릿수로 해서 가는 것 같더라고. 올라가는 길에 한 마리씩 던져준 적도 많다. 내가 어디서 쳤는지 물어봐도 절대 안 가르쳐줘. 초항 도보권 중에 우리가 모르는 자리가 있나?"

장환은 성호의 말을 듣다 생각난 것이 있어 아직도 택시가 사라진 쪽을 보고 있는 성호를 돌려세웠다.

"아부지 낚시꾼들 많이 아시겠네?"

"아무래도, 배를 하니까."

"언제 들어오시지? 오늘 종일배 나가셨나? 오시면 말이다, 여수 사람인데, 별명이 백사라고 하는 꾼이 있다. 함 여쭤봐라. 그리고……."

장환은 함께 물어보고 싶은 것을 말하려다 스스로 약간 조급해져 있다는 걸 깨닫고 잠시 말을 멈췄다.

"그리고? 뭐?"

성호가 장환을 뚫어져라 쳐다보며 다음 말을 기다렸다.

"아이다. 백사라고 하는 꾼만 함 여쭤봐라. 내가 묻더라고는 하지 말고."

"이름이 뭐 글노? 징그럽게. 저번에 니캉 내기 낚시했던 사람이가?"

"그냥 쫌…… 여쭤봐주면 안 되겠나?"

장환은 '쫌'에 짜증을 실었다가 얼른 거뒀다. 요전 날 제사 때 일도 있고 해서 당분간은 성호의 기분을 달래가며 대하기로 하는 중이었다.

"니는 무슨 비밀이 그래 많노? 내 다 적립해두고 있다이? 한 번 걸리봐라. 고마 콱!"

성호가 손가락 두 개를 세워 할퀼 듯이 장환의 눈을 겨눴다. 그러다 손을 거두고 자기 점퍼의 주머니를 뒤졌다.

"맞다! 내 니한테 할 말이 있어서 나온 긴데 저 털보 아저씨 땜에 깜빡했네. 우리 이거 안 나갈래?"

성호가 휴대폰 화면에서 열어 보인 것은 장환도 이미 본 적 있는 웹페이지였다. 성호는 장환이 별 반응이 없자 낚시 대회의 광고 이미지를 확대해서 대회 요강을 휴대폰 화면의 중앙에 잘 맞춘 다음 장환의 눈앞에 들이대며 잘 좀 보라고 했다.

"내 진작에 왜 초항에는 이런 기 없나 했다니까. 참가비는 이 형님이 쏜다. 니미, 근데 뭐가 13만 원이나 하노?"

장환은 성호의 실력을 누구보다 잘 알았다. 어릴 때부터 갯바위에서든 선상에서든 하다못해 내항의 축대에서든 함께하며 지켜본 결과, 성호의 실력으로 순위 안에 들기는 어려웠다.

성호는 연구자 타입이었다. 상상을 많이 하고 가설을 세운 다음 거기에 맞춰 채비하는 데 시간을 허비하기 일쑤였다. 늘 장환의 조과에 훨씬 못 미치면서도 조언은 한사코 듣지 않았다. 성호의 가설을 듣고 있으면 소설을 쓰고 앉았다는 소리가 절로 나왔다. 창의력은 높이 사줄 만했으나 근거가 약했다.

"되겠나?"

장환은 슬쩍 자존심을 건드려봤다.

"내도 안다. 쟁쟁한 꾼들이 얼마나 많겠노? 그래도 오비우스라는 사람이 그랬단다. '우연은 옥수로 강력하다. 항시 낚싯바늘을 던지뿌라. 기대도 안 하던 자리에 고기가 있을 것이다.' 아부지한테 얘기해가꼬 조끼도 니꺼랑 내꺼 두 개 맞출라고. '히트낚시' 네 글자 딱 새기가 말이다. 홍보도 되고 얼마나 좋노?"

"오비, 뭐? 그 사람도 제대로 된 꾼은 아닌갑다. 그래가 뭘 낚겠다고."

"무식한 새끼. 오비우스 인마. 고대 그리스에 그, 뭐, 시인인지 뭔지 그런 사람 있다 아이가."

"그리스?"

"무식하기는. 소크라테스, 아리스토텔레스, 그라고 오비우스! 딱 들으면 모르겠나? 다 그 계열이다. 책 좀 읽어라."

"지랄한다. 또 인터넷에서 뭘 봤구만. 니 그거 명언 중독이다, 아나?"

"치아뻐라. 내가 니캉 무슨 애길 하겠노? 하여간에 할 거가 말 거가? 답은 정해져 있다. 알제? 빨리 대답해봐라."

장환은 여러모로 공교롭다는 생각이 들었다. 홍 대표의 제안을 받지 않았더라도 어차피 나가게 되어 있었던 대회일지도 몰랐다. '우짜다가 재수가 없어서 잡힌 게 아니라 애초에 내 바늘을 피할 방법이 없었던 게 돼야……' 아버지에게 캐스팅을 배우던 방파제 풍경이 다시 떠올랐다.

"니꺼나 맞춰라. 내는 이미 딴 데서 후원받기로 해놨다."

장환이 성호의 시선을 피하면서 이미 바닥을 보인 종이컵을 입에 물었다. 성호는 장환의 말을 듣더니 고개를 크게 뒤로 젖혀 하늘을 한 번 봤다가 다시 장환을 쏘아봤다. 성호의 눈에 불이 켜질 듯했다.

"와, 이 의리 없는 새끼 봐라. 니 진짜 이랄래?"

"매장도 봐야 되고 하니까 니는 시간이 안 될 줄 알았지. 그라고…… 내 자의로 나가는 것도 아이다. 나중에 설명할게."

"또 비밀이가? 니 뭐 요새 내한테 신비주의 하나?"

"그냥 좀 이해해도. 금방 다 얘기해줄게. 나도 돌아가는 꼴이 우째 될라고 자꾸 이카는지, 머리가 다 아프다."

성호는 입을 꾹 다물고 한참 더 장환을 노려봤다. 그러다 허리에 두 손을 얹으며 말했다.

"알았다. 그라믄 니도 내를 좀 이해해줘봐라. 인자부터는 내가 밑밥 말게, 니가 안에서 매대 물건들 챙겨라."

"갑자기 왜?"

장환은 화제가 전환된 게 다행이라 곧바로 그러겠다고 하려다 성호의 표정에 숨기는 게 있어 보여서 이유나 들어보기로 했다.

"아니이, 사람들이…… 모르면 공부를 좀 하고 나오든지, 자꾸 물어싸서 귀찮아 죽겠다."

"그기 말이 되나? 암만 그래도 사장 아드님이 밑밥 말고 있을라고? 카운터에서 어무이가 그냥 보고 계시겠나?"

"야, 솔직히 엄마도 엄마지만, 누나 둘이 다 나와 있으니까 진짜 불편하거든. 그냥 알바를 쓰지 아부지는 왜 살림하기 바쁜 사람들을 불러내노 말이다. 매형들이 욕하는 줄도 모르고. 하여간 엄마한테는 내가 다 말해놨으니까 인자부터 그래 하는 거다?"

"그래라 뭐. 과장님 업무지신데 대리가 벨 수 있나?"

"새끼, 인자 좀 마음에 드네. 근데…… 이 양반은 날 밝을라 카는데 와 안 오노?"

성호가 이제 푸르스름해지고 있는 하늘을 보며 말했다.

"누구?"

"있다. 기다리봐. 어? 혹시 저건가?"

장환은 성호의 시선을 따라 고개를 돌렸다가 멀리서 다가오고 있는 RV 차량 한 대를 발견했다.

차량이 비상등을 켠 상태에서 상향등까지 몇 번 쐈고 그걸 알아본 장환은 손님을 안내하던 습관이 저절로 나와 손을 휘저으며 주차장의 빈칸을 가리켰다. 차가 가까워질 때 장환은 앞 유리를 통해 운전석을 들여다보려 애썼으나 짙게 코팅되어 있어 아무것도 보이지 않았다. 그저 차처럼 낡고 덩치가 큰 사람일 거라 짐작할 뿐이었다.

차는 보기 안타까울 정도로 더러웠다. 녹을 뒤집어쓴 것 같은 색에 뿌옇게 먼지가 앉아 있었는데 아주 가까워져서야 차가 원래 팥죽색이란 걸 알아볼 수 있었다. 주차장에 들어서면서 운전석 쪽 옆면이 장환 쪽으로 향할 때 창문이 내려지며 하얀색 모자를 쓴 여자가 나타났다. 여자는 창문으로 고개를 빼 앞 범퍼가 벽면에 얼마나 가까워지고 있는지 직접 확인하며 주차했다.

여자가 보이기 전까지만 해도 장환은 덩치 크고 우락부락한 남자를 상상하고 있었다. 수염도 좀 길렀을 것 같았고 막 공사판에서 일하다 온 차림새일 것도 같았다. 그러나 차에서 내린 여자는 아웃도어 용품의 모델이라고 해도 좋을 만큼 깔끔하고 세련된 차림이었다. 여자가 차 문을 시원스레 닫은 뒤 몸을 돌려 활짝 웃었다. 그리고 장환을 향해 모자챙을 살짝 들어 올렸다.

"박성호 과장님이신가요? 안녕하세요. 윤소영이에요."

장환은 여자가 먼저 인사를 해와서 깜짝 놀랐다가 듣고 보니 성호와 착각한 거라 인사는 받지도 않고 고개만 성호 쪽으로 돌렸다. 성호는 냉큼 장환 앞으로 나오며 손바닥으로 자기 가슴을 몇 번 빠르게 두드렸다.

"제, 제가, 박성호입니다. 이렇게 소영님을 만나게 되다니, 완전 진짜 영광입니다. '쏭티비' 맨날 보고 있거든요. 구독, 알람, 좋아요 다 해놨다 아입니까. 저번에 그 선외기 편에서 넘어지면서 다치신 데는 좀 괜찮으시고요?"

여자는 입을 크게 벌리고 과장되게 웃었다. 장환의 머릿속에서는 '쏭티비'와 '소영'이란 이름이 여러 번 번갈아 깜빡였다.

"아, 저는 아까 들어올 때 안내하시길래 저분이 과장님인 줄 알고…… 죄송해요."

"아, 아입니다. 그랄 수 있지요, 근데 과장님 말고 그냥 성호 씨라 하면 됩니다. 저희끼리나 과장이고 대리라 카는 기지, 뭐, 공식적인 직함도 아이고…… 아무튼, 먼길에 지인짜 고생 많으셨습니다."

장환은 성호가 필요 이상으로 수다스러워지고 있다고 생각했다. 그때 여자가 곁눈질하듯 장환을 보면서 성호에게 물었다.

"그럼 이쪽 분은 혹시……."

"네, 제가 말씀드렸지요? 우리 매장 마스코트, 구 프로, 구장환 대립니다. 오늘 용품 안내는 야가 다 할 거니까 인사 나누시지요. 장환아 여기는……."

여자가 성호의 말을 자르고 장환에게 불쑥 명함을 내밀었다.

"장환 씨라 부르면 되는 거죠? 안녕하세요. 착각해서 죄송해

요. 저는 유튜브에 낚시 영상 올리는 사람인데, 쏭이라고 불러
주시면 돼요.”

“송……요?”

장환이 얼결에 여자가 준 명함을 받아들으며 되물었다. 그
러자 여자가 손으로 입을 가리고 웃었다.

“송이 아니라 쏭!”

“네, 송!”

“음…… 그냥 소영이라고 부르시는 게 낫겠네요.”

장환은 소영의 큰 눈을 마주하고 있기가 민망해 다시 명함을
들여다봤다. 빨간 바탕 위에서 털이 긴 하얀 고양이가 낚싯대
를 사냥총처럼 어깨에 기대어 든 채 이쪽을 향해 찡긋, 윙크하
고 있었다.

“인자 해가 뜰 낀데…….”

성호가 나서자 소영은 그제야 자기 손목을 들어 시계를 봤다.

“어머, 벌써 이렇게 됐네요? 바로 시작할까요?”

“네, 안내하겠습니다. 얼른 들어가시지요.”

성호가 몸을 틀어 에스코트하듯 매장 입구 쪽으로 팔을 쭉
뻗었다. 그러나 소영은 고개를 저었다.

“아뇨. 제가 휴대폰으로 찍으면서 들어갈 테니까 두 분은 안
에 계시다가 제가 말을 걸면 진짜 손님 대하듯 해주셔야 돼요.
어색하지 않게요. 무슨 말씀인지 잘 아시죠?”

성호가 박수를 한 번 크게 치고 탄식했다.

"아, 그렇게 하는 거구나아! 포인트 가기 전에 미끼 사러 들른 것처럼 해야 되니까, 자연스럽게. 맞다, 그죠?"

장환은 성호가 조금 들떠 있다는 느낌이 들어 불안했다. 소영이 눈을 가늘게 뜨고 웃으며 대답했다.

"네, 내려오면서 인터넷으로 낚시점 검색해본 거랑 내비게이션에 여기 주소 찍는 것까지 영상으로 다 담아놨거든요. 아, 아까 장환 씨가 주차장 빈자리로 안내하시는 것도 찍었어요. 친절한 직원 이미지로 쓰면 좋을 것 같아요. 자, 그럼. 제가 카메라랑 뭐 좀 챙겨야 돼서요. 먼저들 들어가 계시면 따라 들어갈게요."

"완벽하시네요. 알겠습니다. 그라면, 저희는 얼른 드가서 스탠바이 하고 있으께요."

성호는 그렇게 말하고 돌아섰다가도 몇 번이나 고개를 돌려 밝게 웃으며 소영을 향해 굽신거렸다. 그러는 한편으로 손으로는 장환을 재촉하는 척했다.

"빨리 드가자 인마."

아직도 시선은 소영에게 둔 채 장환을 떠미는 것처럼 손을 휘저었다. 그러나 거기에는 허공뿐이었고 장환은 이미 몇 걸음 앞서 매장 안으로 들어가 있었다.

"니, 뭐고?"

장환이 소영의 시선이 닿지 않을 만한 매장 안쪽에 서 있다가 이제야 들어서는 성호에게 물었다. 장환의 질문이 퉁명스러워 카운터에 있던 성호의 어머니가 힐끗 장환과 아들을 쳐다봤다.

"뭐긴 뭐, 인마. 매장 홍보하는 거지. 저 여자 누군지 알면 니도 그렇게 뻣뻣하게 몬 군다. 엄마, 엄마도 자연스럽게 해야 된데이. 카메라 있다고 흥분해서 자꼬 쓸데없는 말 하고 그라지 말고."

성호 어머니는 카드 매출영수증들을 정리하면서 계산기를 두드리는 데 집중하느라 고개를 들지도 않고 대답했다.

"지랄한다, 니가 더 흥분해 있구마는! 바빠 죽겠는데 귀찮구로 벨일을 다 벌이가 고마…… 근데 이기, 이기, 이기 와 이카노? 에이 씨, 잘못 눌렀네."

성호의 어머니가 계산기를 들었다가 던지듯 내려놓고 성호를 노려보며 정말로 화난 것처럼 말했다.

"니 내한테 뭐 시키믄 죽는데이."

"엄마는 그냥 거 서서 하던 것만 계속 하고 있으면 된다니까. 이따가 계산할 때 잠깐 나오는 거 말고는 없다고. 제발 오바하지 말고요, 알았지요?"

장환이 모자의 대화를 가만히 듣고만 있다가 껴들었다.

"지 혼자 흥분해 있는 거 맞네. 애길 똑바로 해봐라. 뭔데?"

성호가 바깥을 한 번 쳐다보곤 장환을 더 안쪽으로 떠밀었다.

"니는 이쯤 있다가 이것저것 묻거든 친절하게 설명해주면 된다. 초보자한테 맞는 걸로 추천도 좀 해주고 말이다. 소영 씨가 낚시하는 영상 초반에 편집해서 끼워넣을 낀데, 유튜브 구독자가 2만이다. 적다면 적고 많다면 많은데, 요새 으수로 핫한 거는 팩트다. 시작한 지 6개월 만에 만 명 넘겼고 2만까지 오는 데 딱 1개월 더 걸린 기라. 인자는 뭐 하나 올리면 조회수가 못해도 3만이다. 3만. 뭔 말인지 알제? 낚시 유튜버 1위가 구독자 수 60만인가 70만인가 글타던데, 소영 씨도 얼마 안 남았지 뭐. 하여간 오늘 찍어가는 거 그렇게 길게는 안 나갈 거라더라. 그래도 매장 간판하고 내부하고 다 들어가니까……."

"치아라. 쪽팔리구로 유튜브는 무슨 유튜브?"

장환이 눈치를 채고 비협조적으로 나오자 성호가 정색했다.

"니 아까 밖에서 분명히 내하고 약속했는데? 인자부터 매장 안쪽은 니가 맡기로 했다 아이가. 나는 밑밥 말고 말이다."

장환이 할 말을 찾느라 머뭇대는데 바깥쪽에서 경쾌한 목소리가 들려왔다.

"와, 넓다. 안녕하세요. 감성돔 바늘이랑 찌는 어느 쪽이에요?"

소영이었다. 그녀는 셀카봉에 장착된 휴대폰과 슬쩍 눈을 맞춘 뒤 매장 안쪽으로 잠깐 렌즈를 돌렸다. 장환은 올림픽 개

막식장을 향해 성화를 들고 달리는 사람을 떠올렸다. 조금 전까지 분명히 카운터 안쪽에 있던 성호의 어머니는 어느새 통로에 나와 있었다.

"어서 오세요오. 낚시 가시는가바요?"

성호는 자기 어머니의 과장된 목소리와 교태 넘치는 사투리를 듣고 눈살을 찌푸렸다. 성호의 어머니가 소영의 길을 가로막은 채 머리카락을 자꾸 귀 뒤로 넘기며 휴대폰 카메라를 향해 어색하게 웃었다. 그러나 카메라는 다시 소영의 얼굴만 찍는 중이었다.

"환장하겠네. 내 저 아줌마 저럴 줄 알았다니까."

성호가 얼른 다가가 어머니를 물건 옮기듯 감싸며 카운터 안쪽으로 밀었다. 어머니는 밀려나면서도 고개를 빼서 소영의 휴대폰과 눈을 맞추려 애썼다.

"미끼는 안 필요하시고요? 일단 안쪽에서 함 보시지요."

성호의 안내를 받고서야 소영이 용품 코너 쪽으로 들어왔다. 성호는 소영의 뒤에 서서 장환을 향해 손짓을 해가며 제발 잘하라고 입 모양으로 외쳤다. 장환이 그 메시지를 이해하려고 애쓰는 동안 어느새 소영은 코밑까지 다가왔다. 실외에서 인사를 나눌 때는 몰랐는데 샴푸 냄새 같은 게 옅게 맴돌았다.

11

앞일

〈초항시 남면 일대 낚시 테마파크 조성 제안서〉.

김재복은 사무실에 앉아 방금 받은 제안서 초안을 검토하고 있었다. 필요한 문건이라고 해서 돈을 들여 만들고는 있는데 아무래도 일을 해오던 방식이 아니라 어색했다. 반듯하고 너른 종이를 한 장 한 장 넘길 때 종이의 촉감이 낯설었고, 종이에 표현된 선과 그림 들이 내 것 같지 않았다. 콘셉트니 인프라니 레퍼런스니 하는 말들도 간지러웠고, 테마파크의 상상도라고 그려놓은 것은 보기에나 좋았지 낙후된 해안 마을을 첨단 미래 도시로 만들어놓겠다는 식으로 돼 있어서 황당하기 짝이 없었다.

이런 일은 직원들이 알아서 하게 두고 자신은 그저 직접 관계자들을 만나서 술과 돈을 먹여가며 한배에 태우는 일만 하고 싶었다. 옛날에는 대개의 일이 그렇게 이뤄졌는데 세월이 흐르고 나니 방식이 이상하게 바뀌어 있었다. 맞춰보려 하지만 좀 버거웠다. 기획서나 제안서 같은 서류는 아무리 봐도 페이지의 흐름을 따라가기 어려웠고 '국세완납증명서'나 '고용보험사업장자격취득자명부' 같은 첨부 서류의 이름은 좀처럼 익숙해지지 않았다. 해오던 일의 스타일과 너무도 다르니 할 수만 있다면 일찌감치 손을 떼버리고 싶은 마음이 벌써 여러 번 들었다. 초항이 싫어 떠났는데 10년 만에 돌아와 초항에서 기회를 잡아야 한다는 이 말도 안 되는 운명을 받아들이는 데도 시간이 걸렸다.

"사람 앞일, 아 – 무도 모린다……."

그는 염불을 외듯 그렇게 중얼거렸다. 불가해한 일들을 견디는 그만의 방법이었다.

원래 초항은 재복에게 기회를 주지 않았다. 언제나 홍상만이 앞에 서 있었고 김재복은 홍상만이 다 처리해놓은 일의 뒤치다꺼리나 해야 했다. 불만이 쌓이는데도 회장은 홍상만에게 잘 배우라고만 할 뿐이었다. 회장의 말대로 일을 배우려 해본 적이 아예 없는 것은 아니었다. 그러나 스타일이 너무도 달랐다. 홍상만은 과감하지 못했고 김재복은 그게 가장 답답했다. 그러다 기어이 일이 터지고 말았다. 목 좋은 곳의 상가 하나가 매물로 나왔고 누구나 눈독을 들일 만해서 매입하려고 했는데 홍상만이 막았다. 입주해 있는 점주들을 한 명이라도 내보낼 생각이면 관두라는 것이었다. 싹 바꿔서 터뜨리면 열 배 수익은 보장되는 기회였는데 눈뜬 채 그냥 남의 손에 넘겨주고 말았다. 그런 식으로 번번이 기회를 주지 않는 초항은 김재복으로 하여금 바깥을 바라보게 했다.

그는 회장의 장례식이 끝난 뒤 재빨리 자기 몫부터 챙겼다. 여차하면 홍상만과 전쟁까지 치를 각오가 돼 있었다. 그것은 둘 중 하나가 죽어야 끝날 터였다. 그러나 홍상만은 뜻밖에도 군소리 없이 재복이 원하는 만큼 지분을 나눠주었다. 혹시 남모르게 여퉈둔 게 있나 싶을 정도로 어떤 문제도 일으키지 않으려고 하는 눈치가 보였다. 홍상만은 재복의 요구를 들어주면서 단서를 달았다.

'인자 내가 니캉 한배에 탈 일은 읎는 기다. 그거 하나만 확실하게 알아라.'

홍상만은 오랫동안 준비하고 있었던 것처럼 모든 절차를 순식간에 처리했다. 재복은 그러는 동안에도 홍상만이 어딘가에 알짜배기를 숨겨놓은 것이리라 의심했다. 한번 캐보고 싶은 마음이 들지 않았던 것은 아니었다. 그러나 이미 확보한 것이 기대치를 웃돌았기 때문에 베팅할 필요가 없었다. 설령 뭔가가 더 있다 하더라도 거기까지 손을 뻗다가 팔을 잃을 수도 있다는 생각이 들었다. 무엇보다 어서 초항을 뜨고 싶었다.

그는 서울로 올라가자마자 종로에 심부름센터를 하나 열고 들어오는 일을 차근차근 처리하며 때를 기다렸다. 그렇게 서두르지 않고 기다리는 방식은 재복에게 어울리지 않았다. 그러나 작은 수조에서 뛰쳐나온 당장에는 저절로 모든 것에 신중하게 되었다. 어쩌면 홍상만의 그늘에서 모르는 사이에 조금씩 몸에 밴 습관인 것도 같아 처음으로 홍상만에게 고마움을 느꼈다.

심부름센터를 운영하며 자리를 잡을 생각은 아니었다. 그것은 일종의 수단에 불과했다. 심부름을 맡기는 사람을 찾는 수단이었다. 그 사람은 심부름꾼을 키워줄 수도 있을 거라 생각했다. 약속된 보수보다 더 큰 비용을 들이더라도 일을 깔끔하게 처리하려 애썼다. 그러자 처음에는 불륜의 현장을 잡아달라느니, 빌려준 돈을 받아달라느니 하는 자질구레한 일들만 들어오더니 오래 기다리지 않아서 심부름의 규모가 커지기 시작했다. 그렇게 해서 개업 1년 만에 세력 싸움에 용병을 넣게 되고 철거지역에 인력을 보내게도 됐다.

재복이 '선생'과 연을 맺게 된 건 서울로 올라간 지 5년 만이었다. 웬 말쑥한 차림의 남자가 찾아와서는 '선생님'이 눈여겨보고 있다며 일을 맡겼는데 그 '선생님'이란 사람을 직접 대면할 수는 없었다. 심부름센터를 하며 갈고닦은 실력과 인맥과 정보력을 총동원해서 알아봤는데 어느 방향에서 출발하든 그에게 다가서려 하면 벽이 나타났다. 그러나 상상만 해봤던 힘과 소문으로만 듣던 규모의 자금력이 그자에게 있는 것만은 확실했다. 재복은 이른바 전국구라는 조직을 실감했고 이것이 그토록 기다리던 기회라는 걸 직감했다. 당장은 일을 맡은 것만으로 만족하기로 하고 언젠가는 부르리라 기대하며 기다렸다. 그러는 동안 선생은 꾸준히 '오더'를 내렸다. 보수는 늘 기대 이상으로 좋았지만 그것들을 수행하느라 재복은 제 손에 온갖 더러운 것들을 묻혀야 했다. 수하들은 점점 양아치가 돼가고 있는 것 같다며 푸념했다. 그래도 참았다. 참고 참는 동안 기회는 반드시 온다고 믿었다. 그러다 재복 자신조차 이제는 더러운 것 자체가 되어버렸다고 생각하고 있을 때쯤 연락이 왔다. 선생의 일을 도맡은 지 3년 만이었다.

선생은 이번에도 직접 나타나진 않았다. 다만 처음으로 전화 목소리를 들을 수 있었다. 팔십대 정도로 가늠되는 남자였다. 발음이 어눌하고 느리긴 했으나 수많은 부하를 호령해본 힘이 느껴졌다. 그는 길게 말하지 않았다. 그동안 성실히 일해줘서 고맙다고 하며 '작은 일 하나'를 맡겨보고 싶으니 지금 함께 있는 실장과 얘기하라고 했다. 그것이 초항으로 내려온 지금까지도 그와 나눈 대화의 전부였다.

김재복은 넥타이 매듭을 괜히 한번 만져보고 다시 제안서에 집중했다. 이미 시청에는 밑작업이 다 된 셈이라 형식적인 서류에 불과하겠지만 명색이 대표인데 사업을 어떻게 꾸미겠다는 건지, 그 콘셉트란 게 뭔지는 좀 외워둬야 할 것 같았다. 제안서를 요약하자면 '우리도 한번 잘살아보세'였다. 낚시 테마파크를 통해 초항시를 전국적으로 유명한 도시로 만들고, 그걸 기반으로 초항시 해안 전체를 관광명소로 홍보해 사람을 끌어모으고, 관광객들이 머물 펜션 단지나 그들이 돈을 쓰며 시간을 보낼 만한 해산물 거리 따위를 조성하고, 나아가 대기업들이 콘도와 호텔을 짓게 만들며, 내친김에 KTX역까지 들어오게 하자는 소리였다. 제안서를 들여다볼수록, 서울에서 데려온 기획자는 제법 돈값을 해내고 있는 듯했다.

제안서대로 테마파크가 조성되기만 하면 신천지가 열릴 판이었다. 부동산 가격이 요동칠 게 뻔하고 개발 이익도 그 규모를 짐작하기 힘들었다. 그런 것들은 모두 선생이 가져가라고 하고, 김재복은 테마파크의 운영권을 놓고 계산기를 두드리고 있었다. 입장료 수입 따위는 푼돈에 지나지 않을 것 같았다. 그것보다는 해안 수질을 관리한다는 명분으로 미끼나 집어제 같은 것들을 독점적으로 공급하는 쪽을 생각했다. 납품은 이 사업에서 챙길 수 있는 콩고물의 핵심이었다. 낚시 인구는 최근들어 가파르게 늘고 있었고 낚시에 대해 쥐뿔도 모르는 사람들마저 고수인 양 장비를 두루 갖추고 다녔다. 그들은 밑밥과 미끼를 사는 데 주저하지 않았다. 고기가 나온다는 소리가 있으면 비싼 뱃삯도 선뜻 내놨다. 사람들은 그렇게 바다에 밑밥이 아니라 돈을 마구 뿌려대고 있었다.

상가 몇 개의 임대료는 직원들 월급 주기에도 빠듯했다. 사채놀이는 저번에 도 사장도 일도 그렇고 배 째라는 식으로 나오는 치들이 많아져 골치 아팠다. 술장사는 자꾸 시끄러운 시비가 생겼다. 다른 나라 마피아들은 아보카도 같은 수익성 좋은 과일에 손을 댄다고 했다. 가상화폐를 채굴하는 마피아도 있다고 들었다. 김재복 자신도 이제 바뀌어야 했다. 양지로 나가지 않으면 미래가 없었다.

그는 다시 한번 넥타이 매듭을 매만지고는 마치 고급 수트 광고에 나오는 CEO 역할의 배우처럼 자리에서 우아하게 일어서서는 천천히 창가로 다가갔다. 그는 창틀에 한쪽 팔을 걸친 채 창밖의 먼 곳을 바라보며 지금 자신의 포즈를 누군가 카메라에 열심히 담고 있는 순간을 상상했다.

'고향의 발전만을 염원하는 남자, 초항시를 이끌 전문 경영인.'

만일 특집 인터뷰 같은 게 들어온다면 헤드라인은 그렇게 가는 게 좋을 것 같았다.

누군가 대표실 문을 두드렸다. 김재복이 들어오라고 대답하자 문이 열리고 김주호가 다른 수하 두 명과 함께 굽신거리며 들어왔다. 김주호가 데리고 온 수하 둘은 어떤 남자의 팔을 양쪽에서 하나씩 붙들고 있었다. 남자는 계단에서 구르기라도 한 것처럼 옷이 더럽혀져 있었고 얼굴을 보니 몇 대쯤 맞은 게 분명했다. 멍들고 부은 얼굴인데도 고개를 꼿꼿이 들고 있어 강단이 느껴지긴 했는데 아무리 봐도 김재복이 거느리고 있는 직원은 아니었다.

"뭐고?"

재복이 묻자 김주호는 끌려온 남자를 한번 흘끗 쳐다본 뒤 설명했다.

"혼자 찾아와서는 형님을 뵙겠다기에 잘 달래서 보내려고 했습니다만 죽어도 그냥은 못 간다고 버텨서 손 좀 봐줬습니다. 그래도 이 새끼가 기어코 뚫고 올라올 기세라 얘기나 좀 들어줘봤는데…… 형님도 들어보시는 게 좋을 것 같아서 데려왔습니다. 홍상만 쪽 애더라고요. 먼 친척이라네요."

김주호가 말을 마치자마자 남자는 양쪽의 수하들의 손을 뿌리치곤, 서 있던 자리에서 그대로 무릎을 꿇었다.

"홍창식이라 캅니다. 거둬주십시오."

재복은 창식을 정체불명의 물건을 대하듯 조심스럽게 허리를 숙여 들여다봤다. 홍상만의 친척이란 소릴 들어서인지 한번쯤 본 것 같기도 했다.

"주호야, 니 내 모르게 채용공고 냈나?"

김주호는 질문의 의도를 이해하지 못해 그저 고개만 저었다.

"아니지? 근데 와 취직시켜달라는 놈이 다 찾아오노?"

재복이 창식을 들여다보느라 숙였던 몸을 펴고 허리를 세우자 창식이 다급히 머리를 바닥에 처박았다.

"대표님께서 큰일을 준비하신다는 거 알고 있심더. 제가 분명히 도움이 될 낍니다."

창식은 바닥에 이마를 밀착한 채 꼼짝도 하지 않고 기다렸다. 재복이 이번에는 그에게 다가가 쭈그리고 앉았다.

"어이, 젊은 친구. 홍상만이캉 내캉 무슨 사인지 몰라? 이렇게 훅 들이대면 내가 어서 오이소, 하고 받아줄 것 같드나? 혹시 내가 만만해 보이나?"

그러자 창식이 고개를 들고 재복을 똑바로 쳐다보며 설명했다. 목소리에 간절함이 묻어났다.

"당연히 아니지요. 진짜로 목숨을 걸고 온 깁니다. 홍상만 밑에서 만날 버러지 취급받으니, 모 아니면 도라는 생각이 들드라고요. 대표님이 만약에 홍상만하고는 다르게 인재를 알아보시는 분이라면 지는 남자답게 제대로 일을 함 해보다가 죽든지 살든지 할 기고, 아니면 지를 이 자리에서 죽이시든가 살리시든가 하시소. 혹시 아시는지 모르겠는데요, 홍상만이는 고리타분해서 식구가 배신을 때렸다 해도 쉽게 몬 버립니다. 지를 거기에 이용하시면 뭐든 하나는 얻어내실 깁니다."

창식의 목소리가 사무실을 꽉 채웠다. 재복은 듣고 보니 잠시 지니고 있어서 나쁠 건 없을 물건인 것 같았다.

"창식이라 캤나? 말빨이 좀 되네? 근데 말빨 좋다고 다 인재라 할 순 없고, 채용 심사나 한번 볼까? 수영은 좀 하나?"

창식은 대답하기 전에 활짝 웃다가 밖에서 한 대 제대로 얻어맞은 턱 쪽에서 통증을 느끼고 치통을 앓는 사람처럼 갑자기 한쪽 얼굴을 찡그렸다. 그런 뒤 조심스럽게 입을 움직이며 말했다.

"해병대에서, 전투수영대회 때, 중대 대표로 나간 적도 있심더."

재복이 반색하며 얼른 창밖을 쳐다봤다. 해가 이미 떨어져 어둑해지고 있었다. 그는 곧바로 김주호에게 지시했다.

"주호야, 내가 손맛 본 지가 오래됐지? 빨리 시동 걸어라."

김주호가 머뭇거리며 난처해했다.

"지금 남동에서 송 회장이 오고 있을 겁니다."

재복은 잠시 생각하다가 고개를 저었다.

"그 새긴 버리자고. 좆만 한 새끼가 너무 고자세야. 으짜피 싹 밀어버릴지도 모르는 동넨데 서류에 그런 동네 상인회장 이름을 올려놓기도 글찮아? 나중에 민망시러버진다. 따지보믄, 구멍을 하나 살짝 내놔야 다른 상인회들이 즈그들은 그 구멍에 안 빠지구로 건져달라고 내 쪽으로 몰릴 거란 말이지. 내 말대로 해라."

설명을 들은 김주호는 군말 없이 고개를 꾸벅 숙였다. 그리고 창식을 일으켜서 데리고 나갔다.

재복은 방금 자기가 한 말 때문에 막 뭔가가 생각나려고 해서 거기에 집중하느라 김주호의 인사를 받아주지 못했다.

'구멍을 내놓는다……'

서울에서 데려온 기획자가 말하길, 뒤로 충분히 밑작업을 해놨다고 하더라도 심사위원들에게 부담을 조금이라도 덜어주려면 막강한 컨소시엄을 구성하는 게 좋을 거라고 했다. 테마공원 운영에 참여할 덩어리를 규모 있게 만들라는 소리였다. 그래서 초항시 전체의 상가를 일일이 찾아다니며 상인과 상인회장 들을 만나 온갖 감언이설로 회유하고 있는 중이었다. 그런데 얼마나 경계심이 많고 콧대가 높은지 상인회 이름 하나 빌리는 게 테마공원 운영권을 따는 것보다 힘들 지경이었다. 다 고만고만한 자영업자들이라 큰 그림은 보지 못했다. 그저 자기들 장사에 도움이 되기나 하는 건지, 혹여 지장은 없는지만 끝없이 따지는 바람에 미칠 지경이었다. 그런데 이제 보니 영세 상인들을 상대로 미끼만 흔들면서 설득하는 데는 한계가 있는 것 같았다.

'가두리가 더 잘 먹히는 거 아이가? 아, 이게 와 이제 생각나

지? 딱 한 군데만 완전히 공가놓고…… 지금 안 들어오겠다는 새끼들은 그냥 알아서 하라고 하믄서…….'

재복은 비로소 타개책을 찾았다고 생각했고 기분 좋게 손가락을 튕겼다.

배가 도착한 곳은 저번에 도 사장을 매달았던 지점이었다. 오늘은 그믐이라 달이 보이지 않았다. 어둠 속에서 일렁이는 수면을 따라 배가 부드럽게 흔들렸다. 홍창식은 도 사장이 그랬듯 팬티바람으로 구명조끼만 입고 있었다. 김주호가 띠를 가져와 그의 허리에 채웠다. 군인들이 쓰는 탄띠였다. 김주호는 버클 부분에 자물쇠를 채우고 허리 뒤쪽에 합사를 묶었다.

"이해했제? 딱 3분 준다. 3분 안에 섬까지 가서 처박히삐믄 니가 이기는 기라. 그라기만 하믄 내 한자리 만들어볼 낀데, 안 그카고 내가 이기삐믄 그땐, 음…… 내도 모르겠네, 내가 니를 어떻게 할지 말이다. 죽을 각오를 하고 왔다 했으이 죽든동 살든동 함 알아서 해봐라. 자, 준비됐으믄 출발."

창식은 배 난간을 붙들고 저 멀리 어슴프레 조금 짙은 형체로만 보이는 무인도까지의 거리를 가늠해봤다. 한창때의 실력이라면 가능할 것도 같았지만 만에 하나란 게 있으므로 다른 방법도 생각해내야 했다. 그는 일단 물에서 저항만 만드는 구명조끼부터 벗었다. 김재복이 그런 그를 보고 혀를 찼다.

"물이 이제 제법 찬데? 다리에 쥐 올라오므 고대로 가라앉아 삐. 괘안캤나? 그냥 입고 하지?"

"아입니다. 걸리적거리기만 합니다."

"오, 좋을 대로."

창식이 숨을 한 번 몰아쉬고 바다로 뛰어들었다. 동시에 재복이 들고 있는 낚싯대에서 줄이 무섭게 풀려나갔다. 재복은 흥분을 감추지 못하고 김주호를 보며 외쳤다.

"봤나? 이기 바로 내가 원하던 거거든."

창식은 전력을 다하지 않았다. 체력을 아껴야 했고 생각도 해야 했다. 그러다가 문득 방법이 떠올라 몸을 뒤집고 배영을 시작했다. 배 위의 사람들이 어둠에 가려 보이지 않았으므로 그들도 자신을 보지 못할 거라 믿었다. 그리고 허리 밑을 더듬었다. 등뼈 아래에 꼬리처럼 달려 있는 합사를 몸 앞쪽으로 훑어 잡고 발로는 계속 물을 차면서 두 손으로는 긴 통신선을 정리할 때처럼 팔꿈치와 손바닥을 얼레 삼아 낚싯줄을 감아들였다. 그러는 동안 배 위에서는 처음 뛰어들었을 때의 속도 그대로 줄이 풀려나가고 있었다.

팔에 감아 확보한 합사는 못해도 20미터쯤 될 것 같았다. 시간을 짐작해보니 곧 챔질을 하지 않을까 싶었다. 기껏 확보해놓은 여윳줄을 챔질 때 놓쳐버리면 낭패였다. 그는 줄을 빼앗기지 않기 위해 타래에 들어오지 않은 바깥쪽 합사를 오른손에 몇 번 휘감아 쥐었다. 왼손은 타래를 쥐고 있고 오른손은 합사를 감고 있어서 헤엄치기가 쉽지 않았다. 호흡을 유지하며 발로 물을 차서 조금씩 나아가는 수밖에 없었다. 합사를 팔에 감지 않고 천천히 나아가고 있으니 배 위에서 이상한 낌새를 바로 알아차렸다.

"전투수영 어쩌고 하더니 뭐고? 줄 나가는 거 봐라. 벌써 지쳤나? 에이, 별거 읎네. 주호야, 3분 안 됐나?"

"20초 정도 남았습니다."

"의미 없다. 회수하자."

재복이 대를 힘껏 들어올렸다. 그때 창식은 오른팔을 강하게 잡아당기는 힘에 온몸을 가만히 맡겼다. 그러자 재복이 릴링하는 대로 일단은 조금씩 안정적으로 끌려가기 시작했다. 창식은 끌려가는 동안 아무 저항도 하지 않으려 애썼다. 그래서 줄을 감아들이고 있는 재복은 거대한 쓰레기를 건져올리는 기분만 들었다. 재복은 슬슬 화가 나기 시작했다. 제대로 된 파이팅을 기대했는데 저번보다 힘만 들고 아무런 재미가 없었다. 그는 대가 부러지지 않을 만큼만 힘껏 세우며 잡아당겼다. 끌어당겨 줄이 느슨해지면 얼른 감고 다시 대를 세웠다. 그렇게 아무리 반복해도 줄 끝에서는 처음의 무게감 외엔 어떤 움직임도 느껴지지 않았다.

"죽었나, 살았나?"

지루한 노동일 뿐인 릴링이었으므로 김재복은 대를 주호에게 넘겨버리고 옆에 서서 지켜보며 숨을 골랐다. 호언장담하던 홍창식의 낯짝이나 어서 확인하고 싶었다.

　한참을 그렇게 끌어낸 뒤에 드디어 창식이 드러누워서 머리를 이쪽으로 하고 다가오고 있는 게 보였다. 한쪽 팔은 머리 위쪽으로 들고 있고 다른 한쪽 팔은 자기 배 위에 얹고 있었는데 마치 자유의 여신상을 흉내내고 있는 것처럼 보였다. 그 팔에 감긴 낚싯줄은 아직 아무도 발견하지 못했고 창식이 취하고 있는 자세가 무엇을 뜻하는지도 몰랐다. 그렇게 창식의 키만큼만 더 끌어당기면 끌어올릴 수 있을 정도로 가까이 왔을 때였다. 창식이 갑자기 몸을 돌리더니 물 아래로 파고들었다. 김재복이 놀라 뱃전에서 허리를 숙여 살폈다. 그를 대신해 릴링을 하고 있던 김주호는 낚싯대를 두어 번 머리 뒤로 힘껏 젖혀봤는데 아무런 저항감이 느껴지지 않고 초릿대만 허공을 어지럽게 그어댔다.

　"뭐고? 줄을 끊은 거가? 말이 되나?"

　재복은 대를 넘겨받아 릴을 감아보면서 흐늘거리는 합사를 노려봤다. 줄이 아주 갈 길을 잃은 것은 아니고 조금씩 직선으로 펼쳐지는 게 보였다. 그는 상황을 눈치채고 릴을 최대한 빨리 감았다.

　"하, 요놈 봐라? 줄을 챙겨놨다고?"

창식은 재복이 눈치챈 대로 여윳줄을 한 번에 놓아버리고 배 밑바닥으로 파고들고 있었다. 정박해 있을 때나 운행 때나 항상 물에 잠겨 있는 용골 부위에는 따개비가 흔했다. 흐늘거리던 여윳줄이 다 감기고 다시 팽팽해졌을 땐 이미 창식이 배 밑창에 붙어서 제법 큰 따개비 하나를 찾아 뜯어낸 다음이었다. 실이 끊어지든 따개비가 떨어져나오든 하라고 걸어서 비볐는데 역시 질긴 합사가 이겨버렸다. 이제는 굳이 줄을 끊어내지 않더라도 배 위에서는 릴링을 하기 어려울 정도로 초릿대의 각을 완전히 빼앗긴 상태였다. 창식은 아직 숨이 조금 남아 있었다. 떼어낸 따개비의 예리한 가장자리를 이용해 합사를 몇 번 쓸었더니 가볍게 끊어졌다. 그런 뒤 수면 위로 머리를 내밀어 배에서 뛰어내렸던 지점까지 헤엄쳤다. 김재복은 자리를 떠버렸는지 보이지 않았고 수하들이 줄사다리를 내려 다시 승선할 수 있게 해주었다.

12

작전

새벽 2시. 초항 부두 주차장 위에 전에 없던 조명들이 환하게 켜졌다.

'제1회 초항시장배 전국 감성돔 낚시 대회'.

현수막이 커다랗게 걸린 무대와 그 아래 삼백여 개의 간이 의자가 깔린 객석으로 사람들이 몰려드는 중이었다. 열 동의 천막이 객석을 니은자 형태로 두르고 있었는데 대회 참가자들은 각 동에 차례로 들러 접수와 선단 추첨 절차 같은 것들을 거친 뒤에 몇 가지 기념품을 받았다. 그런 뒤에도 선단별 천막에 들러 승선 명부를 작성하고 객석에 마련된 간이의자에 앉아 기다려야 했다. 객석에 앉은 참가자들은 기념품으로 지급된 모자와 기본 미끼, 밑밥 첨가제 등을 살펴보며 오늘 잡아낼 감성돔의 모습을 상상했다. 모든 꾼들의 상상 속에서는 5짜가 넘는 대물이 펄떡이고 있었다.

선착순으로 사전 신청을 받은 사람은 250명이었는데, 온라인으로 신청서를 제출하고 참가비까지 송금한 순서로 끊었다. 몇 시간 만에 접수가 마감되었기 때문에 시청의 대회 담당자가 항의 전화를 받느라 '고막이 나갈 뻔했다'는 소리를 장환은 부둣가에 발을 막 들이면서 주워들었다. 그 외에도 장환의 귀에는 여러 종류의 사투리가 들려왔다.

장환은 첫 번째 천막을 향해 다가가며 생각했다. 외지 사람들이 몰려든 덕일까. 장군식당도 모처럼 예약을 받았다. 골목 안쪽에 있는 식당까지 찾아 예약할 정도면 초항 부둣가의 식당들 사정은 보지 않아도 알 만했다. 어제저녁에 어머니는 테이블이 다 찰 것 같다며 이게 무슨 일인가 놀라면서도 싫지 않은 기색이었다. 그리고 일을 마치면 곧장 식당으로 오라고 몇 번이나 당부했다. 장환으로서는 그날 식당에서 홍 대표에게 들은 대로 플랜B가 무사히 진행된다면 대회가 끝났을 때 그냥 헤어지지 않고 다 함께 어디 가서 한잔할 것 같다는 생각이 들어 대답을 미적지근하게 해버렸는데 그게 기어이 어머니의 화를 돋웠다.

'애비고 새끼고 우째 하나같이 글노? 내 그날은 가마이 듣고만 있었는데, 니도 느그 아부지처럼 하고 싶은 대로만 하고 살라 카믄 여기서 연을 딱 끊자. 니가 밖에서 뭘 가지고 와도 내

는 그거 하나도 안 반갑다. 고마 니는 니대로 살고 내는 내대로 살믄 된다.'

어머니의 경고는 전에 없이 엄중했다. 어머니가 아버지에게 가졌던 서러움이 폭발하고 있는 것 같았다.

'내가 뭐 어쨌다고 이라노? 마치고 바로 올게, 고마하소.'

장환은 접수 확인을 위한 천막에 들어서면서 고개를 저어 잡생각을 털어내고 이제부터는 대회에만 집중하기로 했다. 안내하는 사람이 이름을 물었다. 그는 출력해온 명부에서 장환을 찾아낸 뒤 추첨함을 가리켰다. 장환은 추첨함 앞에서 잠시 숨을 골랐다. 낚시라는 게 워낙 포인트가 팔 할 이상을 먹고 들어가는 것이다 보니 긴장하지 않을 수 없었다. 추첨함은 안이 보이지 않는 커다란 상자였고 팔이 겨드랑이까지 다 들어갈 수 있을 만큼 깊었다. 장환은 상자를 붙든 채 추첨을 안내하는 사람이 자기를 오래 노려본다는 느낌을 받았다. 시간을 끌지 말라고 나무라는 것 같기도 하고 누구에게나 민감한 절차라 경계하는 것 같기도 했다. 추첨 담당은 장환이 보는 앞에서 상자 양쪽 옆에 붙어 있는 손잡이를 부여잡고 들어올리더니 그대로 원을 그리면서 몇 번 거칠게 돌렸다. 상자 속에서 무수히 많은 공들이 자르륵거리며 뒤섞이는 소리가 들렸다.

"손을 넣자마자 하나만 잡고 꺼내야 합니데이. 안에서 고르시면 안 됩니다."

장환은 안내에 따라 상자의 구멍에 손을 넣고 아무거나 잡히는 대로 하나를 꺼냈다. 어릴 때 가지고 놀던 유리구슬보다 조금 알이 굵은 하얀 플라스틱 공에 7자가 선명하게 적혀 있었다. 담당자에게 보여주자 "칠 선단" 하고 옆에 앉은 다른 진행 요원에게 번호를 불러줬다. 앉아 있던 요원은 접수 명단에 있는 장환의 이름 옆에 7을 적었다.

"추첨볼은 끝까지 잘 보관하시고요. 자, 다음 분."

안내원이 다시 추첨함을 흔들었다. 장환은 다음 사람이 추첨함에 손을 넣는 걸 보면서 공의 크기에 비해 추첨함이 불필요하게 큰 게 아닐까 하고 생각했다. 이만한 공이라면 저 상자에 이백오십 개가 아니라 이천오백 개라도 들어갈 것 같았다. 아무래도 보여줄 것이 많아야 하는 행사이니만큼 추첨 절차를 부각시키기 위해 그런 게 아닐까 하고 짐작해볼 뿐이었다.

다음 천막에서는 추첨한 배 번호가 적힌 테이블을 찾아가 승선표를 작성해야 했고 그다음 천막에서는 기념품들을 받았다. 모자며 미끼며 찌 같은 것들을 두 손 가득 안겨줘서 마치 선물을 받은 것처럼 기분이 좋아졌다. 앞뒤로 사람들이 많아 천막들을 한 번씩 모두 들르는 데 시간이 꽤 걸렸다. 장환이 부두에 도착해 절차를 모두 마치고 객석에 자리를 잡았을 때는 벌써 3시가 가까워져 있었다. 장환의 뒤로도 계속해서 사람들이 밀려들었다. 저 사람들이 다 객석에 앉기까지 얼마나 더 시간이 걸릴지는 예상하기 힘들었다.

참가자들을 싣고 포인트까지 데려다줄 배만 열세 척이 징발됐다. 성호네 배도 나왔는데 장환이 가게 된 지게섬과는 반대 방향 끝자리 구역에 배정돼 있었다. 장환은 승선표를 작성하는 선단 천막에 들렀을 때 성호 아버지를 마주칠 줄 알았으나 천막 밑에는 사무장만 보였다. 장환은 지게섬을 떠올려봤다. 주변에 수중여가 매우 복잡하게 발달해 있어 낚시가 까다로운 곳이었다. 현지 꾼이기에 그나마 그런 정보를 가지고 있는 거지 외지인은 영문도 모른 채 채비를 몇 번 잃어본 뒤에야 심상찮은 자리란 걸 깨달을 수밖에 없었다. 물 아래의 지형이 주는 난관만 잘 극복해낸다면 은폐물이 많은 만큼 입질을 기대할 만한 곳이었다.

장환은 천막과 무대 사이로 보이는 내항 바다 쪽으로 멍한 시선을 던져두고 있었다. 바다 쪽 대기가 아까보다 더 희뿌옇게 흐려진 것 같았다. 해무였다. 해무는 깊고 큰 어둠을 등지고 부두 위의 조명을 받으며 유난히도 허옇고 커다랗게 몸집을 부풀렸다. 해가 떠서 수면과 공기를 데우기 전에는 걷힐 가능성이 낮았다. 객석에 앉아 대회 시작을 기다리는 다른 꾼들 사이에서 그래도 바람이 불지 않아 다행이란 말이 건너왔다. 장환은 저 장막 같은 해무 안에서 뭔가가 튀어나오는 상상을 하며 해무가 오늘 조황에 어떻게든 영향을 미칠 거라고 짐작했다.

접수를 마친 꾼들은 금세 통성명을 해가며 친해졌다. 그들은 가만히 앉아 있다가 어디론가 가서 믹스 커피가 담긴 종이컵을 들고 왔다. 삼삼오오 모여 자기가 가진 정보를 최대한 공유하며 오늘 경기의 순서나 공략법 같은 것들에 대해 토론했는데, 장환의 귀에 잡히는 이야기들은 대체로 원론적이거나 짐작에 기댄 것들뿐이었다. 어느새 승선표 작성도 마치고 기념품도 다 받아온 사람들이 객석을 거의 메우고 있었다. 장환은 속이 허하고 좀 춥게 느껴져서 믹스 커피를 어디서 받을 수 있는지 궁금해졌다.

무대 주변을 눈여겨보다가 한 여자를 발견했다. 가늘고 곧은 몸매에 모자 뒤로 빼서 늘어뜨린 찰랑거리는 머리 때문에 우락부락한 낚시꾼들 틈에서 유난히 돋보였다. 모자와 워머와 선글라스로 얼굴을 모두 가렸지만 장환은 어쩐지 윤소영 같다는 생각이 들었다. 확신이 들 때까지 계속 눈으로 좇던 중에 한 떼의 참가자들이 몰려와 앞을 가로막는 바람에 잠시 안 보이게 된 것이 그만 그대로 놓치고 말았다.

아무리 둘러봐도 같은 사람은 보이지 않았다. 장환은 지금 자신에게 동행이 없기 때문에 누구라도 있어줬으면 하는 마음이 생긴 건 아닌가 싶었다. 그래서 엉뚱한 사람을 윤소영으로 착각한 것일 수도 있었다. 그러나 왜 하필 윤소영인지는 설명하기 어려웠다. 문득 혼자서 250명과 싸우러 나와 있다는 생각이 들었다. 계속 사람들을 관찰하던 중에 아는 사람을 또 찾았다. 백사였다. 그는 긴가민가할 것도 없이 위아래를 흰색으로 맞춰 입고 있어서 '나 백사요' 하고 다니는 거나 마찬가지였다. 장환은 이번에도 김재복의 선수로 참가한 건지 아니면 개인 자격으로 출전했는지 궁금했다. 그래도 아는 사람이라고 헛헛하던 기분이 조금은 나아졌다.

　—니 어디고?

　문자메시지는 성호가 보낸 것이었다. 장환이 현재의 자리에서 전방과 양측방에 멀리 보이는 것을 알려주자 용케 찾아서는 아직 잠이 덜 깬 눈으로 나타났다. 그는 낚시 도구와 밑밥통 따위를 주렁주렁 몸에 달고 장환의 옆자리에 쓰러지듯 앉아 길게 하품했다.

　"아직 멀었제? 내 이랄 줄 알았다니까. 늦게 오는 사람은 고마 놔뒤뿌고 가도 될 낀데 다 기다리줄라는 갑더라."

　"그랄 것 같았으면 벌써 출발했고 니도 실격인 거지. 몇 선단 뽑았드노?"

　"지게섬. 운도 지지리 읎지. 거는 바닥이 지랄같아가 지옥섬이라 안카나. 오늘 채비만 수억 해묵겠네. 니는?"

　"나도 지게섬인데?"

　"진짜? 야, 운이 읎다 캤두만 용왕님은 계획이 다 있었네. 니는 오늘 이 행님을 잘 보필해가, 반드시 수상권에 들도록 하는 기다. 알겠나?"

"지랄."

"반사."

"자기 자리 이탈하면 실격이란 소리 몬 들었나? 보필은 무슨……."

장환은 홍 대표가 아침 일찍부터 전화해 대회 운영위 쪽에서 나온 얘기라며 당부하던 걸 떠올렸다. 첫 대회이니만큼 모든 규정을 매우 엄격하게 적용해 부정행위를 걸러내려 한다는 소리였다. 홍 대표는 장환과 같은 조끼를 입은 사람이 네 명 더 있을 거라고 했다. 말하자면 홍 대표네 선수단인데 미리 대면시키지 않은 이유도 혹시나 같은 배를 탔을 때 서로 도와주거나 하다 보면 규정에 저촉될 수 있기 때문이라고 했다. 그리고 같은 선수단이 아니라 그냥 아는 사람과 같은 배를 타더라도 절대로 모르는 사람처럼 대하라고까지 했다. 이제 와 생각해보니 마치 성호와 같은 선단을 뽑을 걸 미리 알고 있었던 것만 같았는데 예지력이 있는 게 아니고서야 그럴 수는 없었다. 그저 오래 산 사람에게 돋아 있는 촉인 듯했다.

"그래, 알았다. 니 혼자 다아 해무라. 친구는 죽을 쑤든 말든."

성호는 타령조로 읊조리곤 또 하품을 하면서 자신의 낚시조끼 겨드랑이로 두 손을 찔러넣었다. 장환은 성호가 의자에서 흘러내릴 것처럼 등을 깊숙이 기대앉는 걸 보고 물었다.

"상태가 와 글노? 잠 못 잤나?"

"잠은 무슨 잠. 이거 땜에 어제 오후부터 좀 전까지 새빠지게 밑밥 말다가 겨우 나왔구만."

성호가 잠시 감았던 눈을 부릅뜨고 장환을 노려봤다. 그러고는 빈정거리며 말했다.

"니는 푹 잤나베? 눈까리가 아주 초롱초롱한데?"

장환이 대회 준비를 핑계로 어제 오후 일찍 퇴근한 걸 두고 타박하는 소리였다. 장환은 못 들은 척하고 대회 본부 쪽으로 시선을 고정한 채 입을 다물었다. 한참 그렇게 둘은 말이 없었다.

성호가 진짜 잠이 든 것처럼 조용하더니 갑자기 짜증을 내며 몸을 바로세웠다.

"아, 맞다. 니 진짜 사람 여러 가지로 귀찮게 한다? 이거 보긴 봤나?"

휴대폰으로 밀 켜서는 장환의 얼굴 앞으로 들이밀었다. 유튜브 동영상이 재생되는 참이었고 곧이어 푸르스름하게 밝아오는 하늘을 뒤로하고 성호네 매장 간판이 환하게 화면 안으로 들어왔다. 윤소영은 화면 뒤에서 길게 기지개 켜는 소리를 냈다. 진짜로 기지개를 켜는 것처럼 화면이 휘청, 하고 한 번 흔들렸다. 그런 뒤 카메라가 시선을 돌려 윤소영의 옆얼굴을 담기 시작했다. 그녀가 잠기 하나 없는 말간 얼굴로 카메라를 보고 손을 흔들었다.

—구독자 여러분 안녕하세요. 쏭티비 소영입니다. 다섯 시간이나 운전해서 드디어! 초항에 도착했습니다, 여러부운. 근데 진짜 머네요. 좋은 포인트도 많고 조황도 괜찮다는 얘길 듣긴 했는데 너무 멀어서 그런가? 대한민국 방방곡곡 출조를 위해 들쑤시고 다니는 제가 이쪽으로는 정말 잘 안 와지더라구요? 오늘 조과가 좋으면 자주 오려고요. 지금 보시는 낚시점이 여기선 몇 안 되는 대형 매장이라던데, 일단 들러서 밑밥도 사고 현지 분들에게 조언도 구해볼게요.

윤소영의 걸음에 맞춰 화면이 자연스럽게 흔들렸다. 그리고 갑자기 2배속으로 진행되더니 매장 안쪽에서 다시 정상 속도로 재생됐다. 재생 속도가 바뀌자마자 소영의 높고 경쾌한 말투가 들렸다.

—와, 넓다. 안녕하세요. 감성돔 바늘이랑 찌는 어느 쪽에요?

화면이 소영의 얼굴에서 매장 내부로 넘어갔는데 그 순간 정지화면이 되었고 화면에 걸린 세 명의 사람들은 모두 얼굴이 모자이크로 가려져 있었다. 소영은 사람의 머리 위에 말풍선을 달아서 '직원1' '직원2' '직원3'으로 구분했다. 직원1은 성호의 어머니였고 직원2는 성호, 직원3은 장환이었다. 장환은 이 장면에서 성호의 어머니가 소영을 맞이하며 무슨 말인가 했던 것을 기억해냈지만 정지화면은 잠시 뒤 곧바로 장환과 채비를 의논하는 다음 장면으로 이어졌다. 소영이 장환 곁으로 와서 이것저것 물었고 얼굴 없이 몸체만 등장한 장환이 조근조근 대답해줬다.

―도보권으로 가시는 거면 작은 바늘이 입질 받기는 좋을 거예요. 오늘은 물이 그렇게 세게 가지는 않을 테니 저부력으로 시작하세요. 오후에 바람이 분다고 예보돼 있던데 너울이 좀 인다 싶으면 고부력으로 바꾸시고요.

거기서 성호가 갑자기 영상을 끊었다.

"뭐어? 고부력으로 바꾸시고요오?"

성호가 방금 휴대폰에서 나오던 말투를 흉내내며 장환의 눈을 들여다봤다. 장환은 영상이 더 궁금했으나 성호는 까맣게 잠들어버린 화면을 쥔 채 장환의 눈만 계속 들여다보고 있었다.

"뭐가?"

"이 새끼, 안내 안 한다 카드만 아주 신이 났네 신이 났어. 니 부산에서 호텔 근무할 때 말고 서울말 쓴 적 있나?"

"그거는…… 서울말 들으면 나도 모르게 그렇게 되는 거지. 시비 걸 것도 많다."

장환은 말하고 나서 성호의 시선을 외면했다.

"미치겠네…… 소영 씨는 이런 새끼한테까지 말라꼬…….”

"또 뭐가?"

"'구독과 좋아요' 인증샷 찍어서 보내라고 전하라더라. 안 보내면 영상 그냥 내라뿐다고. 근데 니 '구독과 좋아요'가 뭔지는 아나?"

장환은 미간을 좁히고 대답 대신 성호의 눈만 쳐다봤다.

"니 진짜 모르나? 모르는 척하는 거 아이가?"

장환도 낚시 영상들을 통해 꾼들이 현장에서 구사하는 기술을 배워볼까 싶어서 유튜브는 진작부터 사용하고 있었다. 밑밥의 독특한 배합이나 새로운 미끼 같은 정보를 얻는 재미도 쏠쏠했다. 그러나 어쩐지 성호에게 고분고분해지기가 싫어서 모르는 척해보고 있는 중이었다.

"됐고, 안 할란다. 지가 뭔데 이래라 저래라고? 영상을 내라 뿌든지 지아뿌든지 알아서 하라고 전해라."

성호는 장환의 퉁명스런 말을 듣자마자 고개를 탁 젖혀 무대 너머를 잠시 바라봤다. 그러곤 다시 고개를 바로 해서 장환을 노려보며 말했다.

"니는 참 좋겠다. 개념이 없으이 고민도 없제? 그날 소영 씨가 감성돔을 세 마리나 낚았다 아이가. 3짜도 안 되는 살감시들이긴 하던데 그래도 을매나 리액션을 재밌게 하고 편집도 깔끔하게 했는지 영상 조회수가 벌써 이만 오천이다. 집에 가서 확인 좀 해봐라. 매장 이름을 몇 번이나 대면서 니가 코치해준 대로 바늘캉 찌를 써서 낚은 것 같다고 난리를 친 기라. 오늘 매장

손님들 중에도 영상 보고 일부러 찾아왔다는 사람이 있더라. 근데 이런 영상을 내라뿌라고? 니 돌았나?"

장환은 다 듣고 나서 잠시 성호와 눈빛으로 대치했다. 그러나 할 말이 생각나지 않았다. 그래서 가만히 낚시 조끼 주머니를 뒤져 휴대폰을 꺼냈고, 비밀번호를 풀어 눈으로는 유튜브 앱을 찾으며 성호를 향해 말했다.

"말 좀 좋게 해라 새끼야. 돌았나가 뭐고? 돌았나가. 친구끼리……."

그때 무대 위에서 누군가 우렁찬 목소리로 객석의 주의를 모았다.

"오래 기다리셨습니다. 제1회 초항시장배 전국 감성돔 낚시 대회에 참가해주신 여러 조사님들께 인사드리겠습니다. 대회 사회자 주경석이라 합니다. 박수 한번 부탁드립니다."

은색 양복을 위아래로 깨끗하게 차려입고 검은색 셔츠 위에 하얀색 넥타이를 맨 중년 남자가 무대에 올라 있었다. 호리호리한 체격에 비해 목소리를 울리는 통은 컸다. 이미 4시가 가까워오고 있었다. 장환은 저 사람을 기다리느라 진행이 지연되고 있었던 게 아닌가 싶어 고운 눈으로 볼 수가 없었다. 갈치를 연상케 하는 옷차림도 마음에 들지 않았다. 그는 오늘의 일정을 먼저 자세히 짚어보겠다며 대회 안내장을 펼쳤다.

일정에 따르면 포인트에 자리를 잡는 시간이 대략 5시 반. 박명이 시작되는 6시부터 11시 반까지 오전 다섯 시간 반 동안 경기를 치르고 철수해 항구에 다시 도착해야 하는 시간은 12시였다. 참가자들이 잡아온 고기들을 계측하고 총 무게를 기준으로 순위를 확정하는 심사가 이어지고 오후 1시부터는 시상식과 경품 추첨이 예정돼 있었다. 시상식 때 축사를 할 사람들로는 초항시장과 초항시의회 의장, 그리고 인터넷신문《초항뉴스》 발행인이라는 사람이 이름을 올려놓고 있었다.

"아참, 니 저번에 백사라는 사람 물어봤잖아."

성호가 장환의 귀에 대고 말했다. 일정 안내와 주의사항을 읽고 있는 사회자의 목소리에 정신을 빼앗겨 있던 터라 장환은 한 번에 알아듣지 못했다.

"뭐?"

"백사 말이다."

장환이 이번에는 무대 쪽으로는 완전히 귀를 닫고 성호를 쳐다봤다.

"아부지도 아시더나?"

"이름하고 다르게 사람 괜찮다던데?"

"에이, 무슨……."

"무슨이 아이고, 알아놔서 크게 나쁠 거는 없다더라."

장환은 백사의 싸늘한 표정을 떠올리며 고개를 옆으로 기울였다.

212

그때 무대 위에서 사회자가 박수를 유도했다. 그러자 객석에 있던 모든 사람들이 일제히 환호하며 호응했다. 무대 위로 열 명의 사람들이 줄지어 올라가는 중이었다. 장환은 그들 중에 소영을 발견하고 저도 모르게 일어나려다 성호를 의식하고 고개만 무대 쪽으로 길게 뺐다. 성호는 아직 상황을 깨닫지 못하다가 역시 소영을 알아보곤 벌떡 일어났다. 뒤에서 누군가가 "좀 앉읍시다"라고 외쳐서 엉거주춤 엉덩이를 내려놓아야 했다.

"봤나? 저기 소영 씨 맞제?"

"어. 맞는 거 같네."

장환은 흘끔 쳐다보기만 하는 척하고 대꾸했다. 성호는 장환의 대꾸를 들은둥 만둥 반쯤 넋이 나가 있었다.

사회자가 무대 위로 올라온 사람들을 하나하나 소개했다. 모두 낚시 유튜버들이었다. 각자 다 상당수의 구독자를 보유한 유명인들이라 소개될 때마다 큰 박수가 터졌다. 드디어 가운데 자리에 서 있던 윤소영이 소개됐다. 무대 위에서는 유일한 여자였다.

"전국 낚시꾼들 사이에서 떠오르는 여신, 더 이상 설명이 필요 없는 우리의 뮤즈. 쏭티비, 윤소영 님 오셨습니다."

그 순간 부둣가가 통째로 뒤흔들릴 정도의 큰 함성과 박수가 터지더니 좀처럼 그치지 않았다. 사회자는 다음 유튜버를 소개해야 하는데 박수가 끊이질 않아 당황했다. 객석은 사회자가 무대 끝으로 나와 두 손으로 허공을 누르듯 천천히 오래 흔든 뒤에야 진정됐다.

"성원이 대단하네요. 그럼 특별히 우리 쏭티비와는 잠시 인터뷰를 해볼까요? 쏭티비! 오늘 좀 지각하셨죠? 본부에서 아주 피가 말랐다고 하던데요. 별일 없으신 거죠?"

소영이 마이크를 건네받고 고개를 깊이 숙였다.

"죄송합니다. 어제저녁에 미리 와 있으려고 했는데 일이 안 끝나서 서울에서 바로 내려온 길이에요. 오다가 경로를 잘못 봐서 한 삼십 분? 까먹었지 뭐예요. 목숨 걸고 밟았습니다. 이해해주실 거죠?"

소영이 밝게 웃으며 호응을 유도하자 객석에서는 괜찮아, 괜찮아, 하는 소리가 마치 군부대 장병들을 모아놓은 것처럼 절도 있게 울렸다. 사회자가 다시 마이크를 받아 질문을 이어갔다.

"그럼 오늘 우리 쏭티비의 목표를 좀 들어볼까요?"

다시 마이크가 소영에게로 넘어갔다.

"참가를 안 하면 안 했지 일단 온 이상 누구라도 1등이 목표가 아닐까요? 최근 제 조황이 엄청 좋거든요. 조사님들 긴장하셔야 할 거예요."

소영이 마지막에 손가락을 자기 얼굴 옆에서 흔들며 목소리의 톤을 높였다. 다시금 객석에서 환호와 박수가 터져나왔다.

인터뷰에 이어 사회자는 나머지 소개도 모두 끝낸 뒤 이렇게 유튜버들이 무대에 올라온 이유를 설명했다. 오늘 영상 촬영은 각 선단에 배정된 이들 유튜버에게만 허용된다고 했다. 각 유튜버의 대회 참가 영상은 전국으로 동시 생중계되며 부정행위 방지를 위한 장치이기도 하니 행여 이상한 계획을 가지고 있었더라도 절대 꺼내지 말길 당부했다. 큰 상금이 걸린 대회니만큼 부정행위 방지책은 보안이 중요했기 때문에 사전에 고지하지 못한 점, 그리고 지금부터 그 누구도 유튜버가 인터뷰를 청하지 않은 이상 먼저 이들에게 말을 걸어서는 안 되는 점을 양해해주길 부탁하는 것으로 사회자의 설명은 끝났고 유튜버들은 무대에서 내려가 모두 어디론가 사라졌다.

"와아. 소영 씨, 내한테는 알려줬어도 됐을 낀데."

성호가 아직도 박수치던 동작 그대로 합장한 채 말했다. 사회자는 무대 가장자리에서 허리를 굽히고 무대 아래쪽의 누군가와 대화를 나누고 있었다. 물가에서 물속을 들여다보고 있는 한 마리 고양이 같았다. 아래에 있는 사람이 손짓을 크게 해가며 무언가 열심히 설명했고 사회자는 고개를 여러 번 크게 끄덕였다. 대화가 끝나는 듯했는데 아래쪽 사람은 자리를 뜨면서도 사회자를 돌아보며 계속해서 손짓을 보냈다. 그러는 바람에 사회자는 다시 귀를 기울여야 해서 또 허리를 굽혔다.

이번에는 사회자가 손을 크게 펼쳐 허공을 짧게 여러 번 눌렀다. 장환의 눈에는 충분히 알아들었으니 그만하라는 몸짓으로 보였다. 그리고 저렇게 임의로 의견을 주고받는 모습에서 처음 운영하는 대회니만큼 진행 상황이 썩 매끄럽지 못한 모양이라고 짐작했다.

"여러 조사님들, 정말 오래 기다리셨습니다. 얼른 첫 캐스팅을 하고 싶다는 낚시인으로서의 열정이 여기 무대 위에서도 굉장히 뜨겁게 느껴집니다. 이제 승선을 하실 텐데요. 계류장이 아주 좁습니다. 오늘 참가자 250명이 한꺼번에 내려가면 당연히 사고가 나겠죠. 사고가 나면 상금이고 뭐고 다 필요 없습니다. 무엇보다 안전이 중요하니까 제가 호명하는 선단부터 차례로 내려가주시면 되겠습니다. 먼저 출발하든 나중에 출발하든 대회 시작 시간은 모두 똑같습니다. 선주님들이 선수들을 포인트에 다 내려준 다음에 여기 본부의 통보를 받아서 동시에 사이렌을 울릴 거니까요, 전혀 걱정 마시고 안내에 잘 따라주시길 바랍니다. 자 그럼 제1선단을 뽑으신 스무 명부터 출발하시겠습니다. 장비 잘 챙겨서 안내 요원을 따라서 승선해주시고요, 추첨볼을 소지하지 않으신 분들은 계류장 진입도 안 되시니까 응원하러 오신 가족이나 지인들은 객석에서 인사 나누시기 바랍니다. 그리고 다시 한번 당부드립니다. 일단 승선하시면 대화는 가급적 자제해주셔야 합니다. 특히 선주님께 포인트의 수심을 물어본다거나 하면 바로 실격으로 처리될 수 있으니 유념하시기 바랍니다. 자, 그럼 출발하겠습니다."

객석 이곳저곳에서 사람들이 일어났다. 성호는 선단 번호가 호명되려면 아직 한참이나 멀었는데도 벌써부터 다리를 떨고 있었다. 사람들은 사회자와 요원들의 안내에 따라 일사불란하게 움직였다. 250명 중 절반 정도 빠져나갔을 때 드디어 장환과 성호의 선단 번호가 불렸다. 성호가 장비를 챙겨 일어나며 말했다.

"어이, 빨리 오늘 작전 좀 브리핑해봐라. 내도 매장 비우고 왔는데 면피는 해야지."

장환은 성호가 지게섬에서 낚시를 해본 적이 있던가 생각해봤다. 발판이 불편하고 밑걸림이 많은 곳을 질색하기 때문에 적어도 장환은 성호를 데려간 적이 분명 없었다. 그러나 선단 추첨 결과를 얘기할 때의 눈치를 보면 성호도 포인트의 컨디션이 어떻다는 것 정도는 알고 있었다. 승선하려는 사람들 사이에서 줄 맞춰 걸으며 생각나는 대로 일러줬다.

"니는…… 그냥 막대찌 달아가 무조건 장타를 쳐라. 구멍찌로 발 앞에 바닥을 더듬을라 카다가는 채비 바꾸면서 시간 다 보낸다. 그라지 말고, 반자립이나 자립찌 있제? 그거 달아가 그냥 무조건 30미터 너머를 노리라. 할 수 있으면 한 40, 50미터가 좋은데…… 무리는 하지 마라. 대 뿌라진다. 밑밥은 그만치 몬 던질 거니까 조류 도는 거 보고 되든 말든 한자리에 꾸준히 넣고."

"이 새끼가, 겨우 40, 50미터어? 내는 100미터도 던질 낀데?"

"그마이 나가는 찌가 있나 어디. 하여간에 멀리 던질라믄 아예 2호대 정도 써야 될 기다. 1.5호를 써도 되긴 하는데……."

"스톱! 스톱! 그 정도는 내도 안다. 니는 뭐 하나 물으면 선생질을 할라 캐서 문제야. 니도 그라고 보믄 투머치토커데이. 아나?"

"갈차줘도 지랄이고."

계류장에 도착한 선수들은 저마다 뽑은 번호를 따라 배를 찾아갔다. 장환도 성호 뒤에서 승선 줄에 섰다. 안내 요원으로 보이는 사람이 선수들에게서 추첨볼을 일일이 확인했고 새로운 추첨함에서 번호를 뽑게 한 뒤에 승선시켰다. 앞서가던 성호가 먼저 번호를 뽑고 장환이 뽑을 차례였다. 추첨함에 손을 넣고 번호가 적힌 종이를 집는데 뒤쪽에서 다른 배를 향해 지나가던 사람들의 대화가 장환의 귀에 들렸다.

"글타니까요. 여기가 그 형님 고향 아입니까. 진짜 웃기지요. 낸제 돈 있는 사람들이 딱 요 자리에 관광단지든 뭐든 뭐를 세워도 세울라 할 기라고 생전에 예언을 했다 안 캅니까. 그기 인자 보이 테마공원이었던 기라. 그 형님 계셨으면 난리 났지.

관광단지 같은 거 들어오믄 초항 사람들 다 죽는다고 얼마나 욕했는데요."

　장환은 깜짝 놀라 하마터면 번호를 뽑지 않고 라인에서 벗어나서 대화를 나누는 사람들을 쫓아갈 뻔했다. 확실하진 않지만 어쩐지 아버지 얘기 같아서였다. 그러나 추첨함에 손을 넣은 이 순간부터 대열을 이탈하면 실격이었다. 뒤에서 자기 차례를 기다리는 사람들이 날카로운 눈빛으로 장환을 떠밀 듯 노려봤다.

　배에 오르자마자 성호가 번호부터 물었다. 장환은 아직도 방금 지나가던 남자들의 이야기를 생각하느라 대답을 못 하고 있다가 성호가 옆구리를 찌르며 다시 물어서야 정신이 돌아왔다. 성호는 17번을 뽑았고 장환은 5번을 뽑았다. 섬의 둘레를 따라 나란히 선다고 하더라도 성호와 장환 사이에 열한 명이 더 있다는 뜻이었다. 각 선수 사이의 거리가 얼마인지는 아직 아무도 몰랐다. 못해도 10미터는 넘을 거라고 짐작하는 게 전부였다. 서로 대화는 고사하고 눈짓조차 할 수 없을 정도로 멀리 떨어져 있어야 할 형편이었고 만약 섬의 모퉁이가 사이에 있으면 둘은 아예 다른 포인트로 가는 거나 마찬가지였다.

　성호는 어두운 얼굴로 고개를 푹 숙였다가 들었는데 그 순간 무언가를 발견하고 비명을 지를 뻔하다가 급히 자기 입을 막았다. 그리고 장환의 어깨를 황급히 두드리며 턱짓으로 선장실을 가리켰다.

조타수를 잡고 있는 선장 옆에 앉아 있는 사람은 소영이었다. 소영은 휴대폰 카메라로 승선하는 선수들을 찍고 있었다. 선장실 창에 붙여놓은 암(arm)에 휴대폰을 거치해놓고 암의 관절을 이용해 이리저리 배 위를 훑으며 뭐라고 말하고 있는데 바깥쪽에서는 들리지 않았다.

"가서 알은척하면 안 되겠지?"

성호가 시선은 그대로 선장실로 향한 채 몸만 장환에게로 기울여 장환에게조차 들릴까 말까 한 작은 소리로 물었다.

"그래, 안 될 것 같다."

장환은 카메라의 시선이 이쪽으로 옮겨오는 걸 발견하고 고개를 숙이면서 모자챙을 당겼다. 그러는 반면 성호는 뒤꿈치를 들고 고개를 뺐다.

소영도 성호를 발견하고 그 주변을 얼른 살폈다. 그러자 모자를 눌러쓰고 고개를 푹 숙인 장환을 성호의 곁에서 어렵지 않게 찾을 수 있었다. 카메라로 잠시 그를 쫓아도 좋을 것 같았다. 장환은 선장실에서 보이는 배 앞쪽 공간에서 벗어나지 않고 자리를 잡아 앉았다. 선미 쪽으로는 이미 자리가 없는 탓이었다. 장환은 시선을 갑판에 고정한 채 좀체 고개를 들지 않는데 어쩌다 고개를 들더라도 몸을 틀어 바다 쪽만 바라볼 뿐이었다. 그러다 이제는 아예 소영을 등지고 앉아버렸다. 소영은 그가 선장실로 일부러 눈길을 주지 않고 있다는 걸 알아차리고 웃음이 나려는 걸 꾹 참았다. ㈜오션캐피탈, 구장환. 소영은 그의 구명조끼 등판에 적힌 글자들을 하나하나 뜯어보다가 오디오를 너무 오래 비워두었다는 걸 깨닫고 화들짝 놀랐다.

"자, 그럼 승선 장면은 여기까지 하고 저는 잠시 빠졌다가 포인트에 도착하면 돌아올게요. 화면을 그대로 고정해놓을 테니까 구독자 여러분, 어디 가지 마시고 계속 쏭티비 지켜봐주세요."

소영은 음소거 버튼이 잘 눌러졌는지 확인하고 화면을 계류장과 배가 맞닿는 부분에 고정시켰다. 휴대폰 카메라에 따로 연결된 화면을 통해 사람들이 계속 승선하는 모습과 이미 승선해 있는 사람들을 무심하게 바라보고 있던 중이었다. 그러다 소영은 마치 숨은그림찾기에서 어떤 흔적을 발견한 것처럼 한 곳을 오래 지켜봤다. 그리고 화면이 아닌 선장실 창문을 통해 실제를 확인했다. 거기엔 한 남자가 앉을 자리를 찾느라 서성이고 있었는데 그가 입고 있는 구명조끼의 등판에도 '㈜오션캐피탈'이라는 글자가 보였다.

구장환과 같은 업체의 스폰을 받은 게 분명한 그의 이름은 서양덕이라고 적혀 있었다. 마침 모자를 손에 쥐고만 있어 얼굴을 보기가 쉬웠다. 초로에 접어든 나이 같았고 얼굴의 절반은 모자에, 나머지 절반은 덥수룩한 수염에 가려져 있었다. 장환과는 같은 팀이 분명한데도 둘은 서로 인사하지 않았다. 못 알아본 걸까 싶기도 했으나 좁은 배 안에서 가까이 앉아 있는 데 그럴 것 같진 않았다.

앞 선단의 배가 계류장에서 몸을 떼자 소영이 앉아 있는 선장실에서도 물결이 출렁거리는 게 느껴졌다. 곧이어 선장이 출발하겠다는 신호를 울리고 배를 후진시켰다.

*

낚시 대회가 시작되기 48시간 전, 모두가 잠들었을 만한 시각에 김재복은 사무실로 최측근 수하들을 불러모았다.

이번 낚시 대회에서는 반드시 홍상만에게 설욕해야겠기에 몇 가지 준비를 해놓았는데 그것들을 최종적으로 점검하는 자리였다. 홍상만과 함께할 때부터 데리고 있던 오른팔 김주호를 비롯해 나머지 수하 다섯도 모두 수족 같은 식구들이었다. 그리고 회의 테이블 말석에 한 명 더, 바로 홍창식이 마치 벌을 서는 것처럼 허리를 꼿꼿이 세운 채 앉아 있었다.

조직에 받아들여진 뒤 창식은 홍 대표의 진영으로 돌아가 재복이 부르기만을 기다리고 있었다. 그런 창식이 이 시각에 재복의 수뇌부 회의에 낄 수 있었던 건 오늘 점검할 작전 중 가장 핵심적인 아이디어를 낸 덕분이었다. 며칠 전 창식은 김주호에게서 홍 대표 쪽 선수 명단을 들고 오라는 지시를 받았고 재복을 독대할 기회를 얻었다. 김주호만이 배석한 그 자리에서 창식은 선단 추첨에서부터 홍 대표 쪽 선수들에게 불이익을 줄 방법을 제안했다. 재복은 창식의 아이디어를 채택했고 최종 점검 자리에 불렀다.

김주호가 눈짓을 주자 창식은 테이블 밑에서 커다란 상자를 꺼내 올려놨다. 추첨함이었다.

"제가 군에 있을 때 마술을 하던 놈이 후임으로 들어왔는데 말입니다. 글마 때문에 추석 명절 장기자랑 행사 자리에서 중대 대표로 마술쇼를 하기로 했지 않았겠습니까. 이게 바로 그때 만들어본 도굽니다. 긴말 필요 없습니다. 바로 보여드리께요. 대표님과 부장님께는 제가 빨간 공을 드리겠습니다. 나머지 형님들께는 파란 공을 드리고요. 무조건 그렇게 뽑힐 겁니다. 한번 뽑아보시지요."

창식이 추첨함을 크게 흔들어 재복에게 가져갔다. 재복은 창식을 흘깃 한번 쳐다보고는 함에서 공을 뽑았다. 빨간 공이었다. 이어 창식은 함을 다시 한번 흔들고 수하들 중 한 명에게 뽑게 했다. 파란 공이었다. 다시 다른 수하가 파란 공을 뽑았을 때 김주호가 불쑥 나섰다. 창식은 김주호 앞에서 추첨함을 흔들어 공이 뒤섞이게 한 뒤 뽑으라고 했다. 김주호가 뽑은 공은 빨간 공이었다. 재복이 가만 지켜보고 있다가 소리 내 웃었다.

"희한하네. 그러면 빨간 공을 주고 싶은 사람한테 줄 수 있다 이거가?"

"맞습니다. 세팅만 잘 해놓으면 문제없습니다."

"다시 내부터 하나씩 뽑아보자. 파란 공만 나오게 하고, 내가 중간에 한 명 지목할게, 그때 빨간 공이 나오게 해봐라."

"알겠습니다."

창식은 사람들이 가져간 공들을 되받아 상자 뚜껑을 열고 그 안에서 나눠 담았다.

"됐습니다."

다시 추첨이 시작됐고 창식이 장담한 대로 도중에 지목당한 사람만 빨간 공을 뽑았다.

"원리가 뭐고?"

"간단합니다. 여기 추첨함 외부의 손잡이를 보시면, 오토바이 악셀처럼 돌릴 수 있게 돼 있는데, 이거를 안쪽으로 밀면서 돌리면 추첨함 입구 쪽으로 올라왔던 공들이 내부의 자기 자리로 내려가고, 바깥쪽으로 당기면서 돌리면 공이 자기 자리에서 입구 쪽으로 토해지게 됩니다. 공이 자기 자리로 내려가게 한 담에 추첨함을 시계방향이나 반시계방향으로 세게 흔들어서 손잡이 장치에다가 필요한 색깔의 자리를 맞추면 되는 거고요. 함을 흔들기 전에 연달아서 뽑으면 같은 공만 나오는 거지요. 한 가지 유의할 게 있습니다. 함을 만지는 사람이 함 내부에 세팅된 자리들 순서를 잘 기억하고 있어야 됩니다. 안 그라면 엉뚱한 공이 나와뿌겠지요."

재복이 듣고 있다가 천천히 고개를 끄덕였다.

"그래가, 홍상만이 쪽아 – 들은 험지로 보내뿐다?"

"예, 맞습니다."

"험지라 하면?"

"마카 지게섬이라 캅니다. 우짜다가 고기가 물더라도 여간한 실력이 아니면 몬 잡아낸답니다. 바닥이 영 지랄 같거든요. 고기가 딱 어디에서만 나오는 기 아이고 항시 돌아댕기니까 낚시가 어려운 자리로 보내는 수밖에 읎습니다."

재복은 가만히 창식의 말을 듣고 있다가 눈에 힘을 주고 그를 쳐다봤다.

"홍창식이, 니 아직 안 들킨 거 확실하나?"

김재복 밑으로 들어온 걸 홍 대표에게 안 들켰는지 묻는 소리였다. 창식은 아직도 홍 대표의 운전기사였다.

"전혀요. 확실합니다."

"그라면 내가 손을 써놓을 테니까 니가 추첨을 맡아라. 홍상만이도 즈그 사람이 들어가 있는데 의심을 몬 하겠지."

그때 김주호가 나섰다.

"그 영감은 여우 같은 데가 있어서 대표님이 누굴 딱 지명해 버리면 일부러 다른 사람을 내세우려 할 겁니다. 대표님이든 영감이든 누구 사람을 심는다는 인상을 주지 말고 운영위에서 배정한 사람을 매수하는 게 좋겠습니다. 입수한 운영위 자료를 보면…… 양문삼이라고, 시내서 조개구잇집을 제법 크게 하는 사람인데, 마침 제가 알기로 마누라 모르는 도박 빚이 좀 있는 놈입니다. 익숙한 이름이다 했더니 우리 업장 고객 리스트에서 봤더라고요. 장사는 뒷전이고 놈팽이 짓에 빠져 사는 것 같습니다."

"확실하게 매수되겠나?"

"해본 중에 가장 쉬운 케이스입니다."

"알았다. 그라면 그거는 주호 니가 맡아라. 뭣보다도 저거 사용법을 단디 숙지시키놔야 된데이. 착오 없구로 해라."

김주호가 고개를 절도 있게 숙였다 폈다.

"그라믄…… 누구를 험지로 보내나?"

이번에도 김주호가 나섰다.

"창식이가 가져온 선수 명단을 조사해봤습니다. 꾼들 사이의 평이나 수상 경력 등으로 따져봤을 때 우리 쪽 선수들이 분명히 우세합니다. 다만 구장환은 데이터가 없어서 뭐라 말씀드리기 어려운데, 저번 백사와 대결 때를 생각해보면…… 현재로서는 다크호스가 될 가능성이 제일 높습니다. 그리고 데이터가 없는 사람이 한 명 더 있는데……."

"한 명 더?"

"네. 꾼들 사이에서는 기사라고 불리기도 하고 털보라고 불리기도 하는데요. 저는 기사도 할 때 그 기사인 줄 알았는데 그냥 택시 기사였습니다."

"싹을 잘라뻐야 돼. 털본지 뭔지도 험지로 보내자고."

"네. 그리고 제 생각에는……."

재복은 김주호를 향해 눈을 크게 떠 보이며 어서 말하라고 재촉했다.

"구장환에게 친구가 하나 있습니다. 박성호라고 하는데 '히트피쉬'라고 아시죠? 낚시점 하는 박인수 사장 아들입니다. 홍상만 쪽 선수는 아닙니다만 구장환과 친합니다. 둘이 어릴 때부터 막역한 사이라 묶어두면 혹시 부정행위 소지가 있는 일이 일어나지 않을까 싶습니다."

"그거 좋네. 아예 실격시켜뿐다 이거지?"

"네, 그렇습니다."

"그래, 또 뭐 없나?"

"유튜버들도 좀 알아봤습니다. 윤소영이라고, 열 명 중에 혼자 여자인데 오늘 아침에 올린 영상이 있습니다. 박인수 사장네 매장에 들렀더라고요. 출조길에 우연히 들른 것처럼 보이지만 매장 홍보를 위해 짜고 친 게 분명합니다. 유튜버 배정까지는 신경쓸 필요가 없을 거라 생각했는데 기왕에 부정행위를 유도하려면 안면 있는 사람을 하나라도 더 섞어놓는 게 어떨까 싶습니다. 자리 배정에 대해서는 이 정도로 계획해봤습니다."

재복이 고개를 끄덕이며 듣다가 김주호가 말을 마치자 손바닥으로 테이블을 가볍게 한 번 쳤다.

"애썼네. 그래 해뿌자."

둘이 이야기를 주고받는 동안 회의 테이블의 말석에서 창식이 주의를 잔뜩 기울여 듣고 있었다.

13

해무

배가 외항으로 빠져나오면서 속도를 높이자 엔진 소음과 바람 소리 때문에라도 대화는 어려웠다. 그러나 성호는 지금 장환에게 할 말이 있었다. 휴대폰을 꺼내 문자메시지를 찍어서 장환의 눈앞에 가져다 댔다.

—11시 방향, 오션캐피탈. 광주 기사님?

장환이 고개를 들어 성호가 가리키는 사람을 봤다. 비스듬히 앉아 있으나 대강의 얼굴은 다 보였는데 덥수룩한 수염만으로는 확신하기 어려웠다. 시선을 다시 갑판으로 내리면서 고개만 두어 번 저었다.

—분명한데? 뭐 작전 같은 거 짜놓은 거가?

다시 봤으나 그가 광주 기사라고 해도 홍 대표의 팀인 줄은 모르고 있었다. 홍 대표가 말한 대로 팀은 장환 외에 네 명이 더 있고 같은 배에 탈 확률이 아예 없는 것도 아니어서 그저 그러려니 하고만 있었다. 모르는 사람처럼 대하라는 당부도 있었으니만큼 낯선 이의 얼굴을 오래 쳐다보고 있기가 조심스러웠다. 이번에도 장환은 갑판으로 시선을 내리며 고개를 저었다.

성호도 장환이 그러는 판에는 더 물어볼 이유가 없어 휴대폰을 주머니에 슬그머니 넣었다. 그러나 남자를 향한 곁눈질은 완전히 거두지 못했다. 경기 포인트에는 항을 출발한 지 20분이 채 되지 않아 도착했다.

해무만 없으면 해가 수평선을 금빛으로 물들일 시간이었다. 배 위의 꾼들은 희뿌연 주변을 둘러보며 혀를 찼다. 해무의 흰 장막 한가운데로 검고 큰 그림자가 나타났다. 지게섬이었다. 하늘을 향해 뾰족하게 서 있는 형태가 지게를 세워놓은 것 같다고 해서 붙여진 이름이었다. 섬은 큰데 오두막 한 채 놓을 공간이 없었다. 그래서 초항시에 속한 크고 작은 무인도 중 하나로 남아 있었다. 본섬과 별도로 주변에 낚시를 할 수 있을 만한 여를 일곱 개나 거느리고 있었는데 다섯 개는 돌출여라서 백중사리에도 잠기지 않지만 두 개는 간출여라 오늘 물때로는 내릴 수 없었다. 평소 같으면 여가 드러나는 간조를 중심으로 두어 시간 집중적으로 노렸을 때 비교적 승산이 높은 포인트이지만 대회 운영위에서는 선수의 안전을 위해 간출여에서는 하선시키지 않기로 해뒀다.

배가 본섬의 갯바위 한 곳에 천천히 다가가서는 코를 박고 엔진 출력을 높였다.

"1번 내리세요."

선장의 간명한 지시가 스피커를 통해 전달됐다. 꾼들은 서로 자기가 뽑은 번호표를 꺼내 확인하며 지금의 자리가 1번이라면 자기 자리는 어딜지 가늠해봤다.

"손맛들 보십시오."

한 남자가 낚시 가방이며 밑밥통을 챙겨 들고 다른 선수들에게 인사하며 갯바위로 건너갔다.

1번을 내려준 배는 약 10미터 좌측으로 이동해 2번을 내려줬다. 3번과 4번과 5번은 한자리에 내려주고 서로 떨어지라고 했다. 그런 식으로 열다섯 명을 먼저 갯바위에 내려준 다음 나머지 다섯 명은 지게섬 주변으로 드문드문 솟아 있는 돌출여에 한 명씩 배치했다. 장환의 자리인 5번 갯바위에서 성호의 자리인 17번 돌출여는 1시 방향 40미터 정도 떨어진 곳에 있었다. 이러나저러나 소통은 어렵겠지만 고개를 돌리면 보이는 곳에 장환이 있다는 사실에 성호는 꽤 안심이 되었다.

소영은 배에서 내리지 않았다. 내리지 않은 게 아니라 내리지 못했다. 낚시 도구가 없으므로 기권해야만 했기 때문이었다. 바로 조금 전에 무대 위에서 소개받을 때 모든 참가자들을 이겨주겠다고 설레발을 친 장면이 떠올라 쓴웃음이 나왔다.

망가지고 부러진 장비들의 모습이 아직까지 눈에 아른거리는데도 어쩌면 그렇게 깜찍하게도 거짓말을 해댔을까, 스스로도 놀라웠다.

바로 어제 아침, 소영은 보유하고 있던 거의 모든 낚시 장비를 잃었다. 아버지가 어머니를 앞세워 집으로 찾아와서는 다짜고짜 낚시에 관한 것이라면 보이는 대로 부러뜨리고 부숴댔다. 어차피 각오하고 있던 일이었다. 고루한 성격에 이제야 유튜브를 본 것이리라 짐작했다. 구독자를 2만이나 모을 7개월 동안 눈치채지 못하고 있었다는 것도 웃겼다. 아마도 아버지는 딸이 이상한 인터넷 사이트에서 얼굴을 팔고 다니는 줄 알았으리라. 이어서 몸을 파는 것까지 상상했을 테고 외동딸을 둔 아비로서 할 수 있는 건 저런 것뿐이리라, 그렇게 이해해주기로 했다. 아버지가 원투 낚싯대를 펼치지도 않고 벽에 세운 채 맨발로 밟아 꺾어버릴 때는 아직도 저런 박력이 남아 있는 남자였던가 하고 잠시 놀라기도 했다. 아버지가 발악해댈수록 소영으로서는 가두리에서 탈출할 명분이 뚜렷해지는 셈이었다. 어렵게 마련한 영상 장비까지는 아버지가 알아보지 못한 게 다행이라면 다행이었다.

소영은 지나간 일은 이쯤에서 잊고 선수들의 경기 장면을 중계하는 데 집중하기로 했다. 동시접속자 수는 꾸준히 늘어나 이제 300명을 돌파했다. 접속자가 많아지면서 채팅창도 활기를 띠었다. 짙은 해무 때문에 화면에서는 선수들이 그림자처럼만 보이는데도 접속자들은 아주 생생한 그림으로 상상하는 것 같았다. 어떤 접속자는 괜히 낚싯대를 꺼내 들고 관전 중이라고 했고, 어떤 접속자는 대회 공고를 보지 못해 참가 기회를 놓쳤다며 초항시를 성토했다. 채팅 중에 소영의 낚시를 기대하고 있었다는 대화가 많이 올라왔다. 소영은 중계를 시작하면서 했던 안내를 그대로 반복했다.

"구독자 여러분, 많은 분들이 저는 왜 낚시 안 하냐고 물으시는데요. 앞서 말씀드린 대로 오늘 저는 경기 중계에 집중하려구요. 제가 참가해봐야 저 대단한 선수들 사이에서 명함이나 내밀겠냐구요. 인정할 건 인정하는 쏭티비. 여러분께 고수들의 실력을 고스란히 전해드리기 위해 과감히 낚시를 포기했죠. 열심히 중계하면서 스킬도 배워서 다음 출조 때 더 멋진 모습 보여드릴게요. 오늘은 저랑 같이 우리 선단에서 우승자가 나오길 응원하기로 해요."

말은 그렇게 했지만 채팅창에서 낚싯대를 꺼내 들고 관전하는 중이라던 접속자만큼이나 소영도 마음만은 저 갯바위에 서서 채비를 하고 있었다. 그런 생각을 할수록 몸의 텐션이 떨어지는 게 느껴졌다. 이러다 마음의 동요가 멘트나 목소리에 묻어나면 접속자가 썰물처럼 빠질까 걱정돼 얼른 잡생각을 털어냈다.

선수들이 모두 자리를 잡고도 십여 분 정도가 더 흘렀다. 배에서 신호를 주지 않으면 누구도 낚시 가방을 열 수 없었다.

"해무 땀시 베레부렀네."

장환의 왼쪽에 선 남자가 들으라는 듯 말했다. 성호가 광주 기사라고 하던 그였다. 그도 ㈜오션캐피탈이 적힌 낚시 조끼를 입고 있으므로 장환과 한패인 건 분명했지만 장환으로서는 어째서 그가 홍 대표의 팀에 들어와 있는지 알 길이 없었다.

장환이 알은체를 할까 말까 하고 남자를 계속 쳐다보고 있는데도 남자는 수염을 손으로 쓸어대며 바다만 바라보다가 주머니에서 담배를 하나 꺼내 물었다. 그가 갯바위에 기대앉아 뿜어낸 담배 연기는 바람도 없는 허공에서 멀리 퍼지지 못하고 머물다가 가만히 해무 속으로 섞여들었다. 남자는 담배 연기가 해무와 하나가 되어 구분되지 않을 때까지 허공을 그윽이 바라보다가 다시 한 모금 머금는 식으로 천천히 피웠다. 장환이 인사 정도 나누는 건 부정행위가 아닐 것 같아 말을 건네려는데 배에서 신호가 울렸다.

뿌—

"대회 시작하겠습니다. 현 시각, 6시 35분. 오늘 경기는 11시 30분까지 약 다섯 시간 동안 진행되며, 종료 신호가 울리기 직전에 챔질하셨다면 5분 안에 랜딩되어야 조과에 포함할 수 있습니다. 손맛 보시고, 안전에 유의하시기 바랍니다."

짙은 경상도 억양에 실린 서울말이 바다를 건너왔다. 선수들은 배에서 울려오는 안내 방송이 끝나자마자 서둘러 채비를 만들기 시작했다.

두 시간이 지나도록 모든 포인트가 고요했다. 물은 호수처럼 잔잔했고 해무도 그대로였다. 오늘은 분명 3물인데 두어 시간 동안 지켜보니 물이 가는 속도가 조금 때나 마찬가지였다. 그마저도 이제는 아주 멎어버렸다. 이렇게까지 물이 안 간다면 희망이 없었다. 장환은 들물이 끝나가는 중이라서 그렇겠거니 하며 물돌이가 시작될 때까지는 캐스팅을 해봐야 소용없을 걸로 판단했다.

한 시간이 더 흘렀다. 찌가 깜빡 잠겨들어 그대로 챘지만 초릿대를 건너오는 힘은 별 볼 일 없었다. 바늘을 물고 있는 것은 베도라치였다. 바다의 미꾸라지라 불리고 회를 뜨면 맛있긴 해도 미꾸라지보다 두껍고 표면이 주름져 있어 다소 혐오스럽기까지 한 놈이었다. 돌이나 바위의 틈에 숨어 있다가 먹이를 사냥하러 튀어나오는 습성이 있기 때문에 장환은 짐작한 대로 바닥이 아주 복잡한 지형을 하고 있다는 걸 확인할 수 있었다.

성호는 계속해서 장타를 치고 있는데 수심을 제대로 못 맞췄다. 장환이 지켜보고 있자니 마치 입질을 받은 것처럼 챘다가도 밑걸림인 걸 깨닫고 줄을 끊길 반복하고 있었다. 장환의 자리에서 40미터 정도 앞이고 거기서도 다시 최대 30, 40미터까지 던져보고 있으니 물속 사정은 전혀 다를 터였다. 성호가 던진 찌는 장환에게서 너무 거리가 멀기도 하고 해무가 가리고 있어 잘 식별되지 않았다. 그러나 장환은 성호의 낚싯대를 지켜보며 조류의 방향을 가늠할 수 있었다. 지금까지 성호는 오른쪽으로 던져서 왼쪽으로 아주 천천히 낚싯대 끝을 틀었다. 그러다 지금은 처음 캐스팅한 정면을 향해 움직이지 않고 있었다. 정조라는 뜻이었다. 이제 물돌이가 시작되면 본류대는 왼쪽에서 오른쪽으로 형성될 것이고 장환의 포인트 앞에서도 어떤 모양으로든 지류가 생길 테니 대비해야 했다. 조류의 속도가 너무 느리므로 미끼를 흘리기 위해서는 부피가 조금 더 크고 부력은 더 낮은 찌로 바꾸는 게 좋을 듯했다. 지금까지 잡아한 마리 건진 게 전부니 전반적으로 고기들의 활성도가 매우 낮은 것도 생각해야 했다. 장환은 크릴과 같은 색으로 칠해진 바늘을 끊고 금색으로 번쩍이는 걸 묶었다. 우선은 눈에 띄게 해야 입질을 기대해볼 수 있을 듯했다.

물돌이가 시작되자 예상과 다르게 상황이 급변했다. 무엇보다 지금까지는 붙박이처럼 움직이지 않던 찌가 왼쪽 대각선 방향으로 미끄러지듯 빠져나갔다. 그러다 찌가 뒤뚱거리며 푹 가라앉기에 채보면 여지없이 바닥이었다. 장환은 위치를 잘 기억해뒀다가 찌가 같은 자리에 닿으면 초릿대를 들어올려서 채비가 뜨게 하는 방식으로 바늘이 수중여를 타넘게 했다. 물이 나가는 속도가 아침과 너무 달라졌기 때문에 장환은 지금 채비로 계속해도 될지 아니면 다시 고부력 찌로 바꿔야 할지 고민이 깊어졌다. 다른 선수들도 채비를 교환하거나 작전을 다시 짜느라 바빴다. 돌출여에 올라서 있는 성호를 보니 아예 바닥에 앉아 채비를 다시 만드는 중이었다. 바깥쪽 물살도 뜻밖의 상황으로 바뀌었다고 짐작할 수 있었다. 해무만 없다면 수면의 모양과 햇빛에 반사된 결을 읽어 어떤 상황인지 파악할 수 있으련만 희뿌연 덩치는 늙고 병든 짐승처럼 좀처럼 움직이지 않았다.

장환은 다시 캐스팅을 하고 똑같은 경로로 찌를 흘렸다. 이번에는 수중여를 타넘고도 조금 더 멀리 보내보기로 했다. 해무 때문에 물살을 읽기 힘든 지금은 찌를 통해서라도 지류가 본류에 섞이는 합수부를 찾아야 했다. 그때 장환의 찌가 다시 긴장하며 뒤뚱거리더니 쓰윽 하고 빨려들어갔다. 동시에 장환은 힘껏 대를 들어올렸고 흘러나간 원줄의 무게 때문에 우선은 챔질이 된 것처럼 느껴졌다. 그러나 이번에도 빈 바늘이었다. 게다가 바늘에는 아직도 미끼 크릴이 온전한 모습으로 매달려 있었다. 잡어조차 건드리지 않았다는 뜻이었다.

분명히 찌가 잠겼는데…….

장환은 곧바로 와류와 증조류를 떠올렸다. 강한 조류가 큰 수중여를 만나 물속에서 엎치락뒤치락하느라 생기는 현상이었다. 찌가 흘러가던 길 끝에 물속 소용돌이가 있었다. 그 소용돌이가 끌어당기는 힘 때문에 바늘과 바늘에 꿴 미끼가 휘말렸고 찌까지 잠긴 것이었다. 해무 때문에 잘 보이지 않지만 이 부근 수면 어딘가에는 화상을 당한 것처럼 매끈하고 동그란 수면 무늬를 찾을 수도 있을 것이다. 증조류는 용승류와 함께 발생하는 경우가 많기 때문이었다. 장환은 강렬한 기시감을 느꼈다.

꿈속 장면이었다. 꿈에서는 늘 물속이었는데 지금은 물 밖에 있다는 것만 달랐다. 지옥의 바닥 같은 지형. 그리고 와류, 소용돌이…… 장환은 반복해서 꾸는 꿈의 재료가 이곳 지게섬 포인트였다는 걸 깨닫고는 잠시 넋을 빼앗겼다. 꿰어놓은 미끼 사이로 금색 바늘이 누런빛을 튕겨냈다.

"모구리네!"

시작 전에 담배를 피우며 해무를 탓하던 광주 기사였다. 꾼들 중에는 조류를 일본식 이름으로 부르는 사람들이 있는데 남자도 그런 쪽 같았다. 공사판에서 잔뼈가 굵은 인부들이 막노동이라 하지 않고 노가다라 하는 것처럼, 남자의 연령대에 있는 꾼들에겐 낚시에서도 일본식 용어가 몸에 배어 있는 사정에 장환은 이미 익숙해져 있었다. 남자는 장환의 찌 움직임을 통해 본인도 포인트를 눈치챘다는 걸 일부러 알리고 있었다. 증조류는 주변의 먹이가 되는 부유물을 빨아들여 바닥에 쌓기 때문에 승산이 높은 포인트가 됐다. 그리고 지금 결정적인 포인트가 정확히 남자와 장환을 중앙에서 가르는 선상에 있었다. 공략을 서둘러야 했다.

포인트까지의 조류 방향은 일단 장환에게 유리했다. 장환으로서는 발 앞에 던지더라도 바닥 밑걸림만 피하면 충분히 흘릴 수 있는 길을 확보한 상태지만 남자의 위치에서는 역류였다. 그러므로 포인트에 미끼를 닿게 하려면 장환의 영역으로 깊이 캐스팅을 하지 않고서는 불가능했다. 대회 규정은 캐스팅 방향까지 정해놓지 않았으므로 온전히 꾼의 매너에 달린 문제였다.

장환은 찌의 여부력을 많이 남기는 쪽으로 채비를 바꾸며 남자의 행동을 주시했다. 남자는 장환의 예상과 달리 채비도 바꾸지 않고 하던 대로 자기 앞에만 대를 드리운 채 별다른 움직임을 보이지 않았다. 마치 바닥에 떨어진 돈다발을 보고도 저건 내 것이 아니므로 관여치 않겠다는 태도 같았다.

포인트를 특정하고 대물을 기다리는 장환의 마음속에 격랑이 일고 있었다. 그러나 갯바위는 한참이나 더 고요했다. 이제는 고요가 장환의 긴장을 더욱 고조시켰다. 장환은 채비를 교체하자마자 밑밥을 포인트 가까이 열 번 정도 넉넉히 던져넣고 신중하게 캐스팅했다. 미끼가 여밭을 통과해 포인트에 닿게 하느라 찌의 작은 움직임에도 신경을 집중해야 했다. 찌가 흐르다 멈추면 바늘이 바닥에 붙었다는 뜻이었다. 조금이라도 지체했다가는 바늘 끝이 돌틈이나 바위의 결을 아예 찍어버리기 때문에 얼른 초릿대를 들어서 바늘을 바위에서 떼주었다.

이제 고랑과 이랑처럼 들쑥날쑥한 바닥 장애물들도 무사히 넘겼으므로 곧 포인트였다. 방금까지의 채비로는 찌가 그냥 빨려들고 말았으나 여부력이 확보되는 찌로 바꿔 달았더니 이번에는 수면에서 이마만 내밀었다 잠겼다 하며 버텨주었다. 찌가 그런 식으로 좁은 구간을 맴돌았으므로 별도의 견제 동작을 해주지 않아도 미끼는 물속에서 자연스럽게 나부끼고 있을 것이었다. 고기가 있다면 물어야 했다.

찌가 감쪽같이 사라졌다. 찌가 사라지는 걸 본 순간 장환의 몸이 의식에 앞서 반응했다. 힘껏 챔질을 하는데 수면 가까이에 드리워져 있던 초릿대가 조금도 들어올려지지 않은 채 아래를 굽어보고만 있었다. 누가 봐도 밑걸림이었다. 장환은 실망감에 낚싯대를 휘어진 그대로 든 채 아무것도 할 수 없었다. 거의 완벽한 캐스팅이라 생각했는데 뭐가 잘못되었던 건지 생각해보았다. 그 순간 초릿대가 수면 아래까지 더 처박혔다.

밑걸림이 아니라 고기가 그저 버티고만 있었던 걸 바닥이라고 착각한 것이었다. 바닥이라 착각할 정도로 큰 고기는 이제야 뭔가 예사롭지 않음을 느끼고 달아나려 하고 있었다. 장환이 제자리에 주저앉으며 낚싯대와 수면의 각을 확보했다. 그리고 대를 바다 쪽으로 한껏 밀어 3호 원줄과 2.5호 목줄의 조합이 만드는 강도와 장력에 낚싯대의 탄성을 최대한 보탰다. 힘의 싸움이 아니라 서로 균형을 맞추는 싸움이었다. 어느 정도 대물인지는 아직 감을 잡기 어려웠다. 장환은 발판을 수시로 확인하며 대치를 이어갔다.

한참 버티는 중에 갑자기 대가 쉽게 들어올려지며 줄이 느슨해졌다. 바늘이 빠졌거나 줄이 터졌다는 신호였다. 그런데 장환은 어딘가 그런 상황과 조금 다른 느낌을 받았다. 설명하긴 까다롭지만 초릿대가 탁, 하고 튕기는 느낌이 너무 약했거나 아예 없었다. 장환은 등줄기를 훑어내리는 싸늘한 기운을 느꼈다. 짐작이 맞다면 고기가 줄의 방향과 힘을 알아채고 일부러 이쪽으로 붙으며 행동반경을 확보했다는 뜻이었다. 재빨리 줄을 감아서 잃어버린 탄성을 되찾아야 했으나 이미 상대에게 틈을 줘버린 뒤였다. 겨우 줄을 팽팽하게 당겼을 땐 바닥을 걸었을 때와 마찬가지로 낚싯대가 미동도 없이 휘어지기만 했고 줄은 발밑의 한 곳에 꼿꼿하게 박혀 있었다. 고기가 돌 틈을 찾아 숨어버린 것이었다. 꾼들은 고기가 바닥에 붙었다고 표현했다.

고기가 돌틈으로 박힌 경우 바늘에 묶인 목줄은 그 틈새 가장자리에 아슬아슬하게 걸쳐 있을 터였다. 장환은 아깝더라도 승복하고 줄을 터트려야 했다. 언젠가는 고기가 틈에서 나오겠지만 언제일지 알 수 없는 일을 바라고 기다리느니 캐스팅을 다시 해서 다른 놈을 노리는 게 합리적이었다. 고기가 틈에서 나온다 하더라도 이미 줄이 물속 바위에 살짝이라도 쓸려버렸다면 크게 훼손되었을 테고 그런 줄로 고기의 힘을 이겨낼 확률은 적었다.

　모든 게 빤한데도 장환은 쉽게 결정하지 못했다. 아버지라면 어떻게 했을지 생각해봤다. 고기를 그저 횟감이나 반찬거리로 삼고 많이 잡는 게 목적이라면 어서 줄을 끊어라. 그게 아니라 고기를 싸움의 상대로 존중하고 한판 대결에서 이겨보고 싶거든 기다려라. 아버지는 분명히 그렇게 말했을 것 같았다. 이제 명쾌해졌다. 장환은 줄을 조금 느슨하게 풀고 기다렸다. 파이팅 중에 도래까지 내려가 있던 찌가 잠시 뒤 자체의 부력으로 원줄을 따라 떠올랐다. 찌 위쪽에 매어놓은 면사매듭은 한 발 반 정도 거리에서 멈춰 있었다. 챔질을 한 곳보다 그만큼 수심이 얕은 위치라는 뜻이었다. 이런 상황에서 면사매듭이 찌머리에 닿았다면 찌의 부력 때문에 물속 줄이 팽팽해져서 고기가 이물감을 느끼고 계속해서 경계를 늦추지 않을 텐데 그나마 다행이었다. 놈의 주둥이에 낚싯줄의 장력은 전달되지 않을 테니 방금의 싸움이 놈의 기억에서 지워질 때까지 기다리기만 하면 될 것 같았다.

14

한배

　─아, 정말, 무슨 일일까요? 분명히 엄청난 파이팅이었잖아요, 그쵸? 근데 터져버린 걸까요? 너무 멀고 해무까지 끼어서 잘 보이지 않지만 선수는 어쩐지 허탈해하고 있는 것 같은데요. 선장님 보시기엔 어떠세요?

　소영이 구장환의 자리에 맞춰놓은 화면은 배가 출렁거릴 때마다 이리저리 천천히 기울었다 일어서길 반복했다. 화면 뒤에서 늙은 남자의 목소리가 끼어들었다.

　─고기가 바닥에 붙었구만 뭐. 저건 몬 꺼내.

　소영이 생중계하고 있는 화면에 나이 든 남자의 목소리가 얼굴 없이 약하게 끼어들었다.

　─그럼 어떡하죠? 꽤 큰 게 걸린 것 같던데요?

　화면 뒤에 깔리는 소영의 목소리에 근심이 가득 묻어났다.

―우짜기는 우째…… 고마 끊어야지. 하루 종일 저라고 있을 끼가.

―정말 안타깝네요. 하지만 지금 이 순간 선수보다 답답한 사람은 없겠죠. 과연 어떤 선택을 할까요? 좀 더 지켜볼게요.

선수를 비추는 화면이 한 차례 확대되었다가 화면의 입자가 거칠어질 때쯤 다시 제자리로 돌아왔다.

홍 대표는 집무실에 앉아 노트북에 빨려들어갈 듯 얼굴을 가까이 대고 중계를 지켜보는 중이었다.

"그래, 함 해봐라. 모 아니면 도지."

홍 대표의 옆에 서서 함께 들여다보고 있는 이대명이 저도 모르게 두 주먹을 꽉 쥐었다. 화면에선 가끔씩 소영이 선장에게 일말의 가능성은 없는 건지 반복해서 물었고 선장은 소영이 사정하듯 물을 때마다 단호하게 대답했다.

―읎다니까. 처박은 고기 끄집어낼 수 있는 낚시꾼이 그래 흔한가?

―흔한가? 그럼 있긴 있단 말이네요? 그분도 오늘 출전했을까요?

―출전은 무슨…… 죽은 지가 언젠데.

―아…….

소영은 생중계 중에 적절하지 않은 대화로 이어질 것 같아 그쯤에서 멈췄다. 무엇보다 방송에 익숙하지 않은 선장이 무슨 애기를 더 할지 조심스러웠다. 영상을 보고 있던 홍 대표가 고개를 끄덕였다.

"슨장님요, 오늘 그런 낚시꾼 한 명 추가해야 될지도 모릅니다."

이대명이 홍 대표의 혼잣말을 듣고 눈썹을 한 번 움찔거렸으나 다시 무표정이 되었다. 홍 대표는 손목을 들어 시간을 확인했다. 오전 10시 10분 전이었다. 홍 대표가 시간을 확인하는 걸 보곤 이대명이 자세를 바로잡고 지시를 기다렸다.

"인자 슬슬 시작하자. 깽판 제대로 놔뿌라 캐라."

이대명은 지시를 받자마자 홍 대표를 향해 허리를 굽혀 절하고 곧장 자리를 떴다.

홍 대표는 이대명이 나간 뒤 서랍을 열어 액자 하나를 꺼냈다. 액자 속에는 사내아이 세 명이 나란히 서 있었는데, 홍 대표가 초등학교를 졸업하던 날 찍은 사진이었다. 왼쪽에 선 아이는 장환의 아버지인 구동근이었고 그는 홍 대표의 어깨를 팔로 두를 만큼 키가 컸다. 홍 대표 오른쪽에서 부끄러운 듯, 혹은 귀찮은 듯 인상을 찌푸리고 붙어 서 있는 키 작은 아이는 이제 겨우 3학년에 올라가는 김재복이었다.

'한배라…… 말이 참 재밌다, 그죠?'

홍 대표는 장환과 백사가 대결하던 그날 항구에서 김재복이 이기죽거리던 말을 떠올렸다.

'동그이는 상만이하고 계속 친구할 거제? 재복이도 동생맨 키로 잘 보살펴주고이?'

사진을 찍던 어머니는 그렇게 당부했다. 구동근은 홍상만의 어머니가 일수꾼이라는 것도, 홍상만이 김재복과 아버지가 다르다는 것도 놀리지 않는 유일한 친구였다. 다른 아이들이 '창녀의 새끼'라며 괴롭힐 때마다 동근이 어디선가 무서운 얼굴로 나타나서 쫓아준 적도 여러 번이었다. 상만은 어머니가 이따금 구해오는 미제 과자 같은 것을 아껴뒀다가 동근과 나눴다. 중학교까지 함께 가고 싶었지만 동근은 졸업하자마자 부두에 나가 잡일을 도우며 돈을 벌어야 했다. 중학교도 졸업할 때쯤 상만의 어머니가 본격적으로 가세를 일으키기 시작했으므로 동근이 학업을 잇도록 도울 수 있게 됐지만 이미 친구는 아저씨들과 술이며 담배를 나누는 남자가 되어 자기 삶을 살아가고 있었다.

그 뒤로도 홍 대표는 유년 시절에 버팀목이 되어준 은혜를 어떻게든 갚으려 해봤으나 구동근은 한사코 거절했다. 만년에 이르러서까지 남의 배에 불려다니기만 하는 사정이 딱해서 배를 한 척 사주겠다고 해도 듣지 않았다. 자기 팔자에 없는 것을 욕심내지 않겠다는 고집을 도저히 꺾을 수가 없었다. 부자 친구가 있다는 걸 알면 아내와 아들이 욕심을 낼 수 있다며 평생

엄하게 선을 긋던 그였기에 더 청하다가는 화를 돋울까 싶기도 했다. 그러던 동근이 어느 날 찾아와 자기 아들이 대학 공부를 마치게 도와줄 수 있겠느냐고 했을 땐 오히려 고마울 지경이었다. 어째서 고집을 꺾고 도움을 받기로 한 건지 물어봤을 때서야 동근은 오래 머뭇거리던 끝에 사정을 얘기했다. 자식만은 정말이지 뱃일을 시키고 싶지 않다는 게 요지였다. 오랜 친구의 풀죽은 소리를 듣는 동안 홍상만은 동근이 그간 치열하게 했을 고민이 고스란히 느껴져 함께 가슴이 시렸다.

그러던 어느 해 죽마고우는 암에 걸렸다고 하더니 너무나 허무하게 먼저 떠나버렸다. 장례식에 사람을 보내면서 친구의 생전 당부 때문에 조의금 봉투에 상식적인 수준의 금액만 넣어야 했을 때는 다시 한번 가슴이 미어졌다. 그랬기에 나중에 친구의 아들이 홀어머니를 모시겠다고 직장을 관두고 초항으로 돌아왔다는 소식을 들었을 땐 체증이 내려가는 기분이 들었다. 더욱이 가게를 차리느라 돈을 융통하고 다닌다고 하니 드디어 빚을 갚을 수 있겠다는 생각에 무릎을 치기까지 했다. 공짜만 아니면 되지 않는가. 왜 여태 그 생각을 못 했을까. 상만은 서둘러 은행에 선을 댔다. 대출 심사를 거부하라고 했고 구장환의 주위를 이용해 오션캐피탈의 돈을 쓰도록 유도했다.

그날 장군식당에서 참돔회를 두고 이대명과 셋이 둘러앉아 이 이야기를 다 들려주었을 때, 장환은 오랫동안 아무 말도 못

했다. 잠깐이나마 대출금을 갚으라며 겁을 준 일에 대해 원망하는 듯도 했으나 세상 물정을 체험하라는 의도였다는 말을 순순히 받아들이는 눈치였다. 홍상만은 오랜 세월 예리하게 벼려온 감식안으로 구장환을 살펴봤다. 지나간 것에는 미련도 원망도 길게 두지 않는 타입이었다. 지금 이 순간과 내일 할 일에 대해서 더 깊이, 더 많이 생각하면서 조금이라도 과한 욕심을 내고 있다는 걸 깨달으면 스스로가 먼저 경직되는 부류였다. 옛 친구의 젊은 시절을 다시 마주하고 있는 기분에 울컥 눈물이 쏟아지고 말았다.

최근 상만은 액자를 들여다볼 때마다 동생 재복을 친구 부자와 비교할 수밖에 없었다. 부족한 것 없이 자란 놈이 결핍은 가장 컸다. 재복은 중학교에 들어가자마자 술담배를 배워 남자인 척하기 시작했다. 성인이 될 때까지 그렇게 재복은 모르는 사이에 조금씩 어머니와 상만의 통제에서 멀어지고 있었다.

"어무이……."

홍상만은 어머니가 ㈜오션캐피탈을 설립했을 때부터 사업을 도왔고, 공과 사를 분명히 한답시고 언제 어디서나 어머니를 '회장님'으로만 불렀다. 어머니도 그런 의도를 알고 있었기에 말리지 않았다. 김재복은 그게 불만이었다. 어머니가 돌아가셨을 때, 김재복은 오래 벼르던 말을 꺼내며 절연을 선언했다.

'행님, 아니지 대표님. 니는 계속 그렇게 회장님, 회장님 해

라. 내한테는 항시 엄마였지 회장님인 적 읎다. 그라고 인자는 내가 엄마 한을 좀 풀어줘야겠다. 대한민국을 다 디비서라도 지 마누라캉 자식을 버리고 간 그 새끼 잡아낼 거란 말이다. 잡아가 모가지를 끊어놔야 엄마가 지하에서 눈을 감지 않겠나?'

상만은 재복이 고향을 떠나 있는 동안 자기 생부를 어떻게 하진 못했을 거라고 믿고 있었다. 손을 봤다면 재복의 성격에 알려오지 않았을 리 없고, 어머니가 노환으로 돌아가신 만큼 이미 그도 천수를 다했을 나이기에 설령 찾아냈더라도 무덤에서 시신을 꺼내 욕보일 게 아니라면 동생이 죄를 짓지는 못할 거라 생각했다.

'테마공원 입찰 때문에 왔다곤 했지만 딴에는 저도 타향살이에 지쳤던 게 아닐까.'

상만은 동생의 속내를 그렇게 짐작하고 있었다. 그런데 하필 오랜만에 찾아든 고향이 그를 배척할 형편이었다.

옛일을 생각하고 있는 사이 시간이 흘렀고 이대명으로부터 메시지가 들어왔다.

─시작하겠습니다.

*

현수막과 플래카드를 든 사람들이 부둣가로 몰려들었다. 초항시 각 지역의 상인회 사람들로 구성된 백여 명의 시위대였다. 그들은 구호를 외치며 일사불란하게 행사장으로 진입했고 기습적으로 무대와 객석을 점거했다. 무대 위로 올라간 빨간색 두건과 검은색 조끼 차림의 남자들이 현수막을 펼쳤다. 현수막에는 흰 천에 붉고 거친 필체로 '막장 개발 결사 반대!' 라고 적혀 있었다. 두 시간 뒤에 선수들이 입항하면 계측과 시상식을 진행하기 위해 준비하고 있던 인원들은 일손을 놓고 물러나 시위대만 쳐다봤다. 무대 위에서 한 남자가 현수막을 등지고 앞으로 나와서 확성기에 대고 외쳤다.

"지역 상인, 따돌리는, 테마공원, 웬 말이냐!"

남자는 확성기를 들지 않은 오른손을 하늘을 향해 쭉쭉 뻗으며 한 글자 한 글자 잘 들리도록 또박또박 소리쳤다. 그러자 객석에 진을 친 시위대도 손에 든 피켓을 들었다 놨다 하며 그대로 복창했다.

―지역 상인, 따돌리는, 테마공원, 웬 말이냐!

고작 백여 명일 뿐이었으나 부둣가가 통째로 흔들렸다. 대회 본부석에서는 허둥대며 시청과 경찰서로 전화를 넣었다. 무대 위의 남자가 계속해서 외쳤다.

"외지 자본, 못 막으면, 알거지로, 나앉는다!"

―외지 자본, 못 막으면, 알거지로, 나앉는다!

"청정 초항, 더럽히는, 막장 개발, 결사 반대!"

─청정 초항, 더럽히는, 막장 개발, 결사 반대!

"시민 의사, 묵살하는, 초항시장, 물러나라!"

─시민 의사, 묵살하는, 초항시장, 물러나라!

시위 현장이 달아오르고 있던 그 시각, 홍 대표의 사무실로 홍창식과 어떤 남자가 찾아왔다. 남자는 노란색 모자를 구겨 쥔 채 어깨를 좁히고 서서 계속 두리번거렸다. 그가 쥐고 있는 모자의 이마에는 '안내'라고 적혀 있었고 그가 입고 있는 바람막이는 모자와 같은 색이었다. 그리고 응접테이블 위에 '추첨함'이라고 적힌 커다란 상자가 하나 놓여 있었다. 남자는 겁이 나서 몸이 자꾸 오그라들긴 했으나 눈을 크게 뜨고 애써 방어적인 표정을 지었다.

"창식아, 녹음한 거 틀어봐라."

홍창식이 주머니에서 소형 녹음기를 꺼냈다. 재생 버튼을 누르자 대회가 열리기 이틀 전에 김재복의 사무실에서 모의한 내용이 처음부터 흘러나왔다. 대회 접수대에서 추첨을 담당하기로 한 이름이 나오자 남자가 고개를 들고 홍 대표와 홍창식을 번갈아봤다.

"저, 저는 시킨 대로 한 것밖에 없십니다. 안 하면 닻에 묶어가 바다에 던져뿐다고 하니까……."

"밤에 바다에 나가서?"

창식이 남자에게 물었다.

"예, 갑자기 새벽에 불러내두만 깜깜한데 배에 태워가 어디로 가서는……."

창식이 남자의 말허리를 잘랐다.

"몸에 합사 묶고 헤엄치라 했겠네?"

남자가 놀란 눈으로 창식을 봤다. 듣고 있던 홍 대표는 손을 들어 둘을 제지하고 어디론가 전화를 걸었다. 신호가 오래가지 않아 상대가 전화를 받았다. 홍 대표는 심드렁한 목소리로 상대에게 말했다.

"시장님, 접니다. 보고는 받았습니까?"

수화기 저편에서 우는소리부터 흘러나왔다.

─대표님도 들었습니까? 대체 상인들이 왜 저런답니까?

"잘은 모르겠지만, 김재복이가 좀 무리를 한 게 아닌가 싶네요. 나중에 해를 안 입을라 카먼 즈그 편에 서라고, 없는 말까지 지어내면서 상인들을 접준 모양입니다. 그라고…… 추첨함에 장난을 쳐났더라고요. 제가 그거를 방금 확보했다 아입니까. 이거를 시상식 때 까야 될지 말아야 될지…… 상황이 갑자기 이래 되삐가 판단이 잘 안 섭니다. 불붙은 데 기름 붓는 것도 같고요."

─아이고 큰일날라구요. 절대 안 됩니다. 현장 시끄러워지고 참가자들은 참가비 환불해달라고 덤벼들 거고, 환경단체들이 냄새라도 맡아봐요. 생각만 해도 골치 아픕니다. 대표님, 일

단 행사나 잘 마무리짓지요. 테마공원은 좀 잠잠해지면 다시 진행하는 게 어떻습니까. 그러기로 하면 대회에서 누가 상을 타든 상관없는 거 아니겠습니까? 여러 가지로 준비하신다고 고생 많으셨는데 정말 죄송합니다.

"무슨 말씀을 그래 하십니까. 당연히 그래야지요. 내년에 우리 시장님 연임하시고 그때 다시 시작해도 충분할 깁니다. 그래서 말씀인데, 시상식에 안 가시는 기 어떻습니까? 공사다망한 시장님이 동호인들 행사에까지 나설 필요가 있겠나 싶으네요?"

─우리 비서실에서도 똑같이 얘기하네요. 역시 제 생각해주시는 분은 우리 홍 대표님뿐입니다. 사실 이제 와서 얘기지만 테마공원 문제로 의회가 좀 시끄럽습니다. 김재복 사장도 무리를 하긴 했나 본데 저는 그보다 의회 놈들이 더 의심스럽습니다. 예산 의결될 때까지 죽어라 반대하던 놈들이 있었는데 쪽수로 도저히 안 되니까 저렇게 상인들을 부추긴 게 아니겠습니까.

"아하, 일이 그래 되고 있었습니까. 제가 신경을 좀 썼어야 했는데 죄송합니다. 그 사람들 불러다가 밥 함 먹지요 뭐."

─대표님이 그리해주신다면 여러 가지로 원만하게 될 것 같습니다. 늘 신세만 지네요. 한참 못 뵀는데 일간 모시겠습니다. 얼굴 보고 찬찬히 의논하시지요.

"예예, 그라면 바쁘실 텐데 이만 들어가입시데이."

홍 대표는 전화를 끊고 생각에 잠겼다. 일이 뜻대로 되긴 했으나 시의회에서 반대쪽 의원들이 시장을 괴롭히고 있었다면 자신의 계획과 수고 덕이 아니라 원래부터 테마공원은 무산되도록 결정되어 있었다는 소리 같았다. 불현듯 옛 친구가 낚시를 하던 중에 조언 삼아 건넨 말이 떠올랐다.

'고기 입장에서는 우짜다가 재수가 없어서 잡힌 게 아니라, 애초에 내 바늘을 피할 방법이 없었던 게 돼야 된다니까? 그래야 고기한테 덜 미안하지.'

어릴 때부터 친구는 홍 대표에게 낚시를 가르쳐줄 때마다 꼭 한 번씩 같은 말을 했다. 처음 들었을 때는 그저 저 잘났다는 소린 줄 알았고, 그 뒤로도 별 신경을 쓰지 않았다. 그러다 암이 온몸에 퍼졌다는 얘길 해주던 그날, 그 말을 다시 꺼냈다.

'내가 만날 하던 말 기억하나? 내도 고마 그렇게 받아들일라고. 외통수에 걸렸다 생각하믄 억울해서 몬 살지. 돼가는 대로, 원래 그랄라고 그랬다고 생각하믄서 남은 거나 마저 살다 가야 덜 억울하지 않겠나?'

홍 대표는 친구의 유언과도 같았던 그 말이 이제 와 다시 떠오르는 것에조차 오래전부터 원래 계획되어 있는 모종의 이유가 있는 것만 같았다. 그 계획이란 것이 무엇인지는 알 길이 없었다.

15

재회

한자리에 고정된 채 움직이지 않는 찌를 바라보며 마냥 기다리고 있으려니 시간이 어딘가 이상하게 흐르고 있는 것 같았다. 처음에는 무모한 짓을 하고 있는 게 아닐까 싶어 조급했는데 언젠가부터는 시합 중인 것마저 잊을 정도로 아무 생각이 없어졌다. 그러는 동안에 시간에 가속이 붙어 어느새 10분이, 20분이, 한 시간이 훌쩍 지나가버렸다.

장환은 몇 번이나 줄을 조금만이라도 당겨볼까 하다 간신히 참았다. 기껏 경계를 늦춘 고기가 다시 이물감을 느끼고 더 깊숙이 처박혀버린다면 지금까지 기다린 시간은 아예 허탕이 돼버릴 수 있었다. 다시 기다리면 되겠지만 한번 의심을 산 뒤라두세 배를 더 지켜봐야 했고 그렇게 한들 경기 시간 안에 끌어낼 방법은 없다고 봐야 했다. 그러니 줄을 끊고 캐스팅을 다시

할 게 아니라면 꼼짝하지 말고 수면에 멈춰 있는 찌를 지켜보는 수밖에 없었다.

다시 10분을 더 기다렸다. 몰랐던 사이에 해무가 많이 옅어져 있었다. 이제는 앞쪽 돌출여에서 바깥으로 멀리 던져놓은 성호의 찌도 어렴풋이 보일 정도였다. 30분 전쯤인가 해서 성호가 한 마리 낚는 것을 보았다. 마음속으로 계속 응원했으나 계속 장타를 쳐댄 탓에 성호도 이제 지쳐 보였다. 아니나 다를까, 캐스팅할 때마다 비거리가 줄어들었고 찌가 아무렇게나 흘러가게 됐다가 마지못해 걷어올리는 모습도 보였다. 그러다 끝내는 민장대로 붕어를 낚는 민물꾼처럼 아예 바위 위에 자리를 잡고 앉아버렸다.

장환도 마찬가지였다. 성호보다 훨씬 전부터 모든 걸 포기한 사람처럼 갯바위에 걸터앉아 있었다. 고기가 돌 틈에서 나오길 기다리는 중이므로 그것 말곤 달리 할 것이 없었다. 장환은 앉아서 항구의 상황을 상상했다. 플랜B는 잘 가동되었는지, 시위는 계획한 것만큼 위세 있게 진행됐는지, 공원 조성 계획은 정말 취소될 수 있는 건지…… 이런저런 생각을 처음부터 다시 하다 보면 결국 아버지에게로 가닿았다.

그날 술에 취한 홍 대표가 장황하게 읊어댄 옛이야기들 속 아버지는 장환이 짐작한 대로 지금껏 알고 있던 사람이 아니었다. 보잘것없고 힘겨운 삶을 근근이 살아내다 가버린 남자이

자 가장인 줄로만 알고 있었는데 하나의 커다란 세계 속에서 자기 자리를 차지했던 존재였다. 백사에게서 아버지의 이야기를 처음 들었을 때 짐작했던 것도 틀렸다. 내기 낚시를 하는 이들 사이에서 실력 있는 꾼인 줄 알았으나 홍 대표의 말에 따르면 아버지는 낚시를 하면서 십 원짜리 하나 걸어본 적이 없다고 했다. 소문을 듣고 찾아와 실력을 겨뤄보자고 도전하면 얼마든지 받아줬다. 백사도 그런 사람들 중 하나였다. 그러나 상대가 내기를 하자고 하면 냉정하게 외면했다. 낚시꾼이 도박꾼이 되는 순간 낚싯바늘을 제 입에 거는 꼴이 된다고 했다. 같은 이유로 어떤 대회에도 출전한 적이 없었다.

'고기는 고기로만 대해라. 그것들을 돈으로 여기는 순간부터는 낚으려는 놈과 낚이는 놈이 뒤바뀐다.'

홍 대표가 들려준 아버지의 그 말을 장환도 전에 들어본 적이 있던가 싶었으나 확실하게 기억나는 건 없었다. 아버지와 조금 더 많은 시간을 보냈다면 저에게도 들려줬을 것 같긴 했다. 아버지를 생각하며 가만히 기다린 시간이 다시 반 시간 정도 지난 듯했고 이제는 해무가 거의 걷혀서 맨얼굴에 햇살이 제법 따갑게 닿았다.

장환이 모자를 눌러쓰며 어떻게든 그늘을 조금이라도 더 만들어보려는데 시선 한쪽에서 아주 약은 움직임이 보였다. 면사매듭이 찔끔찔끔 찌를 향해 다가가고 있는 것이었다. 무언가가 줄을 끌고 들어가고 있다는 뜻이었다. 장환은 호흡을 가다듬으며 수면 위에 느슨히 풀어진 원줄을 천천히 감아들였다. 줄을 감는 동안에도 면사매듭은 천천히 찌로 다가갔다. 드디어 줄에 늘어진 부분이 없이 직선에 가까워지고 면사매듭도 찌에 닿았다. 찌는 이제 찌구멍에 걸린 면사매듭을 통해 아래쪽에서 끄는 힘을 받아 슬그머니 자리를 옮기기 시작했다. 장환은 고기가 돌 틈을 빠져나와 중층에서 조심스럽게 유영하고 있는 모습을 그려봤다. 조금이라도 이상한 낌새가 느껴지면 다시 숨어버릴 수 있었다. 어느 것 하나 확신할 수 없는데도 어서 결정해야 했다. 고기가 유영하지 않고 더 깊이 들어가고자 한다면 바늘이 걸린 주둥이로 찌의 부력이 전달될 테고 그러면 다시 처박혀버릴 터였다. 장환은 릴을 두 바퀴 얼른 감고 낚싯대를 힘껏 들어올렸다.

성공이었다. 힘은 처박히기 이전과 그대로였지만 일단 고기를 바닥에서 완전히 띄워냈으므로 이제는 낚싯대의 각도만 빼앗기지 않으면 승산이 있었다. 대를 세운 채 버티고 있자니 고기가 뿜어내고 있는 힘의 분위기가 좀 달라진 것이 느껴졌다. 단순히 힘이 빠지는 것이 아니라 힘에 스며 있는 고집이랄까, 그런 게 달랐다. 이를테면 처박기 전에는 맞서는 힘이었다면 이제는 살고자 몸부림치는 힘이었다. 두 힘은 그 크기에는 차이가 없었으나 결이 달랐다.

이미 짧아져 있던 줄이라 릴링을 몇 번 성공하자 찌가 허공으로 떠오르고 도래에 이어 목줄이 드러났다. 지금까지 냉정을 유지하던 장환의 얼굴에도 미소가 번졌다. 대를 부러뜨리기라도 할 듯 맹렬히 저항하던 놈은 장환이 레버브레이크를 노련하게 써가며 힘을 빼내자 결국 지쳐서 수면에 배를 뒤집어 보였다. 대강의 짐작으로 봐도 5짜는 너끈히 될 것 같았다. 장환은 신중하게 뜰채를 댔다. 놈은 뜰채에 담기는 순간에도 마지막 발악을 해봤지만 소용없었다. 승부는 그렇게 끝났다.

장환은 무사히 끌어낸 놈의 주둥이에서 바늘을 찾았다. 윗입술 가장자리에 깊게 박혀 있었는데 바늘 품이 상당히 벌어져 있었다. 바늘이 이 지경이 될 정도라면 부러지기 직전까지 갔다는 의미였다. 장환은 바늘을 뺀 다음 두 손으로 놈을 눈앞에 들어올렸다. 그리고 마치 고대의 유물을 감식하는 수집가처럼 구석구석 살펴봤다. 번쩍이는 은빛 갑옷을 바탕으로 계급장처럼 검은 줄무늬가 선명히 수놓아져 있는 게 감성돔의 일반적인 모습이지만 장년을 훌쩍 넘어 노년에 들어선 녀석은 은빛 바탕과 검은 줄무늬가 오랫동안 서로에게 스며들어 전체적으로 거무스름한 색을 띠었다. 《초항뉴스》의 한 페이지를 장식했던 것과 비교해도 될 만큼 괴물 같은 놈이었다. 어림잡아 60센티미터 초반까지도 볼 수 있을 듯했다. 놈은 성을 내는 것처럼 크고 높은 등지느러미를 바짝 세운 채 어른 주먹도 삼킬 것 같은 커다란 주둥이를 천천히 뻐끔거렸다.

"고놈, 실허다."

장환의 왼쪽에서 털보가 한마디 건넸다. 뽐낼 생각은 아니었는데 그런 꼴이 돼 있었다. 고기는 아까부터 눈알을 뒤로 당겨 장환을 노려보는 중이었다. 자기를 해치려는 자를 죽는 순간까지 기억에 담아두겠다는 것 같았다.

대회장까지 데려가서 계측하는 동안에는 살아있을 것이다. 간신히 숨이 붙어 있은들 그렇게 오랜 시간 시달린 다음이라면 어디가 상해도 상할 터였다. 계측을 위해 제출한 뒤엔 부정행위 방지 차원에서 반환받을 수 없다고 했다. 그 뒤에 대회 운영위에서 어떻게 한단 얘기도 못 들었다.

장환은 가슴지느러미를 들추고 비늘을 하나 뗐다. 방생할 때마다 치르는 의식 같은 것이었다. 고기의 비늘에는 나이를 가늠할 수 있는 나이테가 들어 있었다. 육안으로는 보기 어려울 정도로 희미하고 가늘지만 이렇게 큰 개체의 비늘은 휴대폰으로 접사해서 확대하면 나이테의 수를 셀 수도 있었다. 짐작에 20년은 족히 산 놈이었다. 굳이 가슴지느러미 아래쪽의 것을 떼는 이유는 등이나 옆선 쪽의 것들에 비해 태어났을 때부터 그대로 지녀온 것일 확률이 높아서였다. 비늘을 확보한 뒤 장환은 놈을 안고 갯바위 아래로 내려가 바닷물에 가만히 담그듯 보내주었다. 놈은 물속에서도 드러누운 채 아가미만 뻐끔대다가 곧 몸을 세우고는 꼬리지느러미를 몇 번 크게 휘저어 깊은 곳으로 사라졌다.

장환은 잠시 수면을 쳐다보다가 부질없는 짓인 걸 깨닫고 그만 눈을 거두려 했다. 그 순간 물밑에서 검은 그림자가 어른거렸다. 그림자를 보자마자 장환은 심장이 터질 것처럼 흥분했다. 지금까지 방생한 고기를 재회한 적은 단 한 번도 없었다. 언제나처럼 얼굴을 한 번 내밀어주는 상상만 했을 뿐이었고 그건 그저 장환의 습관이었다. 그런데 그림자가 점점 수면 가까이 다가왔다. 설마했는데 놈이 맞았다. 놈은 물밖으로 주둥이를 내밀고 딱 한 번 뻐끔거렸다.

그게 전부였다. 놈은 마치 길을 잘못 들었다가 놀란 것처럼 다시 물속으로 사라졌다. 그러고는 다시 나타나지 않았다. 장환은 그 자리에 주저앉아 시간이 얼마나 흘렀는지도 잊고 오랫동안 물속을 들여다봤다.

"그 아부지에 그 아들이구마?"

장환이 소리 나는 쪽으로 고개를 돌려 보니 남자는 이제 채비를 걷고 있었다. 장환도 진작부터 말을 걸어보고 싶었지만 규정에 걸릴까봐 조심하느라 그러지 못하고 있었는데 아버지 얘기를 꺼내며 먼저 말을 걸어와주니 놀랍고도 반가웠다.

"으미, 깝깝해 죽어부는 줄 알았네. 인자 다 끝났으니 말 좀 허세. 으째, 좀 놀랐는가? 상만이 행님이 다 얘기해줬다던데 이 양반이 우덜 얘기만 싹 빼놨구만."

장환은 시간을 확인했다. 아직 30분 정도 남아 있었다. 30분 뒤에 신호가 울리면 바늘을 끊고 채비를 걷어야 했다. 30분 사이에도 얼마든지 고기를 낚을 수는 있겠지만 이미 장환은 시합의 결과와는 상관없는 사람이 돼 있었다.

"저를…… 저희 아버지를 아십니까?"

남자는 장환을 넌지시 쳐다보다가 울컥거리는 것을 참을 때처럼 고개를 한 번 깊이 숙였다 들었다.

"아다마다. 동그이 형님 아들이라매? 상만이 행님이 자네 얘길 많이 혔어. 인자부텀 털보 아재라 부르소."

"털보…… 아재요?"

장환이 되묻자 그는 제 수염을 쓸며 멋쩍게 웃었다.

"그려, 털보. 다들 광주 기사라고들 허는디, 내는 거기에 동의한 적 읎는께. 자세한 야그는 항에 가서 허고."

대화는 거기서 그쳤다. 장환이 더 물어보려했는데 털보가 턱짓으로 바다 위에 떠 있는 배를 가리키며 말을 막았다. 장환의 눈에는 그가 여전히 경기 규정을 신경쓰고 있는 것처럼 보였다. 하는 수 없이 채비를 마저 정리하고 자리에 앉아 종료 신호를 기다렸다. 낚시하느라 물살을 읽고 찌 주위를 노려보기만 했던 바다가 비로소 풍경으로 다가왔다. 넋을 놓은 채 얼마나 지났을까. 저 앞의 여에서 분투 중이던 성호도 채비를 정리하기 시작했다.

뿌—

배에서 경기를 마친다는 신호가 울렸다. 장환과 털보는 이미 채비를 모두 정리하고 두레박으로 물을 여러 번 길어서 발판을 깨끗하게 씻어낸 뒤였으나 다른 선수들은 이제야 바늘을 끊었다. 장환의 시야에 들어오는 선수 중 오늘 뭐라도 낚아낸 사람은 성호와 성호의 오른쪽 돌출여에 서 있던 한 선수를 합해 둘뿐이었다.

배가 선수들을 차례로 태울 때는 모두 헛웃음만 나누며 오늘 조과에 대해 분석했다. 여러 이야기 중에 아무래도 짙은 해무 때문이었다는 쪽으로 입을 모았다. 해무가 걷혔으니 고기들의 활성도가 올라가는 오후에는 좀 나을 거라는 소리도 있었지만 경기는 이제 끝난 뒤였다.

성호가 낚은 것은 5짜에 조금 못 미칠 것 같았고 다른 선수가 낚은 것은 4짜 중반쯤 되는 듯했다. 7선단의 선수들 가운데 둘뿐이었기에 벌써부터 순위를 예고하는 등 주위에서 축하가 이어졌다. 성호는 살림통에서 고기를 꺼내 번쩍 쳐들어 보이며 선장실을 흘깃거렸다. 소영의 반응을 살피는 눈치였는데 소영은 장환이 배에 오를 때부터 쭉 고개를 틀고 먼바다만 바라보고 있었다.

*

배가 들어온다는 소식이 들려오자 항에서 객석과 무대를 장악한 채 쉬고 있던 시위대가 다시 전열을 정비했다. 집행부로 보이는 사람 중 하나가 무대 위에서 객석을 향해 확성기를 들었다.

"시장하시겠지만 이제부터 본게임입니다. 타지에서 온 많은 참가자들이 우리의 목소리를 들을 수 있도록 힘을 모아봅시다. 자, 외쳐보겠습니다. 지역 상인, 따돌리는, 테마공원, 웬 말이냐!"

—지역 상인, 따돌리는, 테마공원, 웬 말이냐!

"외지 자본, 못 막으면, 알거지로, 나앉는다!"

—외지 자본, 못 막으면, 알거지로, 나앉는다!

"청정 초항, 더럽히는, 막장 개발, 결사 반대!"

—청정 초항, 더럽히는, 막장 개발, 결사 반대!

"시민 의사, 묵살하는, 초항시장, 물러나라!"

—시민 의사, 묵살하는, 초항시장, 물러나라!

시위대의 구호가 두 바퀴 정도 돌았을 때 항구로 경찰버스들이 집결했다. 시위대는 구호를 멈추고 긴장된 눈으로 경찰버스를 지켜봤다.

버스는 총 네 대였는데 거기서 쏟아진 병력은 150명 정도 될 듯했다. 시위를 진압하기 위해 온 병력이라고 보기에는 복장이 너무 가벼워 시위대를 어리둥절하게 했다. 헬멧이나 방패, 곤봉 따위는 전혀 없었고 모두 일상적인 근무복 차림이었다. 병력은 일사불란하게 움직여 행사장 주위로 긴 띠를 만들었다. 그리고 경찰 간부처럼 보이는 남자가 무대 위로 올라왔다. 그는 대회의 본부석에서 나온 사람이 건넨 마이크를 받아들고 객석을 향해 서서 옷깃을 여몄다. 시위를 주도하던 집행부 사내는 여차하면 시위대를 선동할 작정으로 확성기를 움켜쥐었다.

"초항시민 여러분 안녕하십니까. 초항경찰서 정보과장입니다. 미신고집회가 있다고 해서 이렇게 나왔습니다만 강제해산하려는 건 아닙니다. 여러분이 충분히 의견을 말씀하실 수 있도록 하되 안전을 우선하라는 상부 지시를 받고 나온 길입니다. 이제 배가 들어오면 객석에 앉지 못하는 참가자들이 여러분 때문에 우왕좌왕하게 됩니다. 저희가 도로를 통제해드릴 테니 경찰들이 쳐놓은 선 바깥에서 진행하시면 어떻겠습니까. 여러분은 한 분 한 분이 초항시의 얼굴이십니다. 외지에서 오신 선수들에게 좋은 인상을 남겨주시는 게 여러분의 의사를 전달하는 데도 도움이 되지 않겠습니까? 고생해서 대회를 준비한 사람들도 생각하셔서서 협조 좀 부탁드리겠습니다."

정보과장이란 사람의 말은 설득력이 있었다. 그렇잖아도 객석과 무대를 점거하고 있던 사람들은 본격적인 충돌이 일어난다면 어떻게 해야 하나 하고 집행부만 쳐다보던 차였다. 집행부라고 해서 뾰족한 수는 없었다. 확성기를 들고 있던 남자는 주머니에서 울리는 전화를 꺼내 받았다. 전화기 화면의 발신자 표시에 오선 이대명 팀장이라는 글자가 떠 있었다. 그는 객석을 등지고 무대 구석으로 가서 통화를 끝냈다. 그러고는 다시 무대 앞으로 나와 확성기를 들었다.

"여러분!"

확성기 소리가 방금 정보과장이 잡고 있던 마이크와는 비교도 안 되게 작고 거칠었다. 그는 잠시 말을 멈추고 정보과장을 쳐다봤다. 정보과장은 환하게 웃으며 마이크를 건넸다.

"여러분. 우리가 데모꾼은 아니지요. 경찰이 시위를 막지는 않겠다고 하니 그래 합시다. 무대 위에서 보니까 바로 곁이네요. 모두 저쪽으로 가서 무대가 들썩이도록 외쳐봅시다."

객석에서는 기다렸다는 듯이 저마다 엉덩이를 털고 일어났다. 통제에 따라 경찰들이 쳐놓은 선 바깥으로 빠져나가서는 대오를 정비하는 사람도 있었고 더러는 그대로 집으로 가버리기도 했다. 그러는 중에 어떤 여성 시위대 한 명이 저지선을 치고 있는 병력을 알아보고 호들갑스럽게 반겼다. 시위대는 초항고등학교 교사였고 병력은 그녀의 제자였다. 교사는 제자에게 얼굴이 왜 반쪽이 되었느냐고 물었다. 제자는 훈련소에서 나와서 배치받은 지 이제 한 달이 조금 넘었다고 했다. 교사는 제자의 옆에 선 다른 병력들을 흘겨보며 괴롭히는 고참이 있는 건 아니냐고 물었고 제자는 멋쩍게 웃은 뒤, 만약 그랬다면 이렇게 선생님과 말을 섞을 수도 없었을 거라며 안심시켰다.

시상식은 축사도 없이 싱겁게 진행됐다. 대회를 진행하는 측에서는 서둘러 끝내고자 하는 기색을 굳이 감추지 않았다. 조과도 형편없었고 시위대가 한바탕 뒤집어놓은 탓에 어수선했기 때문이었다. 객석 군데군데 시위대가 놓고 간 피켓이 소득 없이 바다에서 돌아온 참가자들에게 그사이 무슨 일이 있었는지 말해주었다.

잡은 고기의 총 무게로 순위를 가리는 싸움이었는데 모든 선단의 조과가 엇비슷했다. 낚은 고기 없이 순위를 기대할 수도 없으니 자리를 뜨는 사람이 많았다. 남의 시상식에서 박수나 치고 앉아 있을 이유가 없었다. 그나마 경품 추첨을 기대하는 사람들이 남아 드문드문 객석을 채우고 있었다. 스산한 풍경 앞에서 저지선 바깥에 남아 있는 시위대도 결기를 시원하게 뽑아내지 못했다.

순위 발표가 시작됐다. 계측 결과 세 마리를 잡은 선수가 상금과 우승 트로피의 주인공이라고 했다. 백사였다. 사회자로부터 송정희라는 본명으로 불렸는데 장환은 백사의 이름이 뜻밖에 고상한 것에 놀랐다.

"왐마? 저 양반 이름이 정희였어야아? 몰렀네?"

목포 헌터라고 장환에게 자기를 소개한 남자가 느릿느릿 말하며 웃었다. 장환의 주위에는 홍 대표의 팀원이 모두 모여 있었다.

"지도 찝찝할 것이여. 잔챙이 시 마리로 우승이 가당키나혀? 여그 아그가 고놈을 안 놔줬으면 모를 일이제."

털보가 헌터의 말을 받았다.

"내사 점마 저거 볼 때마다 기분이 안 좋아. 백사가 뭐꼬 백사가. 고마 껍디기 쫙 뻿기가 푹 과아 무뿔라."

경주 돌문어가 맨숭맨숭한 정수리를 긁으며 말했다. 장환은 고흥에서 왔다는 기술자도 뭐라고 할 줄 알았는데 커다란 덩치만큼 과묵한 사람인 듯했다. 이들은 시합에서 돌아와 항구에서 시상식을 기다리고 있는 장환에게 한꺼번에 찾아와 손을 내밀었다. 홍 대표는 물론 장환의 아버지와도 오래전부터 인연을 맺어 온 사이라 한식구나 다름없다며 장환을 조카 대하듯 했다. 얼떨떨한 와중에도 장환은 아버지가 살아 돌아온 것만 같은 기분이 들어 목구멍이 먹먹해졌다. 서로 인사하느라 다투는 사이에 털보가 끼어들었다. 그는 시상식이 시작되려 하니이따 홍 대표와 함께 뒤풀이에 가서 밀린 얘기를 나누자며 일단 일행을 자리에 앉혔다. 홍 대표가 예약해놨다는 식당은 장환의 가게였다. 장환은 어쩐 일로 예약 손님이 다 잡히는지 하고 어제 놀랐던 걸 생각하며 씁쓸하게 웃었다.

공동 2위에는 고흥 기술자와 김재복 쪽 선수가 함께 올랐고 공동 3위에 경주 돌문어가 들어갔다. 홍 대표나 김재복 쪽에서 더 이상의 수상자는 나오지 않았다. 성호는 간신히 공동 5위에 올라 원하던 대로 면피는 하게 됐다.

수상자 발표가 끝나자 경품 추첨이 진행되었다. 무대 위에는 중저가 브랜드의 협찬품이 분명한 여러 가지 낚시 장비들이 보기 좋게 진열돼 있었다. 사회자는 번호를 부르기 전에 꼭 한 번씩 해당 장비의 제원이나 가격, 성능 같은 것을 소개했다. 추첨볼의 번호가 불리면 객석에서는 승선 때 뽑은 번호표를 꺼내 확인했다. 그리고 여기저기서 사람들이 일어나 무대로 다가가서는 협찬으로 들어온 낚싯대나 갯바위화나 조끼 같은 것들을 하나씩 챙겨갔다. 번호를 불렀는데 사람이 나타나지 않은 경우도 있었다. 경품을 포기하고 자리를 이탈해버린 참가자였다. 그럴 때면 사회자는 번호를 다시 뽑아야 했다.

"자, 이번 경품의 주인공은 누가 될까요? LBD릴이면 아마도 누구나 욕심낼 만한 장비일 텐데요. LB릴이 아니라 LBD입니다. 레버브레이크에 드랙까지 장착된 릴은 대물을 노리는 전문가라면 필수품이죠. 그럼 행운의 주인공을 뽑아보겠습니다. 선단 번호는……7번이고요, 이제 번호표를 뽑겠습니다. 네, 5번 조사님! 다시 불러드립니다. 7선단 5번 조사님 축하합니다. 앞으로 나와주세요."

장환은 자기 번호가 불린 줄도 모르고 주위를 두리번거리며 누가 일어나는지 찾았다. 만약 릴이 쓸 만한 제품이라면 한 번 크게 마음을 먹어야 장만할 수 있는 고가일 수밖에 없었다. 장환은 계속해서 뒤를 돌아보며 운이 억세게 좋은 사람이 누군지 찾았다.

"안 계신가요? 다시 한번 불러보고 안 계시면 재추첨하겠습니다. 7선단 5번 조사님?"

사회자가 다시 부르자 장환의 뒤에 앉아 5등 상품으로 받은 고급 낚싯대를 애지중지 들여다보고 있던 성호가 깜짝 놀라며 장환의 등을 때렸다.

"빙신아, 니잖아."

장환은 그제야 자기 번호를 기억해내고 주머니에서 찌그러진 추첨볼과 꼬깃꼬깃 구겨진 번호표를 꺼내 들었다. 무대 위에 올라가자 사회자가 박스의 제품명과 이미지가 잘 보이도록 장환에게 전달하는 장면을 연출했고 카메라를 든 다른 사람이 그 모습을 몇 장 찍었다. 장환은 촬영이 끝났다는 사인을 받고서야 제품의 박스를 이리저리 살펴봤다. 분명히 손에 쥐어졌지만 이 행운이 낯설었다. 그래서 누군가 나타나 착오가 있었다며 도로 빼앗아갈 것만 같았다. 얼른 무대를 내려오면서 보니 박스에 적혀 있는 제품 사양도 꽤 준수했다. 다만 홍 대표가 일전에 식당에 찾아왔을 때 선물로 준 고급기에는 한참 못 미쳤다. 성호를 흘깃 봤는데 아직도 순위에 오른 데 도취되어 장환의 경품에는 별 관심이 없는 듯했다.

쌓여 있던 경품들은 빠르게 줄어들었고 그만큼 객석도 순식간에 허전해졌다. 빈자리가 훨씬 더 많은 객석 바닥에는 추첨 볼과 승선할 때 뽑은 번호표가 어지럽게 나뒹굴었다. 경품 추첨까지 모두 끝나자 장환의 일행도 자리를 털고 일어났다. 그때 누군가 찾아와 일행을 불렀다.

"저기요!"

소영이었다. 조금은 화난 표정이었는데 곧장 장환에게로 다가왔다. 일행은 두 사람을 번갈아보며 사연을 짐작하느라 저마다 머릿속이 바빠졌다.

"그냥 가려다가 도저히 궁금해서 안 되겠어요. 아까 왜 놔준 거예요? 생중계 중이었는데 그림이 꼬여버렸잖아요."

장환은 소영이 그림보다는 다른 것에 화가 나 있는 게 아닌가 싶은 막연한 느낌을 받았다. 사람들이 보는 데서 일일이 설명할 것도 아니고 해서 손에 들고 있던 경품을 내밀었다.

"아…… 그랬어요? 피해를 줄 거라곤 생각 못 했는데…… 저기…… 멀리까지 오셔서는 빈손인 것 같은데, 이거라도 받으시죠."

소영은 장환이 멋쩍어하며 내미는 경품을 받아들고는 동문서답하는 이 상황을 어떻게 이해해야 할지 난감해하고 있었다. 그때 성호가 나섰다.

"에이, 그라지 말고오! 우리 이렇게도 인연인데 뒤풀이에 소영 씨를 초대하는 기 어떻습니까? 소영 씨 시간 괜찮으시면 같이 가시지요. 내비에 장군식당이라고 치시면 한 10분 거리에 있다고 뜰 깁니다. 좀 누추하긴 합니다."

장환이 듣고는 기겁하며 성호를 나무랐다.

"니는 아무한테나 인연이라 카노. 사람을 그렇게 갑자기 붙들면 실례다."

장환이 얼굴까지 벌게져서 따지자 성호는 정말 그런 건가 싶어 소영을 쳐다봤다.

"실례 맞아요. 맞는데! ……일단 가죠. 가서, 기껏 잡은 대물을 왜 놔줘버렸는지도 들어야겠고…… 아니 근데, 뭘 줬으면 뭘 준 건지, 어떻게 쓰는 건지도 알려줘야 하는 거 아니에요? 그냥 띡, 주고 나면 끝이에요? 다른 사람한테 실례니 뭐니 할 게 아닌 것 같은데요?"

소영이 장환을 똑바로 쳐다보며 쏘아댔다. 이번에는 장환이 더듬거리며 할 말을 찾느라 쩔쩔맸다.

"그, 그러면…… 뭐, 그러시든가요."

이제 정리가 되려는데 이번에는 경주 돌문어가 어딘가를 쳐다보면서 놀랐다.

"어? 점마가 와 일로 오노?"

모두 돌문어의 시선을 따라 고개를 돌렸고 거기에는 키 큰 사람 하나가 경중경중 다가오고 있었다. 백사였다. 백사는 일행을 한 사람씩 쳐다보며 말했다.

"안 봐도 돌문어는 내가 왜 나타나느냐고 궁시렁댔겠고…… 다들 오랜만이구만? 걱정 말라고, 나는 여그한테 용건이 있는 거니까. 어이, 젊은 친구. 내가 저번에 진 빚 갚으러 일부러 시간 내서 왔는데 낚시 안 했다매? 그럼 쓰나. 내가 또 와야 되잖어. 누가 시합 한번 주선하시지?"

털보가 빙긋이 웃으며 백사의 말을 받았다.

"자네도 참 어지간허네. 아그한테 한 번 그랬다고 또 죽기 살기로 덤비는 겨? 오죽했으면 장군이 형님 같은 사람도 징허다 안 하든가. 그라지 말고 오늘은 같이 가지? 한잔하믄서 오랜만에 장군 형님이랑 괴기 낚던 야그도 좀 하고 그러자고?"

털보가 백사의 팔을 붙들려 하는데 백사는 벌써 한 걸음 물러서며 몸을 뺐다.

"에헤이, 내가 그런 데 가는 거 봤어? 낚시꾼은 낚시나 하는 거지. 그라믄 또 보자고들."

백사는 예전에 장환과 처음 부두에서 헤어질 때처럼 등 뒤로 손을 흔들며 떠났다.

"사람도 참…… 끼고 싶은데 어색해서 저라지. 사람들이랑 섞이고 싶으니 자꼬 찾아오고 안 그러는감?"

장환은 털보의 해설을 들으며 멀어지는 백사의 뒷모습을 오래 지켜봤다. 그리고 다시 겨룬다면 그땐 정말 아무 잡생각 없이 즐기며 모처럼 낚시다운 낚시를 해보고 싶다고 생각했다.

에필로그

"김재복 사장님. 아아, 너무 그렇게 긴장하실 필요 없습니다. 저나 사장님이나 선생님 일 봐드리고 있는 처지에 껄끄러워져버리면 안 되죠. 차 식겠습니다. 어서 드세요. 근데 말입니다, 제가 홍 대표 조심하라고 누누이 얘기하지 않았습니까. 그 여우 같은 영감은 늘 한 수 앞서 본다구요. 앞에서는 늘 시장님, 시장님 하는데 단 한 번도 제 머리 위에서 내려간 적이 없단 말입니다."

시장이 응접 소파의 상석에서 등을 깊숙이 기대며 손에 들고 있던 찻잔을 입술로 가져갔다.

"면목 없습니다."

시장과 기역자를 그리며 앉아 있는 김재복은 소파에 등을 기대기는커녕 끄트머리에 겨우 엉덩이만 걸치고 허리를 바짝 세우고 있었다. 젊고 말끔한 시장과 젊어 보이고 싶어서 말끔하게 차려 입은 김재복이 어색한 분위기 속에 앉아 잠시 차만 음미했다. 시장은 그런 김재복을 위아래로 훑어보다가 찻잔을 두 손으로 감싸듯 쥔 채 얘기를 이어갔다.

"조용히 낚시로 담판 짓겠다고 해서 어선들 통제해줬는데 져버려, 입찰 절차나 문서 워킹에 신경쓰라고 그만큼 당부해도 제안서라고 들이민 건 완전히 소설이야, 이렇게 명분 얻으라고 낚시 대회를 열어줬더니 동네만 시끄럽게 해놔…… 선생님이 특별히 내려보낸 분이라고 해서 시정에 무리가 되더라도 진행해왔는데 참 아쉽습니다."

김재복은 시장이 찻잔을 소리 나게 내려놓자 목이 절로 움츠러들 정도로 긴장되었다.

"진짜…… 뭐라 말씀을 올려야 할지……."

"기왕에 이렇게 된 건 할 수 없고, 우리 김 사장님의 다음 스텝은 뭡니까?"

갑작스런 질문에 당황해 눈만 좌우로 굴려대다가 적막이 견디기 힘들어 겨우 입을 뗐다.

"다음이라는 건 그러니까…… 사람 앞일이란 게 워낙……."

이어붙일 말을 찾고 있는데 시장이 끼어들었다.

"잘 모르시겠죠? 제 얘길 먼저 해볼까요? 원래 제 다음 스텝은 여의도였습니다. 그런데 선생님이 내년에 여기서 연임을 하라네요. 홍 대표랑 똑같은 소릴 해서 놀랐지 뭡니까. 선생님 말씀이, 테마공원 와꾸를 다 짜놓고 올라오랍니다. 이런 작은 일도 매듭짓지 못하면서 금배지 달 욕심만 내고 있는 거냐고 나무라시더라고요. 무슨 말인지 아시겠습니까?"

김재복이 고개를 돌려 시장을 마주봤다. 자기 때문에 큰일을 그르쳤다는 얘기 같아 낯빛이 아주 창백해져 있었다.

"그런데 더 큰 문제는, 김 사장님과 합작품으로 완성해야 한다네요."

창백해졌던 김재복의 낯빛에 핏기가 돌기 시작했다.

"아, 그럼 이제부터 제가 시장님을 잘 모셔서……."

"저는 싫다고 했습니다."

"……."

"제 스텝 꼬이게 만든 사람과 무슨 일을 하겠습니까. 그냥 혼자 하고 말지요. 김 사장님이라면 안 그러시겠습니까?"

"네……."

김재복이 다시 고개 숙이며 기를 죽였다. 시장은 자리를 털고 일어서며 한숨 내뱉듯 말했다. 김재복은 고개를 숙인 채로 시장이 자리에서 일어나서 움직이는 기척에 집중했다.

"근데 선생님이 그러시더군요. 테마공원만이 아니라 김 사장님 능력치를 끌어올리는 것도 미션이랍디다. 큰일을 하려면 사람을 키워낼 줄도 알아야 한다고 꼰대 같은 소릴…… 아, 이

말은 우리끼리만 압시다. 하여간 그러시더군요. 나이로 보나 경륜으로 보나 김 사장님이 절 좀 키워주셔야 하는 것 같은데 이 무슨 민망한 상황인지…….”

“아…….”

“아무튼, 여기까진 다 이해하셨죠?”

시장이 위에서 김재복을 내려다보며 말했다. 김재복은 그냥 앉아서 들어도 되는 건지 일어서야 할지 판단하지 못하고 엉덩이를 엉거주춤 들어올리며 대답했다.

“무, 물론입니다.”

“앉아서 들으세요. 지금부터가 중요한 내용입니다.”

시장이 손가락을 들어 보이며 집무실의 여유 공간을 천천히 넓게 배회했다.

“첫째, 상인들을 겁준 건 가장 뼈아픈 패착입니다. 홍 대표가 시위대를 만들 명분만 만들어줬지요. 그리고 둘째, 추첨을 조작한 것도 마음에 안 들어요. 아이디어는 재밌는데 앞으로는 정공법으로만 갑니다. 셋째, 저는 김 사장님이 좀 더 스마트해졌으면 좋겠어요. 홍창식 같은 건 사장님이 삼국지만 읽었어도 의심할 수 있었을 겁니다.”

김재복은 마지막 대목에서 조용히 어금니를 꽉 깨물었다.

“괜찮아요. 다 경험이라 생각하시죠. 이제부터는 저랑 의논해서 갑시다. 그것만 지켜주세요. 의논해서 간다. 딱 그것만요.”

이번에는 그냥 앉아서 대답해서는 안 될 것 같았다. 벌떡 일어선 김재복은 군인처럼 부동자세가 되었다.

"시장님 말씀대로 하겠습니다. 다시 기회 주셔서 감사합니다."

시장이 김재복에게 다가갔다. 그는 육십을 바라보는 나이에 자기 앞에서 신병처럼 각이 완전히 잡혀 있는 남자를 이리저리 살펴봤다. 그러다 김재복의 귀에 대고 속삭이듯 말했다.

"당신이나 나나 똥개잖아. 주인이 버리면 그냥 들개 되는 거고, 재수 없으면 곧바로 보신탕이야. 정신 차려야 돼."

시장은 숨도 못 쉬고 있는 김재복에게서 몸을 떼고 밝은 얼굴로 손을 내밀었다.

"자, 그런 의미에서 김 사장님. 잘 부탁드립니다."

김재복은 그새 손아귀에 땀이 흥건해져서 얼른 바지에 닦은 다음 시장이 내민 손을 잡았다. 시장의 손은 가늘었고 차가웠다. 시장은 김재복의 손아귀에 제 손을 오래 두지 않았다.

"나가보세요. 그리고 연락 기다리세요. 일단 아무것도 하지 마시고."

"감사합니다. 감사합니다."

김재복은 허리를 연거푸 접었다 펴며 뒷걸음질했다. 그대로 시장실 밖으로 나와서는 아직 다 닫히지 않은 문틈을 향해 다시 반절을 하고 나서야 이마의 땀을 훔치고 돌아섰다. 그는 나중 일이야 어떻게 되든 당장은 어디 사람 없는 갯바위에 가서 낚싯대 하나 드리워놓고 소주나 한잔하고 싶었다. 술 상대가 백사든 홍상만이든 구장환이든 상관없을 것 같았다. 요전에 물에서 건져내어 두들겨 팼던 도사장도 떠올랐다.

그는 고개를 힘없이 저으며 텅 빈 복도를 걸어나갔다. ■

작가의 말

태어난 이후 나름대로 열심히 살아내고 있다. 지금까지의 내 모든 노력과 실수, 우연, 도움 같은 것들에 대해 오래전부터 자주 물었다. 아쉬운 장면이 많은데, 그렇다고 곱씹으며 뿌듯해할 만한 일이 없는 건 아니다. 문제는 그것들이 어떻게 작용해서 지금이고 여기인가 하는 것이다. 피곤하게 만드는 질문이다. 그래서 어차피 이렇게 될 일이 아니었을까 하고 자답해본다. 엎치락뒤치락했지만 그러지 않았더라도 어쩌면 지금이고 여기일 것 같다는 소리다. 이제는 이렇게 단순하고 명쾌한 게 좋다.

나는 우리가 넘겨짚을 수 없는 거룩한 질서나 순리라는 게 진짜 있어도 괜찮을 것 같다고 생각한다. 동시에 나의 의지와 도전이 개척할 수 있는 길이 있을 것도 믿는다. 이렇게 서로 충돌하는 생각들을 들고 있으니 또 피곤해진다. 피곤한 생각들을 잠시 잊어보고자 낚시를 시작했다. 따분한 삶에 취미나 가져볼까 해서 이것저것 집적댄 것 중 하나에 불과했다. 시작할 때는 분명 그랬다. 그런데 순식간에 푹 빠져들었다. 마치 이 나이쯤에 낚시를 시작하기로 계획되어 있었던 것 같았다.

밥벌이나 날씨 때문에 못 나가는 날이 길어지면 가봤던 곳들을 기억하며 그 풍경을 끄적였다. 빈 화면에 찍히는 글자들 사이로 파도 소리를 듣고 바람을 맞고 햇살을 느끼면서 위안을 얻었다. 쓰다 보니 평소의 질문이 단어와 문장 아래에 깔리고 있는 게 보였다. 그 순간이 이 소설의 시작이라 할 수 있다. 말하자면 내용 중에서, '어쩌다 재수가 없었던 게 아니라 애초에 나의 바늘을 피할 수 없었던 게 돼야 한다'는 구절이 떠오르면서 이후의 이야기들이 수월하게 풀렸던 것이다.

이야기 담아낼 그릇을 낚시로 빚으려니 낚시 기술이나 채비, 바다의 모습이나 물고기의 습성 같은 것들을 자꾸 뒤져봐야 했다. 성의를 기울인다고는 했으나 생업으로 삼고 있는 분들이 보기엔 내 경험과 공부가 한참 모자랄 것이다. 부디 영 엉터리가 아니기만을 바랄 뿐이었다. 기량이 충분치 못한 것 같아 머뭇거린 순간이 많았으나 J의 꾸준한 관심과 응원 덕에 원고를 완성할 수 있었다. 그 원고를 받아준 은행나무 출판사에 감사를 전한다. 특히 백다흄 편집장과 박연빈 님의 밝은 눈에 크게 의지했다. 낚시를 가르쳐준 동생 덕영에게 이 소설의 많은 부분을 빚졌다. 그의 친구들인 현규, 익환과 함께 낚싯대를 드리우던 시간도 은연중에 섞여 있다. 김이음이 아빠를 따라 나설 날이 올까 모르겠다. 험한 일이라 나부터 말리겠지만 상상해보면 즐겁다.

2022년 가을

김덕희

캐스팅

1판 1쇄 발행 2022년 9월 16일

지은이 · 김덕희
펴낸이 · 주연선

(주)은행나무
04035 서울특별시 마포구 양화로11길 54
전화 · 02)3143-0651~3 ㅣ 팩스 · 02)3143-0654
신고번호 · 제 1997—000168호(1997. 12. 12)
www.ehbook.co.kr
ehbook@ehbook.co.kr

ISBN 979-11-6737-204-8 (03810)